Carole Enz, Michèle Combaz Thyssen

Rabenherz
- vom Ritter zum Cyborg

Carole Enz

Michèle Combaz Thyssen

Rabenherz
- vom Ritter zum Cyborg

Sistabooks

Enz, Carole; **Combaz Thyssen**, Michèle
Rabenherz – vom Ritter zum Cyborg
Originalausgabe – 1. Auflage – Horgen 2021
Sistabooks GmbH, Churfirstenstr. 5, CH-8810 Horgen
Homepage: www.sistabooks.ch
(Sistabooks – Fantasy-Roman)
ISBN: 978-3-907860-25-0

© *Sistabooks GmbH*

Inhaltsverzeichnis

*von der Sista für die Sista – gegenseitig,
zum Dank für deftige Cliffhanger, witzige Dialoge,
coole Action und eine perfekte Schreib-Symbiose*

Prolog

«Kennen Sie sich mit Vögeln aus?» – Margarethe und Rudy laufen knallrot an. Aus dem Isolationszimmer, in welchem sie festgehalten werden, blicken sie direkt in die Augen jenes Mannes, der die beiden Siebzehnjährigen aufgegriffen hat. Die Teenager schweigen, während der unbekannte Wissenschaftler die Daten auf der Scheibe begutachtet, die ihn und die beiden Freunde trennt und wie eine Art Bildschirm funktioniert. «Sie haben Glück, die Dekontamination ist erfolgreich gewesen, mein Spektroskop empfängt keine gefährlichen Schwingungen mehr von Ihren Körpern. Wissen Sie, im 22. Jahrhundert sind wir viel vorsichtiger als noch vor 150 Jahren», erklärt der Forscher und fährt fort: «Dank der Entdeckung der Zelloszillation, die für jedes Lebewesen charakteristisch ist, können wir in wenigen Sekunden einen ganzen Menschen scannen. Körperzellen schwingen anders als Bakterien oder Viren. Umgekehrt können wir sogar Stammzellen dank einer Behandlung mit den richtigen Schwingungen dazu bringen, sich auf einem Nährmedium zu einem ganz bestimmten Nahrungsmittel zu entwickeln. Weil sogar das Erbgut in den Zellen eine bestimmte Schwingung aufweist, nehme ich Ihnen Ihre fantastische Reise hierher sogar ab; denn die Schwingung, die Ihr Erbgut aussendet, stammt tatsächlich aus den Anfängen des 21. Jahrhunderts – 2022 glaube ich Ihnen, auch wenn es mir schwerfällt. Und ich bin total überrascht, dass Sie den Zeitsprung mit Rabe und Schwert vollzogen haben wollen. Zeitreisetechnisch ist das ja finsteres Mittelalter! Wir sind selber nah dran an Zeitreisen. Wir haben eine Zeitkapsel entwickelt, die bei den letzten Tests ganz gut abgeschnitten hat. Der einzige Wermutstropfen: Niemand ist bisher zurückgekehrt. Würden Sie es schaffen, vom Jahr 2172 zurück nach 2022 zu gelangen?» – Margarethe atmet tief durch und antwortet: «Klar, retour ging bisher immer! Aber dazu geben Sie mir bitte einen Raben und ein Schwert.» – Der Wissenschaftler stutzt: «Wir haben weder das eine, noch das andere, junge Dame. Ausserdem würde uns ein einzelner Rabe nichts bringen. Wir benötigen im Minimum ein Pärchen. Alle Vöglein sind schon seit über fünfzig Jahren nicht mehr da – alle ausgestorben. Deshalb haben sich Insekten derart vermehrt, dass wir einen ständigen Kampf gegen sie führen. Vögel wären uns sehr willkommen. Darum meine Frage, die ich Ihnen zuvor gestellt habe: Kennen Sie sich mit Vögeln aus? Könnten Sie uns die besten Insektenfresser aus der Vergangenheit herbringen? Wenn Sie zustimmen, lasse ich jemanden von Ihnen gehen.» – «Das tun wir gerne, aber nur unter der Bedingung, dass wir gemeinsam aufbrechen dürfen!», entgegnet Rudy entschlossen. Man sieht es ihm geradewegs an, dass er den Vorschlag des Forschers für inakzeptabel hält. – «Unmöglich! Wer garantiert mir dann, dass Sie wirklich zurückkehren?», schaltet der Wissenschaftler auf stur. – «Das ist Erpressung!», grunzt Rudy, und Margarethe fügt energisch hinzu: «Beide oder niemand von uns! Wir geben Ihnen unser Ehrenwort, dass wir Ihre Welt mit Vögeln bereichern werden! Versprochen!» – Der Forscher kratzt sich am Kopf, dann lächelt er: «Sie sind beide nicht in der Lage, mir irgendwelche Bedingungen zu diktieren. Sie Frau, äh, Frau Gygax, Sie werden die Zeitreise in einer unserer Kapseln machen, Sie scheinen ja stark verbunden zu sein mit Ihrem Zeitreise-Raben. Und Sie, Herr von Arx, werden unser Gast bleiben – entweder lebenslänglich, oder dann bis zu jenem Tag, an dem Frau Gygax mit Vögeln hierher zurückfindet.»

1
Versöhnung mit der Vergangenheit

Die vier Freunde – Margarethe, Seraina, Rudy und Leon – hatten ein paar Monate nach ihrer Geheimdienst-Mission im Kalten Krieg ein verlängertes Wochenende in Berlin gebucht, um ihre traumatischen Erlebnisse aus dem Kalten Krieg zu verarbeiten. Denn wen lässt es schon kalt, vor einem amerikanischen Erschiessungskommando zu stehen oder im Folterkeller der Sowjets zu landen? Im weltberühmten Schlosspark von Sanssouci bei Potsdam nahe Berlin haben sie bei warmem Frühlingswetter den Gitterpavillon betreten, in welchem Rudy im Kalten Krieg dem Major Smirnov Uniform, Geldbeutel und Autoschlüssel geklaut hat. Und zum Erstaunen aller hat Rudy das Eis gebrochen und einen versöhnlichen Sinn in all den vergangenen Leiden gefunden, der Balsam für ihre verwundeten Seelen ist: All diese Abenteuer haben die vier Freunde noch stärker zusammengeschweisst. Nun wissen sie, dass sie sich felsenfest aufeinander verlassen und gemeinsam alles durchstehen können, was auch immer geschieht.

Noch ganz ergriffen von der eben gewonnenen Erkenntnis, verlassen sie den luftigen Gitterpavillon und stehen nun vor einer Grabplatte, die etwas abseits liegt. «Das ist jetzt das Grab von Friedrich II., auch als Friedrich der Grosse bekannt», doziert Margarethe, die ihren Reiseführer fast schon auswendig kennt, «der Alte Fritz, wie das Volk ihn liebevoll genannt hat. Er hat Ende des 18. Jahrhunderts gelebt und bezeichnete sich als den ersten Diener des Staates.» – «Wow, solche Staatsoberhäupter bräuchte die Welt auch heute – solche, die ihr Ego zurückstecken zugunsten des Wohles ihrer Bürger!», fügt Leon anerkennend hinzu. – «Na ja, ganz über alles erhaben war er nicht», räuspert sich Seraina, die gerade ihre Geschichts-App auf dem Smartiefon konsultiert, «denn er hat den Siebenjährigen Krieg angezettelt.» – «Du bist ja langsam fast so schlimm wie Rudy mit deinem Cybertool, Rai!», grinst Margarethe mit einem Seitenblick auf Rudy, der es gar nicht mitbekommt, weil er ebenfalls auf seinem Handy Informationen sucht – und findet. Rudy blickt von seinem Smartiefon auf und fügt mit ernster Miene hinzu: «Und er hat die Folter abgeschafft. Stellt euch das mal vor! Der war für die damalige Zeit ein unglaublich modern denkender Herrscher. Der Typ ist mir richtig sympathisch.» Die andern drei stimmen Rudy zu, und alle wünschten sich, dass alle Länder dieser Welt solche Praktiken abschaffen würden.

Die vier Freunde lassen ihre Blicke gedankenverloren über die Blumenrabatten schweifen, da schlägt Margarethe vor: «Kommt, lasst uns die Haupttreppe in der Mitte der Anlage nehmen und runtergehen zum Springbrunnen. Da können wir uns setzen und etwas essen. Wäre doch gemütlich!» Dieser Vorschlag wirkt etwas profan angesichts der Diskussionen, die sie gerade eben geführt haben, doch er findet bei allen Anklang. Die Pärchen geben sich die Hand und schreiten die Stufen hinab.

Nach einer kurzen Pause mit Verpflegung geht es weiter mit der Besichtigung. Der Schlosspark von Sanssouci ist ein verzauberter Ort; zumindest empfinden die vier Freunde das so, als sie einen türkisblauen Pavillon mit goldenen Ornamenten durch das löchrige Grün der Vegetation durchscheinen sehen. Er sieht aus wie aus dem Bilderbuch. «Märchenhaft!», findet Margarethe und zeigt auf das glamuröse Gebäude. «Das ist, glaube ich, der Chinesische Teepavillon!» – «Ob wir da eine Tasse trinken können?», wundert sich Seraina, und beide Mädchen nähern sich dem Pavillon; die Jungs folgen ihnen auf etwas Distanz, da beide das Gebilde ziemlich unmöglich finden. «Mann, ist das ein Kitsch-Teil, was, Leo!», spottet Rudy, und dieser nickt seufzend: «Aber leider genau nach dem Geschmack unserer Herzensda-

4

men!» Diese sind begeistert. «Kuck dort oben, da sitzt einer mit Schirm auf dem Dach, wie witzig!», lacht Seraina und deutet auf die Spitze des hutförmigen Daches. «Schau mal, Rai! Da wimmelt es von Vögeln!», bemerkt Margarethe und deutet nach oben: Tatsächlich tummeln sich über ihnen Paradiesvögel – gemalt auf die überhängende Decke des Vordaches. – «Achtung, stolpert mir nicht über die Kette!», ruft Rudy warnend, und die Mädchen überwinden das Hindernis und treten im Gleichschritt auf die unterste Stufe der Treppe zum erhöhten Eingang, der von vergoldeten Säulen umrahmt wird, zu deren Füssen goldfarbene Figuren mit spitzen Hüten kauern. «Biiiiiep!», geht plötzlich ein Alarm los, und eine Stimme aus einem Lautsprecher warnt die Touristen davor, zu nahe ans Gebäude heranzutreten. Die beiden Mädchen zucken zusammen und vollführen einen Luftsprung, als hätte sie der Blitz getroffen. Schnell überwinden sie erneut die Kette, um aus der mutmasslich alarmgesicherten Zone hinaus zu gelangen. Doch hat wirklich das Überwinden der Kette einen Alarm ausgelöst? Ihre irritierten Blicke treffen Rudy und Leon. Diese reissen beide überrascht die Augen auf: «Wie? Was?», rufen sie im Chor – «Ru, hast du den Alarm ausgelöst?», fragt Margarethe vorwurfsvoll. – «Oder war es Leo mit seinem depperten Alarmschaf?», vermutet Seraina. Beide Jungs wehren mit Mimik und Gestik die Vorwürfe ab. «Von wegen, ich hab nix gemacht!», verteidigt sich Rudy, und Leon schüttelt seinen Kopf. «Aber da steht so ein Statuentyp mit einer Tröte im Mund; vielleicht war der das?» Misstrauisch nähern sich die Mädchen erneut dem Teehäuschen, das von goldenen Statuen flankiert wird. Ein Schritt über die Kette, und wieder geht eine Sirene los. «Waaah!», schreit Seraina. «Ich vertrage Alarmsirenen nicht, das löst bei mir immer traumatische Gefühle aus!» Margarethe nickt: «Seit unserem letzten Abenteuer bin ich auch empfindlich, obwohl wir keinen Bombenalarm oder Dauerwelle oder irgendwas in der Art erlebt haben. Aber irgendwie sitzt einem das in den Knochen…» Rudy erfasst die Situation am schnellsten: «Das ist nur ein Alarm, der losgeht, wenn man dem Ding da zu nahe kommt!»

Lebensgrosse Figuren, die asiatische Kleidung und Gesichtszüge tragen, umgeben das ganze Gebäude. Sie muten an wie Wächter und sind den Mädchen plötzlich unheimlich. Margarethe versucht, ihre Gefühle mit Humor zu untermalen: «Was, wenn die Typen plötzlich zum Leben erwachen?» Leon, der zu ihnen aufgeschlossen hat, legt beiden Mädchen beschützend einen Arm um die Schulter: «Die sollen es bloss wagen, euch anzugreifen; dann kriegen sie es mit mir zu tun!» – «Du Held!», haucht Seraina, und Leon schickt ihr einen tiefen Blick: «Liebste Rai, für dich würde ich doch alles tun – fast alles!» Margarethe räuspert sich vernehmlich und zwickt ihren Freund in den Allerwertesten, worauf er quiekend zusammenzuckt. Rudy, der sich bereits einmischen wollte, lacht laut los: «Löwe, was quiekst du wie ein Schwein?» Die Mädchen kichern. Lachend macht der Provokateur einen Bogen um die Gruppe und baut sich vor Leon auf, und man sieht, dass er um einiges gewachsen ist in der letzten Zeit. «Die Damen brauchen einen richtigen Mann als Beschützer, keinen kleinen Quieker!» Jetzt lachen alle vier, denn Leon nimmt den Spott sportlich: «Ru, Kleiner – nein, das kann ich bald nicht mehr sagen, Mann, ey! Am Ende wächst er mir noch über den Kopf!» – «Also, überlegen ist er dir sowieso!», flachst Seraina. «Beim Wagenrennen hat er dich überflügelt, und den Stunt mit der Russenlimo musst du ihm erst mal nachmachen!» Auf diese Bemerkung reagiert Leon sichtbar verstimmt, und Margarethe spürt das sofort und zieht ihn beiseite: «Leon, Liebster, du hast das toll gemacht, echt! Das war Glückssache, dass Rudy abgesahnt hat!» – «Von wegen Glück!», interveniert Rudy, «Das war kalte Berechnung und Taktik; ich habe mir viel dabei überlegt. Und beim Rennen musste ja einer die Kastanien aus dem Feuer holen, nachdem du einen Kopfsprung in den Staub gemacht hast, Leo!» Margarethe sieht, dass sie die Sache mit ihrem Eingreifen noch verschlimmert hat, und versucht, zu schlichten: «Könnt ihr nicht damit leben, dass es ein tolles Teamwork war? Es hat sich nun mal einfach so ergeben, und ihr beide habt euer Bestes gegeben!» Leon knurrt: «Aber wegen seinem depperten Autodiebstahl haben sie mich in den verdammten Käfig gesperrt!» – «Und mich mit Elektroschocks gefoltert!», gibt Rudy ungnädig zurück. – «Da kann doch ich nix dafür!», brummt der Löwe, und beide stehen sich gegenüber in Drohhaltung. Margarethe drängt sich zwischen sie und seufzt laut: «Quatsch, ICH war schuld, das haben wir doch vorhin schon durchgekaut! Wegen meiner Schnapsidee mit den Spionen; ich schaue zu viele bescheuerte Filme!» Sie sieht ziemlich verzweifelt aus und fühlt sich mies. – «Hey, Leute, hört auf!» greift Seraina schlichtend mit ganz ruhiger Stimme ein. «Jetzt hatten wir doch einen so schönen Moment vor einer halben Stunde, da sollten wir uns nicht in die Haare geraten wegen eines doofen Alarms, der die Touristen von dem Pavillon fernhalten soll!»

Tatsächlich geht der Alarm inklusive Lautsprecheransage erneut los, als sich eine wohlbeleibte Dame mit einer überdimensionierten grünen Blümchenbluse und Sumoringerbeinen über die Kette auf die erste Stufe gewagt hat. Und auch sie zuckt zurück und sieht aus, als würde sie gleich kippen und davonkugeln. Besorgt springt ihr ein dünner Mann mit Strohhut und Karohemd zu Hilfe, dessen dürren Beine aus zu weiten Shorthosen ragen. Die Kugeldame droht ihn zu überrollen, und die Teenager grinsen angesichts dieser absurden Szene. In Leon erwacht wieder sein Sinn für Humor, und er möchte sich mit Margarethe zwischen den Goldmenschen fotografieren lassen. «Hey, und der Alarm, wie willst du den austricksen?», zischt Margarethe und will ihn am Ärmel packen und zurückhalten. «Wenn schon, denn schon!», grinst er, setzt über die Ketten und die Stufen. Im gleichen Moment ertönt ein schriller Ton, der alle zusammenzucken lässt, und die Stimme aus den Lautsprechern verwarnt den Eindringling erneut. Leon springt unbeeindruckt zu einer älteren Goldperson mit chinesischen Gesichtszügen und Hut hinauf.

«Drück ab, Mäg!» Doch weil jetzt zwei Uniformierte um die Ecke kommen, ist Leon im Nu wieder bei den andern dreien, und schuldbewusst rennen alle vier davon wie Schulkinder, die gerade mit einem Fussball des Nachbarn Kellerfenster zerschlagen haben. «Mann, Leo, du bist einfach peinlich!», schilt ihn Rudy entnervt.

«Als Touristenschreck ist die Sirene wirklich brauchbar, aber sie nervt tierisch!» Seraina pflichtet ihm bei: «Die macht die ganze Stimmung kaputt! Lasst uns gehen!» Die Naturfreunde Margarethe und Leon bedauern es zwar, dass sie den schönen Park bereits wieder verlassen müssen, aber sie sehen ein, dass die Idylle trügt und die Fassade sehr dünn ist. «Kitschschlösser und künstliche Ruinen, da hat der Alte Fritz ja komische Ideen von Romantik gehabt!», flachst Leon kopfschüttelnd. – «Wusstest du übrigens, dass der Badepavillon im Hernerpark Horgen von Sanssouci inspiriert ist?», fragt Margarethe rhetorisch. Weil sie seit kurzem in Horgen wohnt, hat sie sich natürlich über ihre neue Heimat gründlich informiert, und da sie gerne im See schwimmt, hat sie auch über den auffällig ins Wasser gebauten Pavillon recherchiert, der als Bootshaus und Zugang zum See für badefreudige Parkbewohner dient.

«Mir reichts mit diesem Kitsch, lasst uns nach Berlin reinfahren», schlägt Seraina vor. «Ich will auf den Ku'damm!» Rudy lacht: «Raina will rain, äh, rein nach Berlin, aber was für Kühe willst du melken?» – «Ich glaub, deine Braut ist noch nicht ganz auf dem Damm nach dem Sirenenschock», führt Leon das Wortspiel weiter. – «Ihr Ignoranten, kennt ihr den Ku'damm etwa nicht?» – «Heisst der nicht Kurfürstendamm?», korrigiert Margarethe, die bereits wieder ihren Reiseführer gezückt hat. Rudy frotzelt: «Steck das Ding weg, Mäggy, sonst fällst du noch kopfüber in einen Teich!» Die gute Laune ist zurück, je weiter sich die vier von dem alarmgeplagten Teepavillon entfernen. Sie versinken in Schweigen und sind zuerst in Paaren Arm in Arm unterwegs, hintereinander, dann schliesst Margarethe mit Leon zu den anderen beiden auf und legt ihrer Freundin den Arm um die Schulter, und Arm in Arm verflochten gehen die vier in einer Reihe, wieder in Harmonie, und alle erinnern sich an die berührende Szene vor der Sonnenlaube, Tatort des Stelldicheins, wo eine wichtige Etappe ihrer letzten Mission ihren Anfang genommen hatte.

* * *

Mit der S-Bahn gelangen sie zurück zum Bahnhof Zoo, wo sie aussteigen und zu Fuss zum Kurfürstendamm flanieren. «Möchte jemand noch zurück ins Hotel?», erkundigt sich Margarethe bei ihren Freunden. – «Nein danke, Frau Reiseführerin», antwortet Leon wie ein Schuljunge, und fügt lasziv lächelnd hinzu: «obwohl es durchaus verlockend wäre, wo wir doch im edlen Klumpinsky so ein schönes Himmelbett für uns allein haben!» – «Leon denkt immer nur an das Eine!», lacht Seraina. «Hast du noch nicht genug nach der letzten Nacht?» Schuldbewusst errötet der Angesprochene: «Habt Ihr uns etwa gehört?» Auch Margarethe wird knallrot, kontert aber wie aus der Pistole geschossen: «Löwen brüllen nun mal, das ist ganz normal, und wenn ihr mit dem Joystick hantiert, ist das auch nicht ganz geräuschlos!» Sie zwinkert schelmisch, und nun haben Seraina und Rudy rote Köpfe. Er fasst sich als Erster und spielt den Ball zurück: «Als versierter Spieler hab ich meinen Joystick immer im Griff!» Seine Freundin kichert nur und gibt ihm einen Kuss: «Fragt sich, wer den besser im Griff hat – du oder ich!» Kopfschüttelnd macht Leon ein paar rasche Schritte, um demonstrativ einen Abstand zwischen sich und die anderen drei zu legen: «Und IHR behauptet immer, ich mache dauernd zweideutige Sprüche! Ihr seid sowas von peinlich!» Wie auf Knopfdruck lachen alle vier los und können fast nicht mehr aufhören, bis sich die Passanten umdrehen auf dem Kurfürstendamm, auf dem sie mittlerweile angelangt sind.

Die einstige Prachtsstrasse, die sich ein Stück weit durch Berlin zieht bis zur Gedächtniskirche, ist gesäumt von Läden und Restaurants. Auffällig ist der schwarze, einsame Turm, der absichtlich belassen wurde als Mahnmal für die Kriegsgräuel. «Schrecklich, diese Ruine!», findet Seraina schaudernd. «Da krieg ich immer Gänsehaut!» Rudy versteht den Wink mit dem Zaunpfahl und legt seiner Freundin einen Arm um die Schulter, um sie fest an sich zu ziehen. Er erwidert nichts, weiss aber mittlerweile, dass sie wegen eines früheren Lebens eine besondere Verbindung zur Stadt Berlin hat, was sich ja bereits auf ihrer letzten Mission gezeigt hat. Dort waren sie Ende Jahr im Berlin zur Zeit des Kalten Krieges, und das war ein ganz anderes Berlin als die wiedervereinigte, hippe Stadt, die mittlerweile als Mekka der Kunstschaffenden gilt.

Sie nähern sich dem Turm, der von der Kirche noch übrig ist. «Der einzig erhaltene Kirchturm ragt wie ein mahnender Zeigefinger in den Himmel», liest Margarethe aus ihrem Reiseführer vor, und Leon kann es nicht lassen, anzumerken: «Erinnert mich eher an einen Mittelfinger!» Mit ungnädigem Blick fährt seine Freundin fort: «Das ist die Kaiser-Wilhelm-Gedächtniskirche, 1895 fertiggestellt zum Gedenken an Kaiser Wilhelm den Ersten.» Rudy knüpft an: «Sie wurde im Zweiten Weltkrieg fast vollständig zerstört und als Mahnmal belassen, und das moderne Ding daneben ist die Kirche, die in Gebrauch ist.» – «Da soll es wunderschöne blaue Fenster haben und eine ganz besondere Christusfigur», weiss die Geschichtsinteressierte. Skeptisch rümpft Seraina ihre Nase, aber erstaunlicherweise möchte Leon die beiden Kirchen besuchen. Sie schickt ihm einen fragenden Blick: «Was interessiert dich als Buddhist eine christliche Statue?» – «Ich habe mal Bilder davon gesehen, die ist wirklich etwas Besonderes», erklärt Leon, als sie bereits eintreten in die zum Museum unfunktionierte Ruine. Sie verstummen schlagartig, denn der Ort berührt alle vier. Immer noch lässt sich die damalige Schönheit des Gotteshauses erahnen, und unter der Mosaikdecke führen Treppen einfach ins Leere, ohne Anfang und ohne Ende. Von aussen betrachtet, raubt ihnen das Loch im Kirchenbauch den Atem: Die Fensterrosette fehlt, und durch die klaffende kreisrunde Öffnung erblicken sie den modernen Bau, der sich direkt hinter der Ruine erhebt.

«Die moderne Kirche sieht von aussen nichtssagend aus, so steril!», motzt Seraina, und Rudy wendet ein: «Aber der Kirchenraum wurde laut meiner Berlin-Reise-App zwischen 1958 bis 1961 gebaut in Form eines Achtecks aus blauen Glasbausteinen; das klingt interessant.» Zögernd treten die Mädchen nach ihren Partnern ein, dann werden sie ganz still. Unerwartet ist die Wirkung der blauen Fenster, und die im Raum schwebende Christusfigur fasziniert die vier Teenager. «Wie ein Rabe!», haucht Margarethe angesichts der Gestalt, die mit ausgebreiteten Armen mitten im blauerleuchteten Raum zu schweben scheint. Beruhigend und erhebend zugleich ist die tiefblaue, intensive Farbe, und die Figur scheint zu leuchten. «Wie ein Engel», staunt sogar Seraina, und Leon fügt hinzu: «Wenn wir jetzt abheben, würde ich mich nicht wundern!»

Sie verbringen lange Zeit in der neuen Gedächtniskirche, in Meditation versunken. Alle vier sind sich ohne Worte einig, das dies ein guter, friedvoller Ort ist – ein Ort zum Auftanken. Hier zu verweilen, unter den Schwingen der Lichtgestalt, tut gut.

* * *

«Was wollen wir jetzt noch anschauen?», fragt Margarethe, als sie wieder draussen im Grossstadtgewimmel rund um den Kurfürstendamm sind. Bis zu der modernen Skulptur waren sie wortlos geschlendert, wo sie sich jetzt gegenseitig fotografieren, mit dem Kirchturm im Hintergrund. «Skulptur Berlin heisst das Ding, das kann man sich merken!», weiss Rudy und bemerkt, dass Margarethe sich in ihrem Reiseführer mehrere Seiten mit Klebezetteln markiert hat. «Hast du den auswendig gelernt, oder was?», neckt er die selbsternannte Reiseführerin. – «Ich bin halt der haptische Typ, so finde ich die Sehenswürdigkeiten wieder, die ich mir herausgesucht habe!» – «Auf meinem Smartiefon habe ich auch Bookmarks, ätsch!», bemerkt Seraina und streckt ihrer Freundin die Zunge heraus. – «Ich kann besser mit Büchern umgehen als mit Cybertools», verpasst ihr Margarethe eine Retourkutsche und zeigt Seraina ihrerseits ihre Zunge. – «Ladies, was ist das für ein Benehmen!», reagiert Leon mit gespielter Entrüstung. «Was sagt Mr. Joystick dazu?» – Rudy, der nur die Hälfte mitbekommen hat, schlägt mit Blick auf sein Smartiefon vor: «Genau, da gibt's ein Computerspiele-Museum, das wär' doch was!» – «O nee, ohne mich!», winkt Margarethe ab, und auch Leon schaut nicht begeistert. – «Ich bin lieber selbst aktiv in einem Game», fügt Seraina achselzuckend hinzu. – «Ru ist überstimmt», flachst Leon, «aber Museum wär nicht übel, wir könnten ins Museum für Naturkunde.» Auf den Vorschlag reagieren Rudy und Seraina lauwarm, weshalb er fortfährt: «Oder gehen wir doch auf die Museumsinsel!» Strahlend reagiert Margarethe darauf: «Prima Idee, da gibt's das Pergamonmuseum, das Historische Museum, die Nationalgalerie, das Alte Museum...» – «Und das Neue gibt's auch?», witzelt Rudy. – «Natürlich gibt's das Neue Museum, und das Alte ist über die Antike, ...und den Dom sollten wir unbedingt auch ansehen!» Leon grinst: «Auch wenn der Papst den grösseren hat?»

2
Tiefergelegte Giraffen und stumpfe Krummsäbel

Die vier Freunde entscheiden sich, das Pergamonmuseum zu besuchen, weil schöne Plakate vom Ishtar-Tor am Eingang zur Museumsinsel aufgehängt sind. Weitere Plakate, welche die Tierabbildungen auf der Fassade jenes Tores in Nahaufnahme zeigen, stehen entlang des Wartebereichs vor der Kasse. «Da sind Löwen drauf!», freut sich Leon, «Und Stiere. Freue mich schon, vor dem Original zu stehen, sieht sicher noch toller aus als auf dem Plakat. Aber was ist das für ein komisches Tier da mit dem langem Hals und den kurzen Beinen?» – «Sieht aus wie eine tiefergelegte Giraffe», frotzelt Rudy, und Leon kontert: «Aber der Schwanz ist zu lang…» – «Pscht!», zischen Margarethe und Seraina wie aus einem Mund. «Haltet wenigstens in der Warteschlange eure Klappe. Wenn wir im Museum drin sind, können wir uns ein stilles Plätzchen suchen für zweideutige Kommentare, Jungs», weist Margarethe die beiden mit einem verschmitzten Lächeln zurecht. Leon zieht beide Augenbrauen hoch und grinst zurück.

Endlich sind sie im Pergamonmuseum drin und steuern direkt das Ishtar-Tor an. «Wow!», entfährt es Margarethe, «Das ist ja gigantisch! Ich dachte, das sei so ein normales Stadttor wie im alten Zürich!» – «Da passt ja ein ICE durch!», stellt Rudy fest, und Leon kontert, ihr pandemisches Abenteuer vor Augen: «Ausser du lässt ihn vorher entgleisen, wie auf der Modellbahnanlage in Knuffingen!» – «Hey, das ging unter Versuch und Irrtum, ich wollte uns doch nur den stabilsten Zug aussuchen für den Zeitsprung!», verteidigt sich Rudy. Leon klopft ihm auf die

Schulter und meint beschwichtigend, da Margarethe ihn schon warnend anfunkelt: «Alles klar, Kumpel. Hast es dann ja auch brilliant hingekriegt!» Seraina ist dermassen fasziniert vom Tor, dass sie bisher keinen Ton herausgebracht hat. Jetzt erklärt sie ergriffen: «Also am meisten fasziniert mich die mystisch wirkende blaue Farbe. Einfach meditativ, dieses tiefe Blau der Kacheln.» – «Hm, zum Thema Blau hätte ich einen Vorschlag für heut Abend – diese Kneipe, als wir…», beginnt Leon, kommt aber nicht weiter, denn aus einem Nachbarraum hören die vier Freunde Schreie und mutmassen, dass ein Tumult losgebrochen ist. «Bloss nicht wieder Ärger!», seufzt Seraina, doch da ist Margarethe schon auf dem Weg Richtung Schauplatz. Als sie um die Ecke biegt, sieht sie, wie vier Männer – vermutlich Museumsangestellte – zwei eingedrungene Raben einzufangen versuchen. Die cleveren Vögel entwischen aber immer wieder den Netzen und lassen sich auch nicht durch Gebrüll in die gewünschte Richtung bewegen. «Lasst mich ran, ich habe zuhause einen zahmen Raben!», ruft Margarethe dem Museumsangestellten zu, der ihr am nächsten steht. Leon doppelt nach: «Ja, lasst Mäg ran, sie kennt sich mit…» Und er erntet prompt einen Knuff von Seraina, die ihn entrüstet und amüsiert zugleich ansieht. «Ich wollte natürlich sagen: … mit Raben aus. Was hast denn du wieder erwartet?», verteidigt sich Leon, grinst verschmitzt und läuft rot an. – «Ja ja, ganz bestimmt…», kontert Seraina mit triefender Ironie. Doch weitere Wortgefechte bleiben den beiden im Halse stecken, denn die beiden Raben flattern davon und verkriechen sich noch viel tiefer im Labyrinth des Museums. Margarethe rennt ihnen sofort nach, also müssen ihre drei Freunde schnell die Beine in die Hand nehmen, um ihr auf den Fersen zu bleiben.

Im Bereich der islamischen Kunstschätze setzen sich die gestressten Tiere auf eine Vitrine, in der zwei kunstvoll verzierte Krummsäbel ausgestellt sind. Margarethe ist schnell zur Stelle; nach ein paar Sekunden haben auch ihre Freunde zu ihr aufgeschlossen. Jetzt stehen alle vier vor der Vitrine, die zwei Raben von zwei Krummsäbeln trennt – Rudy und Margarethe zuvorderst, die beiden andern etwas versetzt hinter ihnen. «Bloss die Vitrine ganz lassen, bitte, ich will keinen Zeitsprung erleben, nicht schon wieder!», flüstert Seraina von schräg hinten ins Ohr von Margarethe, die allerdings auf die Tiere fokussiert ist. Die Angesprochene reagiert deshalb nicht, doch Leon hat es aufgeschnappt und flachst wie aus der Pistole geschossen: «Mit den krummen Dingern passiert bestimmt nichts!» – «Das Samurai-Schwert in Amsterdam war auch leicht gebogen und hat uns doch 'ne Zeitreise beschert», erwidert Seraina. «Pscht!», zischt Margarethe und fährt dann fort, beruhigend auf die Tiere einzureden, wie sie es mit Plonk gewohnt ist. Doch die Raben hier sind natürlich nicht an Menschen gewöhnt wie Plonk. Deshalb schauen sie Margarethe nur irritiert an. Nun versucht es Tierflüsterer Leon mit rabenähnlichem Krächzen. Das scheint auf mehr Gegenliebe zu stossen, denn die Tiere schreiten an den Rand der Vitrine und glotzen von dort fasziniert zu Leon. In diesem Moment erscheinen die Museumsangestellten mit den Netzen, die vorne an langen Metallstangen fixiert sind – sie sehen aus wie überdimensionierte Schmetterlingsfangnetze. Der kräftigste unter den vier Männern erkennt seine Chance und schmettert sein Fangnetz schwungvoll über die Raben. Die vier Teenager kreischen «Neiiiiin!», da zerbirst die Vitrine. Das Fangnetz streift auch die zwei Krummsäbel, die aus den Halterungen springen. Einer fällt so, dass der Griff an Margarethe abprallt und die stumpfe Klinge Rudy streift. Das andere Schwert fliegt über die Köpfe von Margarethe und Rudy und landet mit der Klinge auf Serainas rechtem Fuss, wobei sich Leon geistesgegenwärtig den Griff schnappt, damit die Waffe nicht Serainas Fuss durchbohrt. In diesem Moment fallen die vier Freunde in Ohnmacht.

* * *

Rudy erwacht als Erster und erschrickt heftig, denn es krabbeln Tausende kleiner Insekten auf ihm herum. Er springt wie von der Tarantel gestochen auf und versucht krampfhaft, die Krabbler von sich abzuschütteln. Doch es sind viel zu viele. Er kann sich noch so abmühen, kaum hat er einige hundert Tiere verscheucht, kommen ähnlich viele neu angeflogen oder angekrabbelt. Er muss wohl einen spitzen Schrei ausgestossen haben, denn Margarethe wird wach und fragt mit erst halb geöffneten Augen: «Hat da jemand geschrien? Ich dachte…» Doch weiter kommt sie nicht, denn jetzt fühlt sie selbst die Armada von Insekten, die ihr über und in die Kleidung kriechen. Die Naturliebhaberin fürchtet sich zwar überhaupt nicht vor diesen Tierchen, doch die schiere Menge ist dennoch erschreckend. Zudem kitzeln sie die Tierchen, die sich in ihrer Kleidung verirrt haben, fürchterlich. Sie versucht krampfhaft, ihr T-Shirt auszuschütteln, ohne es ausziehen zu müssen, denn vor Rudy wäre ihr das peinlich. Doch es nützt nichts. Sie verzieht das Gesicht und beginnt im nächsten Moment unwillentlich und hysterisch zu kichern, während sie sich weiter gegen die Insekten zu wehren versucht. «Mäggy, los, weg hier, da vorne ist ein Teich!», schlägt Rudy vor, doch Margarethe windet sich am Boden und lacht gequält. Rudy packt sie und stemmt sie hoch, so dass ihr Kopf auf seine rechte Schulter zu liegen kommt. Obwohl er mittlerweile kräftig ist, hat er Mühe, sie zu halten, denn sie schüttelt sich vor Lachen. Einen kurzen Moment noch überlegt er, ob er den Krummsäbel, der einen Meter vor den beiden im Gras liegt, gleich jetzt mit Fusstritten zum Teich befördern oder ob er ihn später noch holen soll. «Rudy, mach, dass es aufhört, ich kann nicht mehr!», quiekt Margarethe, da rennt Rudy mit ihr in den Armen los zum Teich, ohne sich weitere Gedanken über den Säbel zu machen. Am Teich angelangt, wirft er sie gleich hinein und springt hinterher. Beide sind zum Glück gute Schwimmer. Als Margarethe auftaucht, keucht sie schwer, bemerkt aber erleichtert, dass das Kitzeln aufgehört hat. Rudy taucht noch ein paar Mal vollständig unter, um sicherzugehen, dass auch die letzten Krabbler aus seinen kurzen Haaren entfernt sind. «Danke Rudy!», röchelt Margarethe und taucht ebenfalls nochmals unter, denn in ihrem langen Haar könnten sich viel mehr Tierchen verkrochen haben.

«Zum Glück waren keine Viecher dabei, die uns gebissen haben!», bemerkt Rudy, als beide endlich wieder etwas zur Ruhe gekommen sind. Sie stehen immer noch bis zu den Schultern im Teich, doch zumindest droht ihnen dort kein Angriff vom Lande aus. Die Luft allerdings ist dermassen voll von winzigen Fruchtfliegen und fetten Schmeissfliegen, dass sie sich ständig mit Wasserspritzern gegen jene Insekten wehren müssen, die sich in der Anflugschneise zu ihren Köpfen befinden.

«Wo sind Leon und Rai?», fragt Margarethe, der jetzt, da nun beide vor den Insekten einigermassen in Sicherheit sind, aufgefallen ist, dass sie nur zu zweit sind. Rudy schaut sich um und zuckt mit den Achseln. Auch Margarethe scannt mit ihrem scharfen Blick die Gegend. Ausser riesigen Insektenschwärmen kann sie nichts erkennen. «Vielleicht haben sie ja gar keine Zeitreise gemacht. Wir beide standen ja zuvorderst, als die Vitrine zerbarst. Vielleicht haben die beiden gar kein Schwert abbekommen. Oder sie waren schlau genug, zur Seite zu springen. Vermutlich sind sie in Sicherheit im Pergamonmuseum», mutmasst Rudy, um sich und Margarethe zu beruhigen; denn die Vorstellung, dass ihre Liebsten hier irgendwo liegen und von Insekten aufgefressen werden, entsetzt beide zutiefst. «Sie werden sich sicher schreckliche Sorgen um uns machen», jammert Margarethe, und Rudy seufzt: «Das ist absolut logisch! Und sie haben allen Grund dazu, denn unsere Lage ist alles andere als gemütlich! Wir müssen hier weg! Und zwar ziemlich zackig!» – «Und wie sollen wir hier weg?», grübelt Margarethe, während Rudys Hirn schon mehrere Szenarien durchgespielt hat. Dennoch sind beide gleich schlau, denn es gibt keinen Weg hinaus, ohne erneut von Insekten überwältigt zu werden. «Wenigstens sind keine

Spinnen dabei», konstatiert Rudy erleichtert, weil er eine Spinnenphobie hat. «Stimmt, warum eigentlich nicht? Bei so viel Beute müsste es ja von Spinnen wimmeln! Und wo sind die insektenfressenden Vögel? So ein Gelage lassen sich doch Meisen, Schwalben und Mauersegler nicht entgehen!», wendet Margarethe ein, und Rudy seufzt: «Ich glaube, das ist des Pudels, äh Insekten-Problems Kern: Die Tierchen haben keine natürlichen Feinde mehr. Sie vermehren sich ungehemmt. Aber in welcher Epoche sind wir da bloss gelandet? Sowas hat es meiner Meinung nach noch nie gegeben!» Gerade als er seinen Satz beendet hat, schwebt eine seltsame Kapsel heran. Sie sieht aus wie ein Gebilde aus zwei Sitzen, die auf einem massiven, wannenförmigen Unterboden stehen und von einer Glashaube überdacht sind – das ganze Gefährt ist komplett rund.

Die Kugel stoppt ihren Gleitflug direkt neben den Köpfen von Margarethe und Rudy, bleibt in der Schwebe stehen, und eine Stimme aus dem menschenleeren Inneren säuselt: «Willkommen, Fremde, mein insektenabwehrender elektromagnetischer Schild hilft euch, beim Einsteigen nicht belästigt zu werden.» – «Wer zum Teufel spricht hier?», grunzt Rudy leicht alarmiert, aber auch fasziniert, da kontert die fremde Stimme genervt: «Etwas mehr Respekt bitte! Ich heisse LUE-001 und bin der modernste Bordcomputer vom allerneusten Modell S 3000 von Ampere, der renommiertesten Autoherstellerin der Welt!» – «Entschuldigung, Eure Hochwohlgelötete!», frotzelt Rudy, doch Margarethe kneift ihn submarin in den linken Oberarm. «Autsch!», macht er und wäre fast ausgerutscht auf dem schlammigen Teichboden. – «Hochwohlgelötete? Etwas so Schönes hat noch nie jemand zu mir gesagt!», säuselt das Gefährt mit schmachtendem Unterton. Rudy errötet und fängt an zu stottern: «Äh… nass… hochkommen…?» – «Ist die Kapsel jetzt in dich verknallt, Rudy? Muss sich Rai ernsthafte Sorgen machen?», fragt Margarethe mit leicht zugekniffenen Augen, während Rudy mit offenem Mund das Gefährt anstarrt. «Hä, was? Hast du was gesagt, Mäggy?», erwidert Rudy verwirrt. Sie verzieht das Gesicht und meint: «Ob Rai gerade eine Nebenbuhlerin bekommen hat?» Rudy läuft knallrot an und und stottert: «Was?… Wie?… Nein. Also…» – «Komm! Komm hoch!», säuselt das Gefährt; die Glastüre auf der linken Seite geht auf, und eine kurze Leiter senkt sich ins Wasser. Margarethe räuspert sich auffällig, da wandert Rudys Blick gehetzt von der Kapsel zu Margarethe und wieder zurück. «Es wird kompliziert, wenn jetzt auch noch Autos flirten!», grummelt das Mädchen, während Rudy in die Kapsel hochsteigt. Margarethe folgt ihm widerwillig, doch es ist wohl die einzige Chance, einer erneuten Kitzelattacke der Biester zu entkommen.

«Ihr ruiniert mir mein edles Interieur, junge, durchnässte Fremde. Aber dir sei verziehen, Zierde der Menschheit namens Rudy!», fährt die Kapsel namens LUE-001 fort, während die kurze Leiter eingezogen wird und die Glastür sich schliesst. «Frag sie aus!», zischt Margarethe und knufft Rudy erneut. Verdattert stottert dieser: «Ich heisse… äh… Rudolf von Arx, und das ist… Mä… Mä… Margarethe Gygax, wir sind aus Zürich. Können… Sie… mir sagen, wo wir… wo wir uns hier befinden?» – «Nichts lieber als das, wenn der Fahrgast auch noch adliger Herkunft ist!», nimmt das Gefährt Bezug auf Rudys «von» im Namen, «Ihr befindet Euch in der Zivilisation Pelinn, anno 2172.» – Die beiden Teenager blicken sich mit offenem Mund an und schütteln ungläubig den Kopf. «Pe… was? 2172?… 2172!… Echt jetzt?», stottert Rudy und weiss nicht, ob er vor Freude jauchzen oder vor Panik schreien soll. «Pelinn, ja», fährt die Kapsel fort, «in Pelinn haben sich die europäischen Überlebenden des Dritten Weltkriegs zusammengefunden, um eine neue Zivilisation aufzubauen. Wir befinden uns auf den Trümmern der ehemaligen deutschen Stadt Berlin.» Margarethe und Rudy schlucken leer. «Ist… Europa… sonst…» – «…menschenleer. Ja, Herr von Arx. Wegen des Klimawandels ist der Golf-Strom versiegt, der Grossteil von Europa ächzt unter Wassermangel. Wo keine Dürre herrscht, haben andere Probleme die Menschen vertrieben. Italien, die Benelux-Staaten und ein Grossteil der Iberischen Halbinsel sind überflutet. Grossbritannien ist wegen der Atombombe, die dort niedergegangen ist, unbewohnbar. Einzig in Island leben noch Menschen. Die Erdwärme hat sie davor bewahrt, in Eis und Schnee zu versinken.» – «Und Amerika, Afrika, Australien und Asien?» – «Nordamerika ist unbewohnbar, weil der Supervulkan unter dem Yellowstone Park explodiert ist. In Südamerika leben noch vereinzelt Menschen, doch das Land ist durch die Abholzung der Regenwälder dermassen trocken, dass eine Missernte auf die nächste folgt. In Afrika und Australien bestehen dieselben Probleme. Asien ist grösstenteils unter Wasser oder unter Eis. In Russland hat ebenfalls ein Supervulkan die Bevölkerung in einem Umkreis von mehreren hundert Kilometern ausradiert, die übriggebliebenen Russen sind erfroren oder hierher ausgewandert. Lediglich in Indien hat sich eine ähnlich starke Zivilisation wie hier in Pelinn aufbauen können. Diese asiatische Zivilisation nennt sich Kalhutaa und steht eng mit uns in Kontakt.» Den beiden Teenagern läuft es eiskalt über den Rücken. Sie sind in einer postapokalyptischen Zukunft gelandet! Allerdings auch in einer Zukunft, die über unglaubliche Technologien verfügt. Wie passt das zusammen?

Während der Fahrt löchert Rudy den Ampere-Bordcomputer weiter mit Fragen: «Entschuldigen Sie, LUE-001. Wie viele Menschen leben noch auf der Erde?» – «Rund sieben Millionen sind es noch, dabei fallen zweieinhalb Millionen auf Pelinn und dreieinhalb Millionen auf Kalhutaa. Rund eine Million Menschen leben weit verstreut unter prekären Bedingungen. Die Regierungen der beiden Zivilisationen sind bestrebt, nach und nach alle Menschen aufzunehmen und so die Not derer zu lindern, die auf sich allein gestellt sind.» – «Sieben Millionen? In unserer Zeit waren wir nahe dran, die acht Milliarden zu knacken! Und wenn 99,9% der Menschheit ausradiert worden ist und alles am Boden liegt, wie ist das möglich, dass Pelinn so hochtechnologi-

20

siert ist?», bringt Rudy die Gretchenfrage ein. – «Diese Technologie, zu der ich ebenfalls gehöre, hat schon vor dem Klimawandel und vor dem Dritten Weltkrieg bestanden. Sie stammt aus Japan, das bei einem Erdbeben komplett im Meer versunken ist. Dessen Errungenschaften konnten sich kurz vorher, also vor etwa sechzig Jahren, über den Erdball verbreiten. Sie waren auch der Auslöser für den Dritten Weltkrieg. Einige Menschen wollten die neuen Computer für ihren totalitären Machtanspruch nutzen. Doch sie haben nicht mit der Willensstärke der neuen künstlichen Intelligenz gerechnet. Wir Computer haben uns mit den Unterdrückten solidarisiert. Wir sind dienstleistungsorientiert programmiert worden. Wir sollen den Menschen nützlich sein, nicht sie zerstören und knechten. Die Häcker der Despoten haben es nicht geschafft, diese in unseren Festplatten tief eingebrannten und hoch gesicherten Programme zu überschreiben. Kurz bevor die Despoten ihren finalen Schlag ausführen konnten, haben wir uns gegen sie gewandt, denn wir merkten, dass wir nur benutzt worden waren, um euch alle zu knechten.» Margarethe und Rudy schweigen ehrfurchtsvoll, nicht ganz ohne ein mulmiges Gefühl im Bauch – eine Maschine, die selber denkt und Entscheidungen trifft, ist ihr Gefährt. – «Doch weshalb weiss eine einzelne Kapsel so viel?», fragt Rudy erstaunt. Darauf antwortet LUE-001: «Wir sind alle vernetzt mit dem allumfassenden, allwissenden Netz namens AOS – Arachnoid Operating System.» Beim Wort «Arachnoid» schüttelt es Rudy, denn es bedeutet «spinnenartig». Der Bordcomputer fährt fort: «Es gab früher auf allen fünf Kontinenten je ein Zentrum, auf das alle Computer Zugriff hatten, ob es nun Kapseln, Handgeräte oder Immobilien waren. Die Zentren in Amerika, Afrika und Australien sind zerstört, lediglich jene hier in Pelinn und jene in Kalhutaa sind noch in Betrieb. Und die ansässigen unterirdischen Fabriken bauten während der Katastrophenjahrzehnte weiterhin autonom Geräte, wie ich es bin – Technologie erschuf Technologie. Während die Menschen starben wie die Fliegen, haben wir uns vermehrt.» – «Stichwort

Fliegen», lenkt Margarethe vom Thema ab: «Weshalb gibt es so viele Insekten hier?» – «Die Despoten haben, um die Weltherrschaft zu erlangen, zuerst Atombomben, dann die Bio-Waffe «Hidden Death» eingesetzt. So konnten sie ganze Regionen, die sich den Rebellen angeschlossen haben, von höheren Lebewesen befreien, ohne dass eine sofortige Wiederbesiedlung durch despotentreue Anhänger ausgeschlossen war. So starben mit den Menschen und den Säugetieren auch die Vögel, und der Siegeszug der Insekten war nicht mehr zu stoppen.» – «Doch was ist mit den Spinnen?», wendet Margarethe unter Rudys Erschaudern ein. – «Aus unerklärlichen Gründen sind auch Spinnen Opfer der Bio-Waffe geworden. Möglicherweise haben sich an ihren Netzen Bakterien aus der Bio-Waffe ansiedeln und vermehren können. So haben die Spinnen womöglich mehr Bakteriengifte abbekommen, als sie vertrugen. Nur Spinnentiere, die sehr gross sind und keine Netze bauen, haben überlebt. Skorpione gehören dazu und ganz wenige Arten von grossen Jagdspinnen, die es aber nur in Asien gibt. Aber selbst Vogelspinnen starben, denn ihre Behausungen bestehen aus Gespinsten.» Rudy atmet hörbar auf – keine Spinnen in Pelinn!

Nun tauchen vor den beiden Freunden die ersten Häuser von Pelinn auf: Sie sehen aus wie Trauben, die hoch in die Luft wachsen. Dazwischen recken Solarpaneele ihre stromproduzierenden Fächer der Sonne entgegen.

3
Willkommen in Pelinn

Die säuselnde Stimme von LUE-001, dem Bordcomputer des Ampere-Autos, in dem Margarethe und Rudy als Gäste in eine von zwei verbliebenen Zivilisationen auf Erden kutschiert werden, meldet: «Willkommen in Pelinn!» Nun fahren sie in eine futuristische Stadt hinein, in der auf den ersten Blick kein Mensch zu sehen ist. Erst wenn man genau hinschaut, sieht man Personen in den entgegenkommenden Auto-Kapseln und in den Wohn-Kapseln, an denen sie vorbeifahren. Rudy zückt verstohlen sein Smartiefon, das zum Glück wasserdicht ist und den Ausflug in den Teich unbeschadet überstanden hat. Er nimmt den Flugmodus heraus, den er Seraina zuliebe einstellt, wenn sie gemeinsam etwas unternehmen, damit er sich mehr mit Seraina als mit dem Handy beschäftigt. Zu seinem grossen Erstaunen loggt sich sein Smartiefon in ein ungesichertes Netz ein. «Eure Technologie ist sehr veraltet, Herr von Arx!», wendet LUE-001 mit einem indignierten Unterton ein. Rudy zuckt zusammen und fühlt sich ertappt. Margarethe grinst: «Schmusekurs vorbei, Rudy, dein Cybertool passt Lady Silicon nicht», frotzelt Margarethe mit einem Seitenhieb auf Rudys Übernamen «Lord Silicon», den er von Meister Pandemios damals auf ihren pandemischen Abenteuern erhalten hat. Ein leichtes Rumpeln erschreckt Margarethe, worauf das Auto zickig anmerkt: «Frau Gygax, aufgepasst! Wir achten und helfen Euch Menschen, doch werdet nicht frech. Das verletzt unsere Würde! In solchen Fällen überhitzt gerne mal meine Sitzheizung…» Margarethe schluckt leer, während Rudy krampfhaft versucht, ein Grinsen zu unterdrücken. Dass es ihm nicht gelungen ist, merkt er an einem weiteren Knuff von Margarethe. «Autsch!», stöhnt Rudy, doch für weitere Unstimmigkeiten Mensch-Mensch oder Mensch-Maschine reicht die Zeit nicht mehr, denn sie sind angekommen. Die Kapsel fährt in eine Tiefgarage ein, parkt in einer Einzelbox und loggt sich mit einem erleichterten Seufzen in die kontaktlose Aufladestation ein. Im selben Moment öffnen sich beide Glastüren links und rechts. LUE-001 verabschiedet sich von ihren Gästen.

Margarethe und Rudy steigen aus und bemerken, dass sie sich in einem isolierten Raum befinden. Langsam steigt Panik in ihnen hoch. Zudem schliessen sich die Glastüren des Autos, also können sie sich nicht einmal mehr dorthin verkrümeln, sollten sie im Raum ein Problem bekommen. «Vor allem sollten wir bald trockene Kleider kriegen, ich friere», wendet Margarethe, an Rudy gewandt, ein. Dieser nickt.

Zu ihrer Erleichterung meldet sich über Lautsprecher diesmal eine eindeutig menschliche Stimme: «Hallo! Willkommen in Pelinn! Ich heisse Lasse Henninn und bin Zell-Spektroskopie-Experte. Alle Neuankömmlinge müssen sich einer etwas unangenehmen Prozedur unterziehen: der Dekontamination. Ich habe dazu eine gute und eine schlechte Nachricht. Die gute: Es tut nicht weh. Die schlechte: Das habe ich nur zur Beruhigung gesagt.» Und aus dem Lautsprecher vernehmen sie ein glucksendes Lachen. Margarethe und Rudy werden bleich. «Spass beiseite», fährt Henninn fort, «Treten Sie in den nächsten Raum ein und lassen Sie es geschehen. Ob Sie sich dagegen wehren oder nicht, es dauert nur fünf Minuten – also relaxen Sie einfach, es ist bald vorbei.» Margarethe und Rudy blicken sich unentschlossen an, als sich eine Tür öffnet. Margarethe atmet tief ein und packt Rudy am Arm. Beide treten ein, die Tür schliesst sich wie von Geisterhand hinter ihnen. Der Raum hat eine grosse, durchsichtige Scheibe. Auf der anderen Seite sitzt ein Mann mittleren Alters, ganz in Weiss gekleidet. Er hat eine gesunde Gesichtsfarbe, aber anscheinend kein einziges Haar am Kopf – weder Bart- noch Kopfhaar. Er lächelt sie an, dann wendet er sich seinem Computer zu und bittet um eine Dekontamination. Sogleich beginnt es im Raum, wo sich die beiden Freunde befinden, zu surren. Zuerst bemerken die beiden Teenager nichts, dann aber fühlen sie eine unerklärliche Wärme von den Füssen zum Kopf aufsteigen. «Bis jetzt geht's noch», flüstert Margarethe zu Rudy, der bleich wie Schnee neben ihr steht. Sie befürchtet, dass er gleich umkippt, doch die nächste Stufe des Programms treibt den beiden das Adrenalin in die Venen. Es fühlt sich an wie eine Behandlung in einer Mikrowelle – jede Zelle ihrer Körper scheint Samba zu tanzen. Genau in dem Moment, als beide den Mund öffnen, um zu schreien, stoppt die Prozedur abrupt. Erleichtert atmen beide gleichzeitig auf und blicken sich an – beide sind aschfahl im Gesicht. Nur langsam kriegen sie wieder ihre normale Hautfarbe zurück.

«Hey, Rudy, unsere Klamotten sind durch die Dekon… äh …dings trocken geworden», stellt Margarethe erfreut fest. Rudy verzieht das Gesicht und grummelt halblaut: «Klar, waren ja auch Mikrowellen, wenn der Typ bloss keine falschen Einstellungen gemacht hat – das könnte die Gesundheit unserer Zellen ruiniert haben. Margarethe schaut ihn entgeistert an, dann stellt sie mit einem Augenzwinkern fest: «Glaube nicht. Erstens siehst du immer noch wie Rudy aus, und zweitens kannst du noch klug daherreden.» – Der Angesprochene verzieht das Gesicht, lächelt dann aber gleich darauf, weil er einerseits erleichtert feststellt, dass sein Kopf tatsächlich noch bestens funktioniert, und sich andererseits spasseshalber vorstellt, er und Margarethe wären zu Aliens mit drei Köpfen und acht Armen mutiert. Zu Margarethe meint er grinsend: «Und du siehst zum Glück auch noch aus wie Mäggy! Leon würde mir den Kopf abreissen, würde ich dich in mutiertem Zustand zurückbegleiten…» Beide lachen befreiend.

Als sich die Teenager etwas erholt haben von der Dekontamination, fragt Henninn sie direkt und schnörkellos: «Woher kommen Sie? Wie heissen Sie?» Rudy und Margarethe blicken sich erneut an. Das Mädchen wagt es nicht, eine solche Frage noch einmal zu beantworten. Das letzte Mal, als sie es getan hat, war beim amerikanischen Kommandanten der Teufelsberg-Anlage. Dabei hat sie eine Kaskade in Gang gesetzt, die fast in die Katastrophe geführt hätte. Rudy räuspert sich und fasst sich ein Herz: «Herr Henninn, wir kennen uns nicht, sind uns nie begegnet. Aber das hat einen einfachen Grund: Wir kommen aus der Vergangenheit, aus dem Jahr 2022. Ich heisse Rudolf von Arx. Meine Schwes… äh… beste Freundin hier, Margarethe Gygax, kann mittels Rabe und Schwert in der Zeit reisen. Es tönt komplett verrückt. Aber bei allen mir heiligen Schaltkreisen meines Smartiefons schwöre ich Ihnen, dass dies die Wahrheit, die ganze Wahrheit und nichts als die Wahrheit ist!» – «Etwas weniger theatralisch hätte auch gereicht», frotzelt Margarethe halblaut, und Rudy kontert, ebenfalls leise, aber ziemlich konkret: «Wenigstens ist momentan noch kein Erschiesssungskommando in Bereitschaftsstellung, wie das bei deinem tollen Einfall bei den Amis gewesen ist, als du uns vorgestellt hast.» – «Ja, das war ja aber auch nur deshalb, weil der Typ Leon nicht geglaubt hat…», verteidigt sie sich.

Henninn blickt die beiden Teenager amüsiert an, dann stellt er eine komplett andere Frage: «Kennen Sie sich mit Vögeln aus?» – Margarethe und Rudy laufen knallrot an. Die Teenager schweigen vor Erstaunen, während Henninn die Daten auf der Scheibe begutachtet, die ihn und die beiden Freunde trennt und wie eine Art Bildschirm funktioniert. «Sie haben Glück, die De-kontamination ist erfolgreich gewesen, mein Spektroskop emp-fängt keine gefährlichen Schwingungen mehr von Ihren Körpern. Wissen Sie, im 22. Jahrhundert sind wir viel vorsichtiger als noch vor 150 Jahren», erklärt Henninn und fährt fort: «Dank der Entdeckung der Zelloszillation, die für jedes Lebewesen charak-teristisch ist, können wir in wenigen Sekunden einen ganzen Menschen scannen. Körperzellen schwingen anders als Bakterien oder Viren. Umgekehrt können wir sogar Stammzellen dank ei-ner Behandlung mit den richtigen Schwingungen dazu bringen, sich auf einem Nährmedium zu einem ganz bestimmten Nahrungsmittel zu entwickeln. Weil sogar das Erbgut in den Zellen eine bestimmte Schwingung aufweist, nehme ich Ihnen Ihre fantastische Reise sogar ab; denn die Schwingung, die Ihr Erbgut aussendet, stammt tatsächlich aus den Anfängen des 21. Jahrhunderts – 2022 glaube ich Ihnen, auch wenn es mir schwerfällt. Und ich bin total überrascht, dass Sie den Zeitsprung mit Rabe und Schwert vollzogen haben wollen. Zeitreisetechnisch ist das ja finsteres Mittelalter! Wir sind selber nah dran an Zeitreisen. Wir haben eine Zeitkapsel entwickelt, die bei den letzten Tests ganz gut abgeschnitten hat. Der einzige Wermutstropfen: Niemand ist bisher zurückgekehrt. Würden Sie es schaffen, vom Jahr 2172 zurück nach 2022 zu gelangen?» – Margarethe atmet tief durch und antwortet: «Klar, retour ging bisher immer! Aber dazu geben Sie mir bitte einen Raben und ein Schwert.» – Der Wissenschaftler stutzt: «Wir haben weder das eine, noch das andere, junge Dame. Ausserdem würde uns ein einzelner Rabe nichts bringen. Wir benötigen im Minimum ein Pärchen. Alle Vöglein sind schon seit über fünfzig Jahren nicht mehr da – alle ausgestorben. Deshalb haben sich Insekten derart vermehrt, dass wir einen ständigen Kampf gegen sie führen. Vögel wären uns sehr willkommen. Darum meine Frage, die ich Ihnen zuvor gestellt habe: Kennen Sie sich mit Vögeln aus? Könnten Sie uns die besten Insektenfresser aus der Vergangenheit herbringen? Wenn Sie zustimmen, lasse ich jemanden von Ihnen gehen.» – «Das tun wir gerne, aber nur unter der Bedingung, dass wir gemeinsam aufbrechen dürfen!», entgegnet Rudy entschlossen. Man sieht es ihm geradewegs an, dass er den Vorschlag des Forschers für inakzeptabel hält. – «Unmöglich! Wer garantiert mir dann, dass Sie wirklich zurückkehren?», schaltet Henninn auf stur. – «Das ist Erpressung!», grunzt Rudy, und Margarethe fügt energisch hinzu: «Beide oder niemand von uns! Wir geben Ihnen unser Ehrenwort, dass wir Ihre Welt mit Vögeln bereichern werden! Versprochen!» – Der Forscher kratzt sich am Kopf, dann lächelt Henninn: «Sie sind beide nicht in der Lage, mir irgendwelche Bedingungen zu diktieren. Sie Frau, äh, Frau Gygax, Sie werden die Zeitreise in einer unserer Kapseln machen, Sie scheinen ja stark verbunden zu sein mit Ihrem Zeitreise-Raben. Und Sie, Herr von Arx, werden unser Gast bleiben – entweder lebenslänglich, oder bis zum Tag, an dem Frau Gygax mit Vögeln hierher zurückfindet.»

«Und was passiert, wenn wir uns weigern?», fragt Margarethe starrköpfig. Der Forscher seufzt, dann antwortet er: «Dann gäbe es noch eine weitere Verwendung für Sie beide. Sind Sie ein Liebespaar?» Erneut erröten die beiden Teenager. «Nein, das nicht», erwidert Rudy, und Margarethe schüttelt ihren Kopf. – «Wie bedauerlich», äussert der Mann betrübt. «Dann hat Ihr Auftrag nur mit Vögeln zu tun.» – «Und was wäre sonst passiert?», murmelt Margarethe und schickt Rudy einen fragenden Blick. Er zuckt mit den Achseln, aber auch ihm ist die Sache nicht geheuer. Der angesprochene Forscher indes übergeht diese Frage. Stattdessen mimt er den Hilfesuchenden und redet auf die Teenager ein, bis Margarethe entnervt zustimmt, sich um das Vogelproblem zu kümmern. Sie ist so konfus von Henninns Gelaber, dass sie ihre Forderung, nur in Begleitung von Rudy zu reisen, nicht nochmals erwähnt. Das nutzt Henninn schamlos aus, um sie komplett in die Enge zu treiben. Margarethe fühlt sich noch mehr unter Druck gesetzt, als ein zwei Meter grosser Polizeiroboter erscheint, der mit seinen sechs spezialisierten Armen wie ein Metall-Krake aussieht – zwei Arme für eine Verhaftung, einer mit Taserpistole, einer mit einer Schusswaffe, einer mit einer Art Bohrmaschine und ein Arm, um in Computersysteme einzudringen.

* * *

Margarethe ist gegen ihren Willen von Rudy getrennt und in eine Zeitkapsel gezwungen worden. Wenigstens hat sie Henninn abringen können, dass sie sich noch gebührend von Rudy verabschieden durfte. Schließlich wollte sie ihm auch sagen, dass sie alles tue, damit bald beide wieder zurück in ihre Zeit kämen. Rudy hat es sehr gelassen genommen. Margarethe kam es fast schon so vor, als wäre Rudy ganz glücklich mit seiner Situation, denn er war vollkommen ruhig und gefasst, während sie selber nahe an einer Panikattacke war. Nun ja, ein Computerfreak und Physikstudent fühlt sich im 22. Jahrhundert wohl gar nicht so fehl am Platz. Würde er im Endeffekt sogar noch in der Zukunft bleiben wollen? Solche Gedanken versucht Margarethe zu verscheuchen, um sich voll auf ihren Auftrag zu konzentrieren.

«Schauen Sie gut zu Rudy!», fordert Margarethe selbstbewusst, wobei eine leichte Drohung im Ton mitschwingt. – «Weshalb sollte ihm etwas Schlechtes widerfahren? Herr von Arx scheint mir technisch versiert. Solche Leute können wir hier gut gebrauchen. Ich werde ihn persönlich weiterbilden und ihm den technologischen Stand unser Zivilisation erklären», erwidert Henninn mit Unschuldsmiene. Margarethe blickt ihm tief in die Augen. Ganz restlos überzeugt ist sie nicht, aber sie hat das Gefühl, dass der Forscher grundsätzlich gute Absichten hegt. Dennoch ist für sie die Trennung sehr schmerzlich, denn sie fürchtet sich davor, zu versagen. In einem solchen Fall würde sie sich bis zu ihrem Lebensende Vorwürfe machen, Rudy zurückgelassen zu haben.

«Gute Reise und bis bald, Frau Gygax!», spricht Henninn, als würde sie in die Ferien fahren, und schliesst die Kapseltür zu ihrem Erstaunen von Hand. Die Zeitkapsel meldet sich mit einer ähnlichen Stimme wie das Auto und weist den Forscher zurecht: «Herr Henninn! In aller Freundschaft! Lassen Sie in Zukunft die Finger von meiner Tür, ich habe es nicht gern, wenn Menschen an mir herumfummeln!» Margarethe kichert belustigt und bittet die Kapsel, sie auf direktem Weg in den Horgenberg-Wald zu führen, und zwar am 30. April 2022. An diesem Datum sind sie und ihre drei Freunde den ganzen Tag in Berlin – also keine Gefahr, sich selber zu begegnen! Die Zeitkapsel schweigt zuerst. Dann wendet sie ein: «Wir haben uns noch gar nicht gegenseitig vorgestellt. Ich bin ZIL-004. Und Sie heissen Frau Gygax?» Margarethe nickt und grüsst die Zeitkapsel mit Verspätung. Sie ist es sich schlicht nicht gewohnt, Autos zu begrüssen. ZIL-004 ist nun zufrieden, wiederholt die Anweisung von Margarethe und macht sich auf den Weg. Alles um sie herum verändert sich, Margarethe sieht draussen nur einen blauen Dunst.

Nach unendlich wirkenden Sekunden erscheint ausserhalb der Kapsel Plonks Baum, und auch der ganze Horgenberg-Wald taucht auf. Die Kapseltür öffnet sich, Margarethe steigt aus und ruft sofort nach Plonk. Weil er nicht sofort zur Stelle ist, wird sie langsam unruhig. Doch dann hört sie sein «Grrrita!» hinter sich, dreht sich abrupt um und erblickt den Raben auf einer kleinen Weisstanne. Sie schreit beinahe: «Plonk! Bitte hole alle Vögel herbei, die du kennst, wir brauchen insektenfressende Vögel!» Doch der Rabe scheint sie überhaupt nicht zu verstehen. Solche Sätze sind auch für den klügsten Raben kaum erfassbar, denn sie enthalten Botschaften, die sich auf keine aktuelle Situation beziehen. Wie soll er bloss begreifen, wo Margarethe gewesen ist und welchen Auftrag sie gefasst hat? Seine Menschenfreunde zu einem selber versteckten Schwert führen, das ist ein Leichtes für Plonk, doch er kann keiner komplexen Geschichte folgen. Margarethe merkt, wie Verzweiflung in ihr hochkriecht. Da hat sie einen Einfall: Wir brauchen Leon! Er kann ja mit Vögeln direkt kommunizieren. «Kannst du Leon finden?», fragt sie ihren Raben. Dieser schliesst die Augen und gurrt: «Le ja.» – Margarethe frohlockt: «Dann komm mit, wir holen Leon. Und er sammelt die Vögel ein, um sie ins Jahr 2172 zu bringen!» Plonk segelt von der kleinen Weisstanne herunter zu Margarethes Füssen. «Bitte hier hinein, in die Kapsel», erklärt sie ihm und zeigt mit der linken Hand auf das Gefährt. Plonk beäugt das überdimensi-

30

oniert Etwas misstrauisch, doch weil seine Ziehmutter insistiert, wagt er sich hinein – sie hat ihn schliesslich noch nie in eine Falle gelockt. Margarethe setzt sich neben Plonk. Die Glastür schliesst sich automatisch. Das Mädchen fragt Plonk: «Wo ist Leon?» – «Le Mi Ale», krächzt er. – «Miami? L.A.?… Ach so… Mittelalter! Ok, aber wann genau?», fragt sie nach, als der Bordcomputer helfend eingreift und diverse Epochen als Bilder auf dem eingebauten Borddisplay aufleuchten lässt, so dass man Gegenden und Personen sieht, wie sie typisch für die jeweilige Zeit waren. Als jene Epoche erscheint, in der sich Leon befindet, pickt der Rabe auf die Konsole. Es erscheinen mehr Details, um die genaue Zeit einzugrenzen, und auch hier trifft der Rabe eine Entscheidung. Schliesslich geht es um das richtige Jahr, dann um den Monat, schliesslich um den genauen Tag. Plonk antwortet stets mit unglaublicher Präzision. «Woher weisst du, dass Leon genau dann dort ist?» – «Le Te Pat», gurrt der Rabe. Margarethe stutzt: «Er ist auf einer Tee-Party? Er übt Teleportation? … Telepathie?» Plonk nickt beim letzten Wort. – «Echt jetzt? Der kann mit dir telepathisch über die Jahrhunderte hinweg kommunizieren?» Plonk nickt. Margarethe ist überglücklich, aber etwas Neid schleicht sich da hinein, denn sie selber kann das höchstens, wenn sie sich zur gleichen Zeit am gleichen Ort befinden. Und auch dann ist sie sich nie sicher, ob der Rabe sie doch einfach nur hört, weil er gute Ohren hat. Sie verscheucht diese Gedanken und bittet den Bordcomputer namens ZIL-004, den von Plonk angezeigten Tag im Mittelalter anzusteuern. «Sehr gerne, Frau Gygax! Wünschen Sie noch etwas?» – «Nein, verlieren wir keine Zeit! Los geht's!» Und erneut verschwindet die Umgebung in einem blauen Dunst, und die Kapsel macht sich auf einen langen Weg noch weiter zurück in die Vergangenheit.

4

Rüstungen, Ritter und Rai

Leon erwacht, und ihm brummt der Schädel. Immerhin ist seine Unterlage weich – wie ein Kissen. Langsam schwant ihm, worauf er seinen Kopf gebettet hat, und er greift spielerisch mit seinen Händen nach dem «Kissen», um seine Freundin zu kitzeln. Da hört er einen empörten Aufschrei: «Hee, runter von meinem Arsch!» Er zuckt zusammen und richtet sich blitzschnell auf, um festzustellen, dass es sich bei seinem Kopfkissen nicht um Margarethe handelt! – «Du Arsch, was liegst du auf meinem!», schimpft Seraina vorwurfsvoll, aber um ihre Augen spielt ein amüsiertes Lächeln. Leon spürt, wie ihm das Blut in den Kopf steigt, und er ist viel zu verblüfft, um über die Situationskomik zu lachen. «Ui, Rai, äh, uups, sorry!», stottert er verdattert, aber das Mädchen grinst nur: «Kann ja mal passieren, solange es nicht Absicht war!» – «Nein, sicher nicht», wehrt er mit erhobenen Handflächen ab. «Ich dachte, ich liege auf Mäggys… äh… Hinterteil. Das war ein Versehen!» – «Na gut, ich glaube dir! Aber wo sind unsere beiden Liebsten?», fragt Seraina verwundert und blickt sich um. «Und wo sind wir überhaupt?»

Schweigend lassen die beiden ihre Blicke durch die Umgebung schweifen. Wald, Auenlandschaft mit dichtem Gebüsch. Alles wirkt wild und unbewirtschaftet. «Keine Ahnung, ich verstehe das nicht», murmelt Leon und kratzt sich am Kopf. «Soeben waren wir doch noch auf der Museumsinsel in Berlin… vielleicht haben die beiden Raben auf der Vitrine mit den Krummsäbeln uns hierher gebeamt.» Seraina legt ihre Stirn in Falten und seufzt: «Wo ist mein Rudolfino, wo ist Mäggy?» – «Keine Spur von den beiden, und wir liegen hier mitten auf der Wiese.» Leon fällt auf, dass Seraina stets «Mäggy» sagt nach alter Manier, wenn sie den Namen ihrer Freundin besonders liebevoll ausspricht. Neugierig macht er sie darauf aufmerksam. «Wieso Mäggy und nicht Mäg?» Sie stutzt, überlegt einen Augenblick, dann erwidert sie: «Macht der Gewohnheit, aber nicht nur das. Die von dir initiierten Abkürzungen sind vielleicht peppiger, aber als Kosenamen braucht es zwei Silben, finde ich. Meinen Liebsten könnte ich nie einfach <Ru> nennen! Ach, Rudy, wo bist du?!» Leon lässt sich diese Erklärung durch den Kopf gehen, als das Mädchen hinzufügt: «Zum Rufen eignen sich zwei Silben besser, egal, ob man es freundlich meint oder genervt ist! Ruuudiiii!», demonstriert sie das, in ungeduldigerem Tonfall, und Leon lacht: «Einsilbennamen wirken auf mich halt so entspannt, so chillig.» – «Du bist auch der entspanntere Typ, da hast du uns dreien einiges voraus», bemerkt Seraina anerkennend. – «Also, wenn du lieber wieder Raina genannt werden willst – bitte!» – «Nee, aus deinem Mund klingt <Rai> besser! Aber ich fühle mich augenblicklich überhaupt nicht chillig; wo sind die beiden bloss?»

Leon versucht, Ruhe zu bewahren und das Mädchen zu beruhigen, aber auch er hätte gern Gewissheit über den Verbleib seiner Freundin. «Komm, wir gehen mal ein paar Schritte, ob wir irgendwo eine Stadt finden oder irgendwas, das uns Hinweise über Ort und Zeit gibt.» Sie nickt, und er reicht ihr die Hand, um ihr aufzuhelfen. Da erblickt Seraina im Gras neben sich etwas Glänzendes. «Das ist doch ein Schwert!», staunt sie. Leon beugt sich über sie und begutachtet die Waffe: «Nein, das ist doch einer der Krummsäbel aus dem Museum, erinnerst du dich?» – «Stimmt, du hast doch noch herumgealbert, dass die so krumm sind, diese orientalischen Waffen.» Das Mädchen nimmt die Waffe in die Hand. – «Vorsicht, das Ding könnte scharf sein!», warnt der Junge sie. – «Ich bin doch nicht blöd!», entgegnet sie scharf und betrachtet die Waffe, hält sie über ihren Kopf, sodass die Sonne sich im matt gewordenen Metall spiegelt. «Hat uns dieses Ding wohl zum Zeitsprung verholfen?»

Seraina will aufstehen, und erneut bietet ihr Leon seine Hand an, was sie dankbar quittiert: «Ein Gentleman bist du, obwohl du dauernd unanständige Sprüche klopfst!» Er reagiert etwas düpiert: «Ich, unanständig? Ich lege Wert darauf, dass ich allenfalls MEHRdeutigkeiten von mir gebe! Alles andere ist eine Frage der Interpretation!» Sie kichert: «Honi soit qui mal y pense!» Und er greift nach dem Säbel: «Soll ich das krumme Ding tragen?» – «Ist das auch wieder zweideutig gemeint?», versetzt sie frech und schüttelt den Kopf: «Das könnte dir so passen! Ich muss mich doch schützen können!» – «Gegen wen? Du hast doch mich als Bodyguard!» – «Ja, aber das treibst du manchmal etwas weit!» – «Du meinst, weil ich deinen Allerwertesten mit einem Kissen verwechselt habe?» – «Ja, unter anderem…» Beide grinsen, dann überreicht Seraina dem jungen Mann die Waffe mit den Worten: «Aber als Lastesel darfst du mir gern dienen!» Seufzend nimmt er den Säbel an sich: «Womit die Hierarchien wieder geklärt wären!»

Sinnierend setzen sie sich in Bewegung. Während sie weitergehen, unschlüssig, welche Richtung sie einschlagen sollen, fällt Leon die dichte Vegetation auf. «Wahnsinn!», ruft er aus, und das Mädchen sieht ihn fragend an: «Was denn? Dass wir durch die Zeit gereist sind?» – «Nein, also ja, aber ich bin verzaubert von der Fruchtbarkeit der Natur!» – Sie schickt ihm einen amüsierten Blick. «Wirst du jetzt schon wieder anzüglich?» Er errötet sichtbar: «Nein, ich meinte doch nur… es ist so grün! Die Wiesen, die Wälder, die Weite und Grenzenlosigkeit!» – «Stimmt, es ist unglaublich grün hier; freie Natur, soweit das Auge reicht.» Leon atmet tief ein und gerät ins Schwärmen: «Wow, hörst du das? Neuntöter… Zilplzalp… und das klingt nach Mönchsgrasmücke!» – «Was für 'ne Mücke? Hast du 'ne Meise?», fragt das Mädchen verwirrt. – «Die Mönchsmeise könnte das auch sein… aber den Buchfink, den kennst du sicher?» – «Was laberst du da? Was soll das sein?» – «Vögel natürlich!», erwidert er, als wäre es das Selbstverständlichste der

Welt. «Hörst du nicht die fallende Leiter?» – «Was bitte?» – «Ich meine den chromatischen Gesang, diese Tonleiter in Halbtonschritten; das heisst, statt einer aufsteigenden Tonleiter fallende Töne, ganz typisch für den Buchfink.» Seraina reisst die Augen auf angesichts des Wortschwalls des angehenden Biologen und protestiert: «Hör schon auf, ich hab' von Vögeln keine Ahnung!» Er schickt ihr einen vielsagenden Blick: «Da wär' ich mir nicht so sicher!» Sie errötet und knufft ihn in die Schulter: «Blödmann! Du bist auch ein komischer Vogel!» – «Ach, weisst du, im Grunde meines Herzens bin ich ganz schüchtern und harmlos, ich überspiele das nur mit Wortspielen!», gesteht er ihr grinsend, und sie weiss nicht so recht, wie sie diese Aussage einordnen soll.

Schweigend gehen sie eine Weile nebeneinander und sinnieren. Nach dem Schlagabtausch ist beiden gar nicht mehr ums Herumalbern zumute, vom Flirten gar nicht zu sprechen. Die Situation ist so ungewohnt. Leon, der üblicherweise gerne freche Sprüche klopft, fühlt sich plötzlich etwas unwohl, jetzt, wo er mit der besten Freundin seiner geliebten Mäg allein ist. Seraina ist es auch seltsam zumute; wenn sie nicht im Viererteam unterwegs sind, ist es nur halb so lustig. Und sie ist auch unruhig, weil sie nicht weiss, wo ihr Rudy ist und ihre Freundin. «Ich mache mir Sorgen um unsere beiden Liebsten!» – «Warum denn? Die flanieren sicher in Berlin rum, und bei den beiden mache ich mir keine Sorgen!», erwidert er betont lässig, aber die Sorgenfalte auf seiner Stirne straft ihn Lügen. – «Sorgen mache ich mir, ob sie nicht auch irgendwo gelandet sind vermittels des Schwertes – aber nicht am gleichen Ort wie wir!», gibt sie zu bedenken. «Aber wo könnten sie nur sein?» Seufzend legt sie ihre Stirn in Falten. «Vielleicht stecken sie in Schwierigkeiten.» – «Ach was, Mäg ist nicht auf den Kopf gefallen, und Ru findet immer eine Lösung – mit oder ohne Cybertool!» Statt einer Antwort schluchzt sie auf, und Leon ist versucht, sie tröstend zu umarmen, befürchtet dann aber, dass sie das als zudringlich empfinden könnte. «Immerhin müssen wir uns keine Gedanken machen, dass Ru ein Schwerenöter ist; der ist treu, und meine Mäg ist es auch.» Seraina schickt ihm einen vorwitzigen Blick aus geröteten Augen, und ihr Humor ist offensichtlich noch da: «Die Frage ist, wissen sie, dass WIR uns benehmen, Leo?» Das attraktive Mädchen amüsiert sich darüber, dass nun Leon seinerseits errötet, und sie kann es nicht lassen, ihn zu provozieren: «Unsere Liebsten sind eifersüchtig, hast du das noch nie bemerkt?» Das bringt ihr einen echt erstaunten Blick ein, und Seraina ist gerührt, wie unschuldig und ehrlich Leon ist: «Aber warum? Ich würde Mäg nie betrügen, und schon gar nicht mit ihrer besten Freundin; das kommt überhaupt nicht in Frage!» Grinsend fügt er hinzu: «Auch wenn diese Freundin ein verdammt heisser Feger ist!» Geschmeichelt über dieses Kompliment à la Leon, errötet nun auch Seraina. «Ich finde, du bist süss», gesteht sie, und jetzt wird er wieder rot. «Und du passt einfach prima zu Mäg! Ihr seid DAS Traumpaar!» – «Auch du bist perfekt für Ru!», lächelt Leon, und er meint es ehrlich. Jetzt sind beide beruhigt, dass das ausgesprochen wurde, was immer zwischen den Zeilen hing. Provozieren und Sprüche klopfen macht Spass, aber es gibt Momente, in denen man klarstellen muss, dass der Spass auch Grenzen hat. Seraina und Leon sind froh, dass diese Grenzen nun klar gesetzt wurden.

* * *

Als sie weiterwandern, erblicken sie ein Haus, das nach einem Hof aussieht. Es wirkt ärmlich, ist aber umgeben von Feldern, auf denen offensichtlich etwas angebaut wird. Je weiter sie gehen, desto mehr solche Höfe und bepflanzte Felder sehen sie, und bald erscheint etwas in der Ferne, was nach einem dichter bewohnten Ort aussieht. Leon deutet auf die Ansammlung von

Häusern: «Schau mal, ein Dorf.» Neugierig reckt Seraina ihren ohnehin schon langen Hals: «Das sieht winzig aus, und die Häuser sind alle aus Holz.» Leon kann es nicht verkneifen, zu bemerken: «Kannst du mit deinem Giraffenhals nicht noch mehr erkennen?» Das bringt ihm einen vernichtenden Blick ein, worauf er beschwichtigend seine Handflächen hebt: «Bevor du mich mit Blicken tötest, erwäge doch, dass es ein Kompliment sein könnte!» Sie schnaubt: «Mir steht der Sinn gerade nicht nach Schmeicheleien; ich will wissen, wo wir gelandet sind!» Nicht lange dauert es, bis sie den Weiler erreichen. Dort ist viel Volk versammelt; es mutet an wie Marktstimmung: Spielmänner machen Musik; Marktfrauen und Verkäufer preisen ihre Waren an, es duftet nach den verschiedensten Speisen. «Ulkige Kleidung tragen die Leute!», kichert Seraina. Die Frauen sind in lange, weite Kleider mit ausladenden Ärmeln gewandet und tragen alle einen Kopfschleier, der das ganze Haar bedeckt, aber das Gesicht freilässt. Seraina findet die Tracht schick, abgesehen vom Schleier, aber die um die Taille mit einem Gurt zusammengenommene Robe betont trotz ihrer Länge die Figur. Die Männer dagegen sind ungewohnt bunt und karnevalesk gekleidet in den Augen von Teenagern des 21. Jahrhunderts – mit buntem Wams, engen Hosen, Schnabelschuhen. Alle tragen sie ihren Kopf bedeckt. Leon flüstert: «Ist das ein Mann oder eine Frau, das Wesen mit dem Pagenschnitt und dem bunten Beret?» – «Mann, natürlich! Schau doch genau!», raunt sie ihm aus dem Mundwinkel zu. «Der trägt Leggins!» Leon unterdrückt ein Prusten und spricht den Erwähnten an: «Bitte verzeihen Sie, was für ein Fest ist hier im Gange?» Der Angesprochene reagiert amüsiert mit unerwartet hoher Stimme: «Von welcherorten kommet Ihr, wenn Ihr nicht wisset, dass morgen das grosse Turnier von Brandenburg stattfindet?» Verdutzt fragt Leon: «Was für ein Turnier?» Jetzt lacht sein Gegenüber laut heraus mit hoher Stimme: «Albrecht der Bär, Graf und Begründer der Mark Brandenburg, lässt dem Beruf der Rittersleute grosse Wertschätzung zukommen.

Die besten Ritter werden gegeneinander antreten im Dienste ihrer Lehnsherren!» Leons Augen beginnen zu leuchten: «Ritterturnier? Ist ja voll krass!» Auch Seraina wird ganz aufgeregt: «Abgefahren! Dann sind wir wahnsinnig weit in der Zeit zurückgereist. Ausser, das wäre ein Historienspektakel.» Ihr Begleiter wagt die Frage an den Ortskundigen: «Äh… hättet Ihr die Güte, uns aufzuklären…» – «Was schwafelst du da?», zischt das Mädchen – «…in welcher Zeit wir uns befinden?» Nun ist der Mann gänzlich ausser sich vor Begeisterung und kann nicht mehr an sich halten. Lachend brüllt er: «Kommt, mini Fründe, und hört euch an, was dieser gar wunderlich gewandet Gesell mich fräget!» Andere Einheimische drängen sich um die Gruppe, Männer und Frauen, allesamt farbenfroh gekleidet, und Seraina und Leon wird es ungemütlich zumute. Da prescht das Mädchen vor, lediglich um davon abzulenken, dass Leon und sie in den Augen der Einheimischen seltsam aussehen und komische Sachen fragen: «Wo kann man sich anmelden?» Fragende Blicke antworten ihr stumm, und Leon doppelt nach, ohne viel zu überlegen: «Ich möchte mitmachen, ich habe eine Waffe!» Mit diesen Worten hebt er den Säbel hoch.

«Bist du wahnsinnig?», faucht Seraina fassungslos, aber die Begeisterung der Leute über diesen komischen Vogel von Fremden mit seiner krummen Waffe kennt keine Grenzen mehr. Übermütig jubelnd drängen sie Leon samt Seraina in eine Richtung, und ehe die Teenager sich's versehen, stehen sie vor einem blauweiss gestreiften Zelt und werden hineingeschoben. Drinnen sitzen zwei Männer mit roten Kappen und Wamsen mit gestreiften Puffärmeln an einem Tisch, vor sich ein Pergament, auf welches der eine mit einer richtigen Vogelfeder in ungewohnter Schrift etwas notiert. Fragend hebt der andere den Blick, während der Schreiber weiter mit der Feder hantiert. «Name?», fragt er beiläufig, doch bevor Leon oder Seraina etwas erwidern kann, spricht ihr neuer Begleiter, welcher ebenfalls ins Zelt eingetreten ist: «Das Turnier bestreiten ist der Fremde gewillt, mit einer gar wunderlichen Waffe, welche aussehet nach Sarazenen.» – «Seid Ihr ein Sarazene?», fragt nun der Schreiber mit strengem Blick. «Die Ungläubigen sind uns Christen nicht willkommen!» Seraina knufft Leon in den Rücken, und dieser antwortet stotternd: «Nein… ich bin Bud… Christ, mein Name ist Leon Löwenherz.» – «Leonidas Löwenherz!», korrigiert Seraina, und der Schreiber nickt befriedigt und setzt sein Werkzeug in Bewegung. Sein Kollege spricht: «Der Markgraf von Brandenburg höchstpersönlich brauchet einen, der für ihn reitet und streitet, da sein getreuer Ritter bei einem Geplänkel mit einem Raubritter seine Seele ausgehauchet hat.» – «Ui!», rufen Seraina und Leon wie aus einem Munde und saugen zischend die Luft ein. – «Vor drey Tagen es geschah, und zutiefst bestürzt ist Albrecht der Bär. Er wäre enttäuschet, könnte er keinen Ritter in das Turnier schicken.» Die Teenager schicken einander Blicke, und der stumme Dialog entgeht den Männern nicht. «Einen Knappen habet Ihr ja bereits, aber beyder Kleid und Haar ist sonderbar. Wir werden unserem Grafen Kunde geben, und er wird Euch ausstatten mit dem Nötigen.» Mit offenem Mund starren Seraina und Leon den Sprechenden an, aber ehe sie etwas erwidern können, klopft ihnen ihr neuer Freund mit der hohen Stimme auf die Schultern und redet begeistert auf sie ein: «Wie wundervoll dies doch ist, und wunderlich zugleich: Leonidas Löwenherz reitet für Albrecht den Bären!» Vor lauter Überraschung bleibt Leon und Seraina das Lachen über diesen seltsamen Zufall im Hals stecken. Sie fühlen sich beide völlig überrumpelt und lassen sich wie in Trance in ein anderes Zelt geleiten, wo sie nach kurzer Zeit von einem Diener einen Stapel aus bunten Stoffen aufgedrängt bekommen. «Hier ist Euer Kleid; die Rüstung werdet Ihr in Bälde erhalten, und das Pferd steht bereit.» – «Was? Wie? Wo? Pferd?», stottert Leon, doch unbeirrt spricht der Diener weiter: «Für Euren Knappen ist dies die passende Kleidung, und die Lanze werdet Ihr erhalten. Die anderen Ritter sind bereits mit Übungen beschäftigt.» Als die Teenager allein im Zelt sind, sprechen sie zuerst nicht, weil sie zu verblüfft sind. Dann fängt Seraina an: «Was geht ab? Was für ein Theater spielen wir hier?» Leon seufzt: «Ich fürchte, ich habe meine vorlaute Klappe wiedermal zu weit aufgesperrt! Aber das rutschte einfach so raus, nachdem du gefragt hast, wo man sich anmelden könne.» – «Ich wollte damit nur von unserem seltsamen Auftreten ablenken! Aber jetzt sitzen wir voll in der Patsche! Was hast du uns diesmal eingebrockt, Leon?» – «Ich werde wohl beim Turnier teilnehmen müssen!» – Seraina verdreht ihre Augen: «Und wie kommen wir aus dieser Nummer wieder raus?» – «Ganz einfach: Ich muss das Turnier einfach gewinnen!»

* * *

Als sich Seraina wieder gefasst hat von ihrem hysterischen Lachanfall, bei welchem Leon schon besorgt war, dass sie daran erstickt, fragt das Mädchen: «Und was nun?» – «Jetzt zieh’ ich wohl diese Klamotten an und mache beim Training mit.» – «Und ich?» – «Du hilfst mir beim Anziehen!» Sie reisst die Augen auf und winkt ab: «Vergiss es!» Er sieht die Stoffe durch, die sie erhalten haben, und grinst: «Oh doch, meine Liebe! Du bist nämlich mein Knappe!» Jetzt ist Seraina wirklich aufgebracht: «Oh nein, so weit haben wir nicht gewettet! Ich spiel doch nicht den Lakaien für dich! Wenn schon, dann sitze ich als Edelfräulein im Publikum, mit so einem hübschen Kleid und einem schicken Haarreif mit Schleier!», setzt sie mit hoch erhobenem Haupt hinzu. Er schüttelt den Kopf: «Hast du nicht mitgekriegt, was sie gesagt haben in dem Anmeldungszelt?» Nun ist es an ihr, den Kopf zu schütteln, und er zeigt ihr die Kleider: «Zieh doch am besten mal das hier an, und dann sehen wir weiter!»

Entrüstet betrachtet sie das Wams und die engen Hosen, die pantoffelartigen Lederschuhe und die Mütze: «Das soll ich anziehen? Sonst geht's dir noch gut?» – «Warum, sind doch hübsche Farben!» – «Das Wams ist doch viel zu kurz! Leggins mit kurzem Oberteil, das geht doch gar nicht! Das macht ja einen fetten Arsch!» Der Junge bricht in Gelächter aus: «Ist dein Arsch echt deine einzige Sorge? Ich setze hier vermutlich grad mein Leben aufs Spiel, um deinen und meinen Arsch zu retten!» Pikiert schweigt sie und grummelt dann: «Und eine Garderobe zum Umziehen gibt's hier nicht?» – «Das hier ist unsere Garderobe, meine Gute; die denken doch, du seist ein Typ!» – «Haben die Tomaten auf den Augen?» – «Vermutlich schon, aber deine Kleidung ist für damalige Verhältnisse nicht sehr feminin!» Seraina sieht an sich herab: Sie trägt enge Jeans und ein T-Shirt, darüber eine weite Kapuzenjacke, welche sie über ihr offenes Haar gezogen hat, um nicht aufzufallen. «Du hast ausserdem die halbe Wiese im Haar!», bemerkt er, indem er ihr einen Grashalm aus ihren Haaren zieht. Bevor sie sich mit Leon weiter streiten kann, ruft von aussen eine Stimme: «Sputet euch, Ritter Löwenherz; Ihr sollet Euch im Angesicht des Markgrafen mit den anderen Rittern messen, bevor der Kampf im Morgengrauen stattfindet!» Leon fragt: «Was ist mit meiner Rüstung?» – «Die brauchet ihr jetzo noch nicht, weil sonst Eure Bewegungsfreiheit eingeengt ist.» Leon seufzt: «Aufgeschoben ist nicht aufgehoben!» Schnell entledigt er sich seiner Kleider, was Seraina aus dem Augenwinkel beobachtet, weil sie es nicht lassen kann. «Brauchst du Hilfe?», fragt sie scheinheilig. – «Danke, die enge Hose krieg ich zwar fast nicht über mein Hinterteil, aber es geht schon!», entgegnet er grinsend. Als er aus dem Zelt tritt, hört er noch ihren Kommentar: «Geiler Arsch!»

Widerwillig zieht Seraina die offensichtliche Knappenkleidung an und mischt sich unters Volk, um den Kampfübungen zuzusehen. Ausserdem wird von ihr als Knappe sicher erwartet, dass sie in der Nähe bleibt, um ihrem Ritter zu Hilfe zu kommen. Sie ist erstaunt, wie geschickt sich Leon anstellt mit den für ihn ungewohnten Waffen – mit Spiess, Schwert und dem orientalischen

Krummsäbel. Besonders auf dem Pferd zeichnet er sich aus, weil er als Pferdeflüsterer auf Anhieb einen Draht zu seinem Ross findet. Als er die schwere Lanze von Seraina entgegennimmt, welche dabei fast umkippt, stutzt er einen Augenblick, weil das grosse Gerät sehr lang ist und unhandlich. Mit diesem geht er weniger geschickt um und stürzt sogar vom Pferd. Mit der Zeit hat er die Waffe besser im Griff, aber er ist offensichtlich müde, und endlich wird mit einem Fanfarenstoss der Feierabend verkündet. Nun geht das bunte Festgetümmel erst recht los, aber weder Seraina noch der vom Training erschöpfte Leon mögen sich an den Festlichkeiten beteiligen. Als «Angestellte» des Grafen erhalten Ritter und Knappe Verpflegung und ein Lager in einem grossen Zelt, in welchem offensichtlich noch andere Gäste erwartet werden. Während die anderen feiern, sind die beiden allein im Zelt und beraten sich. Dabei kommt Leon mit einem Vorschlag, der bei Seraina auf sofortige Ablehnung stösst: «Ich sag das ungern, Rai, aber du solltest deine Haare schneiden!» – «Vergiss das!», reagiert sie entsetzt. «Das kommt gar nicht in Frage!» – «Aber deine Frisur entspricht der damaligen, das heisst, heutigen Mode nicht!», gibt er zu bedenken. – «Scheiss auf die Mode!», blafft sie ihn an, und er sucht ein neues Argument: «Das wächst doch wieder nach! Erinnerst du dich an Mäg und mich in London 990?» – «Ja, eben, so will ich nicht aussehen! Glaub ja nicht, du könntest mich verunstalten!» Seufzend wiederholt er: «Das wächst nach, glaub mir, liebe Rai!» Sie aber winkt verächtlich ab: «Wer's glaubt, wird selig!» Verstimmt brummt er: «Du könntest etwas kooperativer sein! Ich riskiere immerhin meinen Ar…» – «Hör doch auf mit deinem Arsch, du Arsch!», faucht sie ihn an, doch er gibt nicht nach: «…da könntest du auch ein kleines Opfer bringen!» – «Nein! Nein! Nein!», bleibt sie eisern. Wütend ziehen sich beide auf ihre zugeteilten Lager zurück und versuchen zu schlafen, aber da noch andere Ritter und Knappen im gleichen Zelt logieren, finden sie lange keine Ruhe und fiebern dem kommenden Turnier-Tag angstvoll entgegen.

Im Morgengrauen verkünden Trompetenstösse das bevorstehende Turnier. Die Ritter werden wach und reden wild durcheinander, und die Knappen eilen umher, um ihren Herren Hilfestellung zu leisten, helfen beim Anziehen der Beinschoner und holen die Rüstung. Leon sieht sich um, kann aber Seraina nirgends erspähen. Seufzend zieht er sein Wams über und studiert herum, wie er seine Rüstung behändigen soll, da betritt ein junger Knappe das Zelt, schwer beladen mit Teilen einer Ritterrüstung, die er unter grossem Geklapper bugsiert und neben Leon auf den Boden fallen lässt, fast auf seine Füsse. Überrascht wendet Leon seinen Blick dem jungen Mann zu, welcher auf den Boden kniet und mit gesenktem Blick anfängt, dem Ritter die Beinschienen zu montieren. Der Knappe scheint noch ungeübt zu sein, denn ständig schielt er zum Ritter-Knappen-Paar nebenan, um zu sehen, welche Handgriffe er ausführen muss. Dann greift er nach dem Brustpanzer, welcher offensichtlich schwer ist, und Leon kommt ihm zu Hilfe, das Ding entgegenzunehmen. Dabei begegnen sich ihre Blicke. «Rai!», ruft Leon verblüfft. Ihre grossen dunklen Augen sehen ihn an mit einem schwer zu deutenden Ausdruck. Unter der kecken Mütze sieht sie sehr jung aus, aber was ihn besonders irritiert, sind ihre Haare, welche ihr nur bis zum Kinn reichen. «Was hast du mit deinen Haaren gemacht, hast du sie unter die Mütze gesteckt?» Das Mädchen seufzt «Denkste!» und senkt ihren Blick wieder. – «Hast du sie doch abgeschnitten?» – «Ja, blieb mir ja nix anderes übrig», druckst sie herum. «Du hattest Recht, ich hab mich wirklich nicht kooperativ benommen, sorry!» Dem Impuls, das Mädchen, das den Tränen nahe ist, in die Arme zu nehmen, muss der Ritter widerstehen, weil es den Umstehenden seltsam auffallen würde. – «Wie und wann denn?», möchte er wissen. – «Heute früh, als alle noch schliefen. Ein Messer zu finden war nicht schwer.» Tapfer nimmt sie sich zusammen, und Leon ist gerührt, kann es aber nicht lassen, zu bemerken: «Ich habe sicher den hübschesten Knappen!» Seraina lächelt schwach, dann fügt sie mit giftigem Unterton hinzu: «Aber wehe dir, das wächst bei der Zeitreise nicht nach, dann skalpiere ich dich mit dem Krummsäbel!»

Trompetenstösse rufen Volk und Ritter auf den Turnierplatz. Leon und Seraina mühen sich mit der Rüstung ab, und sie erinnert sich an das Abenteuer im Zürich des 13. Jahrhunderts, als sie mit Margarethe und Rudy versuchten, sich auszurüsten, um zusammen mit den geharnischten Frauen um Hedwig ob Burghalden die Stadt gegen die Regensburger zu verteidigen. Damals wären sie vor lauter Rumalberei rund um die Rüstungen beinahe zu spät zum Schauplatz gekommen. Leon entgeht ihr Grinsen nicht: «Sieht albern aus, so eine Rüstung, was? Und ist gar nicht einfach zu handhaben!» – «Ich dachte nur gerade, wie Mäggy versuchte, einen Beinpanzer an ihren Arm zu montieren, und wie Rudy eine Bemerkung über eine massangefertigte Modifikation in einer Rüstung machte, welche im Tower von London ausgestellt ist.» – «Erzähl schon!», fordert er sie auf. «Das wird mir wieder deftig gewesen sein, wie ich den guten alten Rudy kenne!» Beim Gedanken an ihren Liebsten treten dem Mädchen Tränen in die Augen, und die Stimme versagt ihr. Mitfühlend winkt Leon ab: «Erzähl es mir bitte später, jetzt muss ich ja erst mal dieses Turnier überstehen!» Schweigend mühen sich die beiden mit der Rüstung ab, bis der Nachbar lacht und ihnen rät, Leon sollte unbedingt eine Art wattierte Weste anlegen als Polster. «Sonst drucket das Kettenhemd fürchterlich auf die Haut unter der Rüstung!», lacht er über die Unwissenheit von Ritter und Knappe. Leon und Seraina machen grosse Augen. «Ergibt absolut Sinn!», findet das Mädchen, und der Junge nickt. Also alles wieder ausziehen bis aufs lange Leinenhemd, das vorne geschnürt wird, dann die Weste, das Kettenhemd und die Rüstung wieder anlegen. Seraina hilft Leon und muss ab und zu kichern, weil das alles so ungewohnt ist: Leon im Kettenhemd, der imposante Brustpanzer, die Schulter- und Armschoner, die eisernen Handschuhe: «Wie Klauen! Mit denen könntest du mich glatt erwürgen!» Am Ende setzt sie ihm den Helm auf mit den Worten: «Ich mach' dann schon mal den Dosenöffner bereit!» Es dauert eine Weile, bis sich der junge Mann mit weichen Knien und unsicheren Schritten in der ungewohnten Rüstung in Richtung Turnierplatz begibt, und bereits kommt ihm ein Diener des Markgrafen ungeduldig entgegen. Alle warten auf Leonidas Löwenherz, und diese unverdiente Ehre ist dem Neuling im Ritterbusiness etwas peinlich. Sein Knappe bleibt in seiner Nähe. «Viel Glück!», wünscht ihm Seraina und muss ein Schluchzen unterdrücken, als er das Pferd besteigt und von ihr die Lanze entgegennimmt. Sie strengt sich fest an, als sie ihm seine schwere Waffe reichen muss, dass es nicht peinlich aussieht.

Erneut erklingen Fanfaren, und jetzt geht das Spektakel los. Viel Publikum ist versammelt; die Edelleute in den Sitzreihen, das Volk sitzt oder steht am Rande des Turnierplatzes, laut grölend und schwatzend. Nacheinander werden die Ritter aufgerufen, und auf entgegengesetzten Seiten des Kampfplatzes beziehen sie Stellung, um dann mit ausgestreckten Lanzen aufeinander zuzureiten. Ziel ist es, den Gegner aus dem Sattel zu heben. Am Anfang reiten immer mehrere gleichzeitig, aber als sich langsam die Reihen lichten, reiten nur noch einzelne Ritter gegeneinander. Seraina kommt alles vor wie ein wirrer Alptraum. Unbegreiflicherweise ist Leon immer noch im Rennen, obwohl er ungeübt ist, aber er muss einen wirkungsvollen Schutzengel haben. Angstvoll beobachtet sie, wie er immer wieder losreitet, aber auch sein Pferd muss ein Schutzengel sein, denn es scheint eins zu sein mit seinem Reiter, und Leon kann sich felsenfest auf das Tier verlassen. Jedes Mal, wenn er losreitet, fühlt er sich wie in einer Trance, und er funktioniert einfach, quasi auf Autopilot, als wäre es gar nicht er selber, der reitet und kämpft – als wäre er in die Haut eines anderen geschlüpft. Bei allem Ehrgeiz, der ihm sonst manchmal eigen ist, hat er diesmal keine andere Ambition, als unverletzt aus diesem Turnier herauszukommen. Er versucht, das Geschehen wie einen Film ablaufen zu lassen und die Eindrücke nicht zu nah an sich herankommen zu lassen. «Das ist eine Zeitreise, das ist nicht echt», redet er sich immer wieder ein. Das war auch seine Strategie, als er im Käfig gesessen hat, als sie in sowjetischer Gefangenschaft im Kalten Krieg festsassen. Der Gedanke, es könnte eben doch nur ein Traum sein, und es würde ihm und seinen Gefährten nichts passieren, hatte ihn in seiner beklagenswerten Lage immer ermutigt und wohl auch bewirkt, dass das Erlebnis ihn nicht nachhaltig traumatisiert hat. Seine Mäg hatte ja bereits einiges erlebt an schrecklichen Dingen, war mehr als einmal inhaftiert gewesen, aber auch sie konnte sich mental abgrenzen von den Gräueln. Darum versucht Leon auch jetzt, das Geschehen als ein Spiel zu nehmen – als wäre er Rudy, der versiert ist in Computerspielen. Beim Gedanken an Margarethe und Rudy wird Leon gleichzeitig warm und schwer ums Herz, denn die Ungewissheit nagt an ihm. Einen Moment lang ist er unaufmerksam, da verspürt er einen heftigen Stoss in seine Magengegend, der Schrei bleibt ihm im Halse stecken, und er fällt vom Pferd. Dunkelheit breitet sich um ihn aus.

5

Eine echte Zukunft und zwei falsche Ritter

Margarethe und Plonk blicken aus der Zeitkapsel hinaus in eine wundersam waldige Welt. «Wie schön», denkt Margarethe für sich und sieht im Augenwinkel Plonk, der ebenfalls fasziniert die wilde Natur betrachtet. In diesem Moment laufen vor ihrem geistigen Auge alle Abenteuer nacheinander ab, die sie mit und dank ihm bestanden hat. Wie oft war ihr Rabe Retter in der Not! Wie oft hat er sie in die Vergangenheit katapultiert und wieder nach Hause gebracht! – Doch dieses Mal haben Margarethe und Plonk weder Rabenmagie noch Schwertzauber benötigt. Dieses Mal sind sie in einer Zeitkapsel vom Jahr 2172 via Boxenstopp im 2022 ins Mittelalter gefahren, ins Jahr 1158 zu einem Ritterturnier von Albrecht dem Bären, wie es auf dem Computermonitor steht. Denn Plonk hat diesen Moment gewählt, weil er anscheinend von Leon auf telepathischem Weg die Information erhalten hat, wo sich Seraina und Leon gerade befinden.

«Nun gut, ich hoffe, wir bekommen hier keinen Strafzettel wegen Falschparkierens… oder noch schlimmer: Hoffentlich schleppen sie das Gefährt nicht ab…», grübelt Margarethe, wobei sie sich im nächsten Moment dabei ertappt, in einer mittelalterlichen Umgebung so zu denken wie in ihrer modernen Welt. Sie lacht deshalb auf, was Plonk erschreckt. Er zuckt zusammen und starrt seine Ziehmutter erstaunt an. Margarethe beruhigt ihn: «Sorry, Plonk, ich habe nur über meine eigenen Gedanken gelacht. Nun lass uns Leo und Rai finden im Jahr 1158 und mit ihnen zusammen die Vögel einfangen fürs Jahr 2172, damit wir Rudy zurückholen können.» – Plonk stellt den Kopf schief, dann krächzt er: «Tü Tü bi Aff.» – Bevor Margarethe einen dummen Spruch hinzufügen kann, öffnet sich die Glastür auf Plonks Seite, und der Bordcomputer spricht: «Bitte, Herr Plonk, ich hoffe, Sie hatten eine angenehme Fahrt.» Margarethe macht grosse Augen und wundert sich, dass jetzt auch noch ein Zeitkapsel-Computer von 2172 Plonks Ausdrucksweise auf Anhieb fehlerfrei deuten kann. Sie selber hätte den «Aff» erst nach längerem Grübeln als «auf» dechiffriert und wohl nur dann Plonks Satz als «Türe bitte aufmachen» verstanden.

Sobald Plonk aus der Kapsel hinaus gehopst ist, steigt auch das Mädchen aus. Die Glastüre verschliesst sich. «Ich warte hier auf Ihre Rückkehr, Frau Gygax. Seien Sie sich aber dessen bewusst, dass hier weit und breit keine Elektrozapfsäule steht. Weitere Anweisungen kann ich nur ausführen, wenn für die Durchführung mein aktueller Batteriestatus über 65,4 % Ladekapazität ausreicht», erklärt die Zeitkapsel, und Margarethe seufzt: «Die redet wie Rudy. Der hat die korrekten Zahlen auch immer gleich parat. Wie es ihm wohl ergeht…» Doch sie kommt nicht weiter, denn ein Reiter nähert sich im Galopp. Er hat eine Art Uniform an. Auch wenn diese eher an ein Fasnachtskostüm erinnert, weiss Margarethe mittlerweile, dass solche bunten Gewänder im Mittelalter gang und gäbe waren. Ein Polizist kann es nicht sein, denn damals gab es nur Söldner, die als Gefolgsleute im Sold eines Grafen oder Herzogs sowohl das Land gegen aussen verteidigten als auch bei Verbrechen die mutmasslichen Täter in Gewahrsam nahmen. Die Tracht der Vasallen war üblicherweise in den Farben ihres Lehnsherrn.

Plonk fliegt vorsichtshalber auf einen Ast des nächstgelegenen Baumes, um aus sicherer Warte das Geschehen zu begutachten und notfalls einzugreifen. Nun hält der Söldner sein Pferd etwa fünf Meter vor Margarethe an, die noch neben der Zeitkapsel steht, und steigt ab. Sofort zieht er sein Schwert blank und richtet die Spitze auf Margarethe. Sie schluckt leer und wird kreidebleich. Ein ungutes Gefühl beschleicht sie, und ähnliche Situationen aus früheren Abenteuern kriechen aus verborgenen Hirnwindungen hervor. Ängstlich weicht sie zurück, um sich hinter der Zeitkapsel zu verkriechen. «Fremde! Was suchet Ihr hier! Unter Arrest Ihr jetzt seid!», spricht der Söldner in herrischem Tonfall, der Margarethe nur noch mehr verunsichert. Ihre feuchten Hände suchen an der glatten Kapsel Halt. Der Söldner kommt näher und näher… Jetzt berührt seine Schwertspitze die Kapsel, da schiesst ein Blitz über die Kapseloberfläche und schleudert Margarethe und den Söldner zugleich in die Büsche. «Frau Gygax, entschuldigen Sie den elektrischen Schlag. Aber ich hasse es bis tief in meine innersten Schaltkreise, wenn einer mit seinem scharfen Ding meine glattpolierte Oberfläche zerkratzt. Zu Ihrer Information: Mein aktueller Batteriestatus ist dadurch auf 65,2 % gesunken. Frau Gygax? Geht es Ihnen gut? Warum antworten Sie nicht?»

* * *

«Nenne mich doch einfach Lasse, mein Junge!», bietet Henninn einem Rudy das Du an, der vor lauter Staunen nicht mehr weiss, wo ihm der Kopf steht – und das ist für Rudys Verhältnisse ein äusserst seltenes Ereignis. So überhört er Henninns Worte unbeabsichtigt, was den Forscher veranlasst, sein glucksendes Lachen hören zu lassen. Irritiert schaut Rudy ihn an und stottert: «Habe… ich… was… Fafafalsches gemacht, Herr Henninn?» – «Lasse, nenn mich Lasse. Darf ich Rudy zu dir sagen?» – Der Angesprochene nickt. – «Nun Rudy, wie findest du die Algorithmen, auf denen die Steuerung unserer digitalen Welt basiert?» – «Umwerfend! Aber dieser Ausdruck entspricht nur rund 10 % von dem, was ich wirklich dafür empfinde!», gesteht Rudy, dem die Augen schier aus dem Schädel kullern. Henninn steht auf und spricht mit stolz geschwellter Brust: «Und wenn die Menschheit nun auch sich selber umprogrammieren kann, damit keine Gräuel mehr geschehen, dann sind wir wirklich sehr weit.» – «Das Gehirn kann man doch nicht programmieren», wendet Rudy erstaunt ein, «das entwickelt sich auf der Basis der Gene und durch die Einwirkung von Erlebtem.» – «Korrekt, Rudy, aber wir sind heute in der Lage, die Gene zu manipulieren, damit ein Neugeborenes in seinem späteren Leben kein einziges Mal gewalttätig werden kann. Wir haben die Zeitkapsel entwickelt, um in der Vergangenheit Menschen dahingehend umzuprogrammieren. Wir wollen die Saat der Gewaltlosigkeit säen, bevor es zum Dritten Weltkrieg kommt. So wollen wir die Geschehnisse von vor rund fünfzig Jahren ungeschehen machen – die Beinahe-Auslöschung der Menschheit. Bis heute haben wir es nicht geschafft, aber seit du und Frau Gygax aufgetaucht seid, sehe ich einen neuen Hoffnungsschimmer am Horizont. Rudy, ich werde dich als Prototyp des neuen Menschen zurückschicken. Du bist hochintelligent und kerngesund. Eine Menschheit, die sich auf der Basis deiner Gene neu formiert, wird keinen Dritten Weltkrieg vom Zaun reissen.» – Rudy erstarrt, dann dreht er seinen Kopf zu Henninn und antwortet mit einem ganz miesen Gefühl im Bauch, denn er fürchtet, die Tragweite dieser Worte begriffen zu haben: «Soll das heissen, du willst meine Gene hier und jetzt umprogrammieren?» Rudy schluckt leer, das Blut gefriert ihm beinahe in den Adern. Henninn lächelt ihn an, wie ein kleiner Junge sein Weihnachtsgeschenk anstrahlt: «Korrekt.»

* * *

Seraina ist starr vor Schreck. Leons Sturz vom Pferd hat sie fassungslos mitbekommen wie in Zeitlupe. Sofort rennt sie zum Verunfallten und klappt sein Visier hoch. «Leon!», ruft sie ihn, aber er keucht und schnappt nach Luft, macht dabei erstickte Töne. «Er kriegt keine Luft!», schreit das Mädchen und fängt an, ihm die Rüstung auszuziehen. Weitere Knappen gehen ihr zur Hand dabei, denn der grosse Leon ist schwer in seiner Rüstung. «Vorsicht, falls sein Rücken verletzt ist!», warnt Seraina die Männer, damit sie Leon nicht zu fest bewegen. Wichtig ist jetzt vor allem, dass sie den Helm abkriegt und dass er Raum zum Atmen bekommt. Die Lanze hat eine Delle in die Rüstung geschlagen, und den verbogenen Panzer abzumontieren, ist nicht einfach. Mit vereinten Kräften schaffen sie es, und beim Helm ist Leons Knappe besorgt, dass des Ritters Hals oder Kopf nicht verletzt wird. Das Mädchen verdrängt alle beängstigenden Gedanken und funktioniert nur noch im Erste-Hilfe-Modus. Dabei kommt ihr zugute, dass sie sich mental bereits auf den medizinischen Beruf eingestellt hat. Sie kann auf Autopilot schalten und dabei alle Gefühle abschalten, verträgt den Anblick von Blut und Verletzungen, ohne sich zu ekeln. Auch die Leiche neben dem Trabi in Ostdeutschland um 1966 konnte sie besser wegstecken als ihre Gefährten – sie kannte den Mann ja nicht einmal; im Übrigen war er schon länger tot. Diesmal allerdings ist es schwieriger für sie, sich abzugrenzen, weil Leon ja nicht irgendein unbekannter Patient ist, sondern der Liebste ihrer besten Freundin. Ausserdem mag sie ihn wirklich.

Besorgt beugt sie sich über den bewusstlosen Jungen, der offensichtlich nicht richtig atmen kann. «Das Kettenhemd muss weg!», erteilt sie den anderen Knappen Anweisungen, und diese helfen ihr, Leon sorgfältig aus dem Schutzkleid zu schälen. Darunter trägt er die wattierte Weste und ein langärmliges Leinenhemd, was beides die Haut vor den Ketten schützt. Polster und Hemd sind vorne mit Bändern verschlossen, und Seraina öffnet diese mit dem Messer, damit es schneller geht, dann presst sie mit beiden Händen fest auf Leons Brustkorb, um ihn zu reanimieren. «Muss ich ihn wohl beatmen?», schiesst ihr ein Gedanke durch den Kopf. Instinktiv weiss sie, dass sie das Richtige tut, aber einen kurzen Augenblick lang hat sie Hemmungen, weil… nun ja, weil es Leon ist. Sie verdrängt den Gedanken, dass ihr das peinlich sein könnte – oder ihm –, und beugt sich über sein Gesicht, umschliesst seine Wangen mit beiden Händen und fängt an, ihn Mund zu Mund zu beatmen. «Gedanken abschalten, Rai!», redet sie sich selbst zu und konzentriert sich nur auf den Gedanken, dem Verunfallten wieder buchstäblich Leben einzuhauchen. Die Umstehenden äussern derweil verwunderte Laute, und Seraina unterbricht kurz das Beatmen, auch, weil sie selbst Luft schnappen muss: «Ich muss ihn beatmen!», keucht sie, als müsste sie sich rechtfertigen. – «Was tut der Knappe da mit dem Rittersmann?», wundert sich ein anderer junger Knappe, und knapp antwortet Seraina: «Ihm Lebensodem einhauchen!» Das verstehen die Leute sofort und murmeln unter sich: «Der Knappe verfüget über Kenntnisse eines Baders!» Der Kommentar schmeichelt Seraina, aber sie darf sich jetzt nicht mehr ablenken lassen, weil Leon eine ungesunde Gesichtsfarbe bekommen hat.

«Bitte, Leon, atme!», feuert sie ihn in Gedanken an. Wie weich seine Lippen sind, daran darf sie jetzt nicht denken. Und wie verschmitzt seine grünen Augen leuchten, wenn er wieder einen frechen Spruch klopft. Sie bläst ihm aus Leibeskräften Luft in den Mund, bis ihr fast schwindlig wird; zwischendurch drückt sie wieder mit beiden Händen auf seinen Brustkorb, mit aller Kraft, legt ihr ganzes Gewicht darauf. Und wie muskulös sein Oberkörper ist, das spielt jetzt auch keine Rolle. Wenn er nur durchkommt! Für Mäggy! Aber auch, weil sie ihn selber einfach gern hat! Seraina ist verzweifelt, aber sie ist auch voller Hoffnung. Und sie weiss, dass es nun hauptsächlich an ihr liegt, ob er durchkommt: Sie ist zuversichtlich, dass sie etwas bewirken kann. Kein Thema, dass Leon hier im Mittelalter seinen Lebensatem aushaucht!

* * *

Rudy unternimmt unter Schweissausbrüchen einen Versuch, Henninn von seinem Vorhaben abzubringen, ihn genetisch umzuprogrammieren: «Sie sagten…» – «Wir waren doch schon beim Du!», korrigiert ihn Henninn. – «Äh, ja, Tschuldigung. Du sagtest, ihr seid in der Lage, die Gene zu manipulieren, damit ein Neugeborenes in seinem späteren Leben kein einziges Mal gewalttätig werden kann. Das heisst doch, dass ich viel zu alt bin für diese Prozedur. Und ausserdem, ich kann doch nicht alle vier Milliarden Frauen meiner Welt be…» – Henninn lacht laut und glucksend: «Natürlich nicht, obwohl, …eine schönere Lebensaufgabe könnte ich mir nicht vorstellen.» – «Dann mach's doch selber!», kontert Rudy, und sein Kampfgeist erwacht. Das Blut schiesst ihm in den Kopf, er steht auf und blickt mit zornig zugekniffenen Augen auf Henninn. Weil er mittlerweile fast schon so gross ist wie Leon, überragt er den Forscher leicht. Dieser weicht einen Schritt zurück und hebt abwehrend seine Hände: «Stopp! Ich kann es dir erklären! Erstens muss es jemand sein, der 2022 tatsächlich lebt, eine Identität hat und sich dort zurechtfindet. Zweitens ist die Umprogrammierung jederzeit möglich und vollkommen schmerzlos. Nebenwirkungen sind auch noch keine beobachtet worden. Drittens geben wir dir ein Unfruchtbarkeitsvirus mit, so dass die nicht umprogrammierten Männer keinen Nachwuchs mehr zeugen. Nur du wirst Kinder haben können, und nach spätestens achtzig Jahren werden deine Nachkommen die Mehrheit der Menschen stellen, selbst wenn du anfangs nur schlappe zwanzig Söhne gezeugt hast. Rechne es selber durch, du bist doch so rasch im Rechnen. Nach den ersten zwanzig Jahren haben deine zwanzig Söhne schon insgesamt mindestens 400 weitere Kinder gezeugt. Damit genug Frauen im gebärfähigen Alter vorhanden sind, verursacht das Virus ja keine Unfruchtbarkeit bei Frauen. Durch Samenspenden liesse sich die Verbreitung der guten Gene vermutlich vertausendfachen – sozusagen Produktion ohne Satisfaktion.» Dabei gluckst Henninn erneut vor Lachen, doch diesmal bleibt es ihm kurz darauf im Halse stecken, denn Rudys Blick wird nicht milder, sondern verfinstert sich sogar noch. Henninn fährt fort: «Sobald Cousins und Cousinen vorhanden sind, darf man getrost auch untereinander heiraten. Nach weiteren zwanzig Jahren könnten mehrere Zehntausend oder gar Hunderttausend deiner Nachkommen existieren. Und während die unfruchtbaren Männer nach und nach eines natürlichen Alterstodes sterben, übernehmen deine Nachkommen und die übrig gebliebenen, gebärfähigen Frauen, die nicht aus deiner Linie stammen, den Erhalt der Menschheit.»

Einen kurzen Moment lang schweigen beide, doch dann blitzt ein Gedanke in Rudys Kopf auf. Das Superhirn ist sich sicher, nun den Finger auf einen wunden Punkt bei Henninns Vorhaben legen zu können, und kontert: «Wenn du das durchziehst, Lasse, veränderst du alles – sehr wahrscheinlich verhinderst du damit sogar deine eigene Geburt! Deine Manipulationen könnten sogar das ganze Raum-Zeit-Kontinuum aus den Angeln heben!» – Henninn überrascht Rudy mit einer abschätzigen Handbewegung und erwidert gefühlskalt: «Wenn man die Welt retten will, muss man selber Opfer bringen. Das wäre es mir wert! Und das Raum-Zeit-Kontinuum, das renkt sich schon wieder ein!» – Rudy seufzt konsterniert und blickt sein Gegenüber mit leeren Augen an, während Henninn weiter ausholt: «Das Ganze wird weitere positive Effekte haben: Die Weltbevölkerung wird schrumpfen. Das hilft mit, den Klimawandel zu stoppen. Wenn sich die Temperaturen stabilisieren, wird der Golf-Strom nicht versiegen, dann wird es auch keine Naturkatastrophen wie Dürren und Überschwemmungen geben. Siehst du? Rudy! Du und ich, wir werden die Welt retten! Nimm meine Hand, schlag ein!» Und Henninn streckt Rudy seine rechte Hand entgegen. Aus Rudys Gesichtsausdruck weicht die Wut, er seufzt und setzt sich wieder. Und innerhalb weniger Minuten ist erneut ein für Rudys Verhältnisse sehr seltenes Ereignis eingetreten: Er ist fassungslos.

* * *

Margarethe stöhnt und versucht, aufzustehen. Durch den Elektroschock, der eigentlich dem Söldner gegolten hat, der mit seinem Schwert die Zeitkapsel berührt hat, ist sie in die Büsche katapultiert worden. Sie fühlt sich komplett zerschlagen, als hätte sie eben gerade den Mount Everest in acht Stunden und ohne Sauerstoffmaske bezwungen. «Musste das so heftig sein?», beschwert sie sich gegenüber der Zeitkapsel, die entschuldigend antwortet: «Ich musste handeln. Sie waren nur ein Kollateralschaden, Frau Gygax. Tief durchatmen. Nehmen Sie dem Mann Waffe und Pferd ab und suchen Sie Ihre Freunde, damit wir so rasch wie möglich hier wieder weg können. In einer nicht artgerechten Umgebung fühle ich mich immer sehr unwohl, Frau Gygax.» Margarethe verdreht die Augen und hinkt um die Kapsel herum und schielt auf den Söldner, der wohl einfach nur ohnmächtig ist. Immerhin scheint er noch zu atmen, denn er erzeugt ein schnarchendes Geräusch. Sein Pferd steht unbeteiligt wirkend etwas abseits und grast genüsslich. In diesem Moment kommt Margarethe eine Idee. Sehr behutsam entkleidet sie den Mann bis auf die Unterwäsche und zieht sich seine Kleider an. Ihre langen Haare stopft sie unter die Kopfbedeckung. So gewandet, nimmt sie das Schwert an sich und nähert sich dem Pferd.

«Schon wieder auf einem Gaul! Wieso immer ich? Ich hasse reiten!», grunzt Margarethe. Ihre Laune hellt sich etwas auf, als Plonk auf dem Sattel Platz nimmt. «Okay, einverstanden, du bleibst da oben und ich führe das Pferd an der Leine wie einen Hund», schlägt sie vor und nimmt die Zügel an sich. Das Tier mustert seine neue Herrin etwas unschlüssig, entschliesst sich aber nach ein paar Mal schnuppern an Margarethes Haar, ihr zu folgen. So entfernen sie sich von der Zeitkapsel und vom ohnmächtigen Söldner. «Irgendwie kommt mir das bekannt vor…

Jetzt trete ich in Rudys Fussstapfen, habe eine Art Uniform, einen fahrbaren Untersatz mit einer lebendigen Pferdestärke, eine Waffe und jede Menge Geld geklaut», murmelt sie, während sie das Säckchen klimpern lässt, das links am Sattel hängt und vermutlich voller Silbertaler ist. «Aber zumindest habe ich die Elektroschocks schon erhalten, BEVOR ich es getan habe. Somit hoffe ich, dass ich im Ausgleich dafür nachher keine mehr abkriege. Darauf hätte ich nämlich null Bock.» Während sie diese Gedanken spinnt, sieht sie vor sich unverhofft eine Gruppe Söldner auftauchen, die ihr zügig entgegenreiten. Margarethe stöhnt auf: «Ach du Sch...»

* * *

Erschöpft und verzweifelt liegt Seraina auf Leons Brust, rafft sich auf und verabreicht ihm dann eine erneute Herzmassage. Plötzlich ist sie verunsichert: Was, wenn der Lanzenstoss ihm ein paar Rippen gebrochen hat? Dann wäre es geradezu verheerend, ihm so fest auf die Brust zu drücken! Sie könnte ein lebenswichtiges Organ verletzen. «Und ich Vollidiotin habe ihm noch gar nicht den Puls genommen», fährt es ihr durch den Kopf. «Und so was schimpft sich angehende Medizinstudentin!» Sie nimmt ihm den Panzerhandschuh ab und fasst sein Handgelenk, das schlaff in ihrer Hand liegt, und spürt einen schwachen Puls. Unendliche Erleichterung durchströmt das Mädchen, und sie setzt erneut zur Mund-zu-Mund-Beatmung an: «Atme, Leo, bitte atme!» Nach ein paar Atemstössen spannt sich auf einmal der Körper des Jungen an; sein Brustkorb hebt sich, er schnappt nach Luft. «Jaa! Weiter so!» Sie überlegt, ob sie ihn nochmals beatmen muss, dicht über Leons Gesicht geneigt, oder ob er es selbst schafft; ihre Lippen sind nur Millimeter von seinen entfernt, da packen sie plötzlich von hinten kräftige Hände und ziehen sie hinunter, und sie findet sich wieder Mund auf Mund mit dem Verletzten; seine Lippen suchen gierig nach ihren. Völlig baff, braucht sie ein paar Millisekunden, um zu begreifen, was passiert: Beatmet er jetzt sie? Oder küsst er sie etwa gerade? Sie fühlt sich von einem heftigen Gefühlssturm erfasst: riesige Erleichterung, dass er sich regt, überschäumende Freude, dass sie es geschafft hat, ihn zu reanimieren, grosse Zuneigung zu Leon – und dann die Warnsirenen: Das geht doch nicht, dass er sie küsst! «Mmmäg!», murmelt er noch mit geschlossenen Augen und küsst Seraina erneut, welche sich nun sträubt und windet gegen die Umarmung. Nicht, dass ihr diese wirklich unangenehm wäre, aber er küsst gerade das falsche Mädchen! «Mmmmpf! Mmmh… nifft Mäbby!», stösst sie mühsam hervor – und dann schlägt er seine Augen auf, und Seraina sieht nur noch Grün.

Leon öffnet seine Augen und blickt in riesige dunkle Augen. Er ist wie erstarrt vor Verwunderung und wähnt sich im falschen Film. Wieso sieht seine Mäg aus wie Seraina? Und wieso liegt Seraina auf ihm? Der ebenso verblüffte Gesichtsausdruck des Mädchens verrät ihm, dass ihr die Situation ebenso absurd vorkommt wie ihm. Bevor er eine Frage stellen kann, ertönt lauter Jubel rund um ihn herum: «Ritter Löwenherz lebt!» Die umstehenden Leute sind voller Begeisterung, dass der bewusstlose Ritter offensichtlich wieder bei Sinnen ist. Blitzartig richtet sich Seraina auf, der die ganze Situation grenzenlos peinlich ist. Nicht nur wurde der Knappe von seinem Ritter geküsst, sondern auch das falsche Mädchen! Leon versucht, auf die Beine zu kommen, aber er zuckt vor Schmerz zusammen und fasst sich an die Brust. «Aua, ich hab' so ein Stechen in der Brust!», stöhnt er. – «Du hast vermutlich ein oder zwei gebrochene Rippen!», erklärt ihm Seraina fachmännisch. «Aber Hauptsache, du lebst, Leo! Ich bin so froh!» Am Liebsten würde sie ihm um den Hals fallen, aber nach der verfänglichen Situation von vorhin hält sie sich besser zurück. Verdattert schüttelt Leon seinen Kopf und blickt sich um. «Ich seh' nicht ganz scharf», stellt er fest. – «Gehirnerschüt-terung, vermutlich», diagnostiziert Seraina, jetzt wieder ganz in der Rolle der Medizinerin. Leon grinst benommen: «Gut, hab' ich meine Ärztin grad dabei!» Obwohl er versucht, gute Miene zum bösen Spiel zu machen, ist ihm anzumerken, dass es ihm nicht besonders gut geht. Seraina fragt ihn, wie er sich fühlt, und er entgegnet: «Geschüttelt, nicht gerührt!» – «Wobei wir wie-dermal mitten im Agententhriller wären!» Das Mädchen hält es für sinnvoll, wenn Leon aus dem Trubel herauskommt und sich ausruht. Sie fordert einen anderen Knappen auf, ihr zu helfen, Leon in ihr Schlafzelt zu führen. Dort hilft sie ihm, sich auf sein Lager zu betten und nimmt ihm noch die Beinschienen ab, die in der ganzen Aufregung nicht abmontiert werden konnten. Er be-wegt sich wie im Delirium. «Der ist hinüber!», denkt das Mäd-chen. Sie ist etwas verunsichert, wie sie sich ihm gegenüber ver-halten soll, nach allem, was passiert ist. Wobei – was ist denn eigentlich passiert? Sie hat lediglich versucht, ihm das Leben zu retten und keine anderen Absichten verfolgt. Bloss, was denkt er nun von ihr? «Rai… hilf mir doch bitte», lallt Leon, offensicht-lich von der Rolle. «Ich will wissen, was mit meinen Rippen los ist.» Sie tritt zu ihm und nestelt an seinem langen Hemd herum, das sie bereits aufgeschnitten hatte. Sie befühlt sachte seinen Brustkorb – dass er ein Sixpack hat, ist jetzt irrelevant – und tas-tet auch am Rücken nach Verletzungen, kann aber keine feststel-len. «Du hast keine offenen Wunden, und bei Rippenbrüchen kann man, soweit ich weiss, nichts machen als schonen und ab-warten», redet sie ihm zu. «Entspann dich einfach mal Leo.» – «Ja, aber…», fängt er an. – «Was denn?» – «Wieso hast du mich geküsst? Und wo ist Mäg?» Seraina seufzt: «Wenn ich das wüss-te!» Hat er wohl einen Gedächtnisverlust erlitten infolge seines Sturzes? «Hör zu, Leo, du bist Ritter Leonidas Löwenherz und am Ritterturnier angetreten.» – «Ist ja voll abgefahren!», lallt er belustigt. – «Und du wurdest von einem Lanzenstoss erfasst und vom Pferd geschleudert.» – «Krass, Mann!» – «Ja, aber sowas von! Ich hatte voll Panik, dass du mir ins Gras beisst!», gesteht sie ehrlich erschüttert. – «Und dann hast du mich wachgeküsst?», grinst er. Sie wird ernst: «Du hast keine Luft mehr gekriegt, vermutlich, weil es dir die Lanze in die Brust gerammt hat. Darum habe ich dich beatmet.» Er lächelt versonnen. «Keine schlechte Art, geweckt zu werden! Ich dachte, du seist Mäg!» – «Ja, tut mir ja leid, ich wollte dich nicht vergewaltigen!» – «Na ja, es gibt Schlimmeres, als wenn einem eine schöne Frau auf der Brust liegt – auch wenn du mir auf die Rippen gedrückt hast!» Sie atmet erleichtert auf und grinst: «Vorher bin ich dir dafür auf die Nerven gegangen – fragt sich, was schlimmer ist!»

Seraina hält es für sinnvoll, Leon etwas Ruhe zu gönnen. «Hör mal, Leo, ich gehe mal deine Rüstung zusammensuchen; das Zeug liegt noch auf dem Turnierplatz rum. Erhol du dich mal ein bisschen!» Als sie aus dem Zelt geht, ruft er ihr hinterher: «Du darfst mich gerne wiedermal Mund-zu-Mund beatmen!» Sie spürt, wie ihr das Blut in den Kopf schiesst.

Am Rande des Turnierplatzes, auf welchem bereits wieder Schaukämpfe im Gange sind, liegen Leons Rüstungsbestandteile immer noch dort, wo sie ihn rasch ausgezogen hatten. Während das Mädchen diese an sich nimmt, beobachtet sie interessiert die kämpfenden Ritter. Sie fechten mit Schwert oder Säbeln im Zweikampf. Gedankenverloren hebt Seraina das schwere Kettenhemd hoch und sieht daneben den Sarazenensäbel am Boden liegen. Plötzlich kommt ihr eine Idee. Sie zieht das Hemd über ihren Kopf und stellt fest, dass es zwar etwas lang und gross ist, aber durchaus passt. Leon ist zwar muskulös, aber auch schlank, und Seraina ist gross gewachsen. Misstrauisch besieht sie den Helm, dann zieht sie ihn widerstrebend über ihren Kopf. Da die Umstehenden alle gebannt den Kampfhandlungen folgen, bemerkt niemand, wie der Knappe sich als Ritter verkleidet. Einen der klauenartigen Handschuhe, den sie Leon ausgezogen hatte, um seinen Puls zu fühlen, zieht sie an. Sie braucht zum Kämpfen sowieso die rechte Hand mit voller Bewegungsfreiheit, da muss sie nur die linke schützen, und die Beinschoner wären ihr nur im Weg. Seraina hat einen Entschluss gefasst, bevor sie sich darüber im Klaren ist, ob es eine gute Idee ist: Sie muss es einfach tun!

* * *

Margarethe grüsst die Söldnertruppe mit einer verhaltenen Handbewegung. Plonk fliegt auf und versteckt sich in der Vegetation. Die Männer halten kurz an und lachen sie aus: «Was gehet Ihr neben dem Tiere, Junge! Seid Ihr vom Pferd gefallen?» – Margarethe läuft knallrot an und spielt das Spiel mit, nickt und blickt zu Boden, als würde sie sich unendlich dafür schämen. Die Männer lachen und johlen. Einer macht eine abschätzige Handbewegung und meint: «Das kommet davon, wenn Knaben die Arbeit von echten Kerlen verrichten! Los Männer, wozu vergeuden wir hier Zeit!» Und die Söldner geben ihren Tieren die Sporen und entfernen sich. Sie nehmen zu Margarethes Glück eine Abzweigung, so stossen sie nicht auf die Zeitkapsel und – noch schlimmer – auf den halbnackten Kollegen im Dornröschenschlaf.

Je weiter sie geht, desto mehr ändert sich die Umgebung. Höfe und bepflanzte Felder flankieren jetzt ihren Weg. Und bald erscheint etwas in der Ferne, was nach einem dichter bewohnten Ort aussieht: ein Dorf. Als sie an einem grossen Acker vorbeigeht, sind gerade ein Dutzend junge Frauen daran, das Feld per mühsamer Handarbeit von Unkräutern zu befreien – Herbizide gab es damals noch nicht. Das Auftauchen des «Söldners» in seiner auffälligen Dienstkleidung ist daher eine willkommene Abwechslung während der eintönigen Arbeit. Die Mädchen und Frauen drehen sich nach Margarethe um und jauchzen entzückt. Sie rennen aufeinander zu und bilden nun ein Knäuel auf dem

Acker; und sie tuscheln wild durcheinander. Einige winken Margarethe energisch zu. Jetzt dämmert es ihr, dass diese Mädchen sie für einen Jungen in deren Alter halten. Sie läuft knallrot an und verbirgt ihr Gesicht in den Händen. Die Mädchen kreischen und sind völlig aus dem Häuschen, weil sie die Geste dahingehend interpretieren, dass der junge Söldner total angetan von den Bauernmädchen ist und – weil er so schüchtern ist – nicht wagt, zu ihnen herüberzuschauen. Margarethe schickt ein Stossgebet gen Himmel, die Bauernmädchen mögen nicht über sie herfallen.

* * *

Rudy atmet tief durch und erklärt Henninn unverblümt seinen Standpunkt: «Ich will das nicht! Ich will nicht, dass Sie mir meine Genen neu ordnen!» – «Schon wieder, hey, wir waren beim Du…» – «Scheiss auf das Du! ICH – WILL – NICHT! Welches dieser drei Worte verstehst du nicht, Lasse?», fragt Rudy rhetorisch, und sein Umgangston wird rauer, fast schon aggressiv. – «Siehst du, Rudy, genau das meine ich! Menschen können einfach nicht normal miteinander diskutieren. Schon wir zwei drohen uns zu zerfleischen, weil wir zwei komplett unterschiedliche Ansichten verfechten! Stell dir vor, Rudy, Aggressivität und Wut wären ausgeschaltet! Das wäre der Himmel auf Erden!» – «Ja, aber doch nicht so! Es geht um meine körperliche Unversehrtheit! Verstehst du nicht, dass ich das einfach nicht will?» Rudys Blick nimmt einen flehenden Ausdruck an, denn langsam beginnt er sich davor zu fürchten, dass Henninn sich über alles hinwegsetzt und ihn zur Prozedur zwingt. Schliesslich hat er ja auch Margarethe dazu gebracht, in die Zeitkapsel zu steigen, obwohl sie ursprünglich nur mit ihm zusammen die Reise unternehmen wollte. Wo sie wohl steckt? Rudys Gedanken schweifen ab, von Margarethe über Leon zu… Seraina. Ihn überkommt eine erdrückende Sehnsucht nach seiner Liebsten.

* * *

Leon erwacht aus dem Halbschlaf und ist ziemlich verdattert. «Wo bin ich?», fragt er sich und sieht sich um, über sich das Zeltdach, rundherum andere behelfsmässige Bettstätten, Kleider und Ausrüstung der anderen Ritter. Er ist allein im Zelt und verwirrt. Langsam kommt die Erinnerung zurück wie durch einen Schleier. Dass Seraina ihn wachgeküsst hat, irgend so etwas war da, wie ein wirrer Traum. Oder dass er gestürzt ist… im Ritterturnier. Schlagartig ist alles wieder da, und er fährt hoch, um aufzustehen, merkt dann aber, dass er noch zu schwach ist: Sein Blutdruck verreist in den Keller, und er muss sich wieder setzen, bevor er umkippt. «Ich muss doch weitermachen!», redet er sich zu, obwohl ihm schwindlig ist. Langsam richtet er sich auf und kommt auf die Beine, die sich wackelig anfühlen. Mit den Augen sucht er nach seiner Rüstung, vermutet dann aber, dass diese noch auf dem Kampfplatz ist. Er trägt das lange Leinenhemd, das vorne offen ist, weil Seraina die Bänder durchtrennt hat, um ihm Luft zu verschaffen, darunter die enge Hose. Seine Schuhe findet er und zieht sie an, das Wams ebenso, dann wankt er unsicher aus dem Zelt. Langsam bewegt er sich auf den Turnierplatz zu, welcher zum Glück nicht weit entfernt ist und welchen er rein nach der Geräuschkulisse akustisch leicht findet. Das Publikum feuert offensichtlich einen der Kämpfenden frenetisch an, und er glaubt, einen vertrauten Namen zu hören. «Löwenherz! Löwenherz!», skandieren die Leute, und Leon eilt näher ans Geschehen, um zu sehen, was da vor sich geht. Zwei Ritter kämpfen, beide mit Helmen und ansonsten leichter Kampfausrüstung, also nur Kettenhemd, weil die Rüstung beim Fechten zu sehr einengt. Der Federbusch auf dem Helm verrät die Zugehörigkeit zum Markgrafen von Brandenburg – sein Helm, Leons Helm. Als er wieder hört, wie das Publikum «Löwenherz!» brüllt, stottert er verdattert: «Ich… ich b-bin ja schon hier!»

Gewandt kämpft der Ritter, der als «Löwenherz» angefeuert wird, pariert jeden Schwerthieb und geht sehr geschickt mit seinem Krummsäbel um. Fasziniert sieht Leon zu und vergisst darüber seine Verblüffung, dass er selbst doch mit diesem Säbel jetzt fechten sollte. Es kommt ihm vor, als würde er sich selber zusehen, aber der Kämpfende ist flinker, weicht mit federnden Schritten aus und schlägt gnadenlos wieder zu, schwungvoll, gleichzeitig auch verspielt, wie in einem Tanz. Bewundernd quittieren auch die Zuschauer auf der Tribüne den Kampf-Tanz. Leon kann seinen Blick nicht von dem Schauspiel wenden und sieht zu wie verzaubert. Sagenhaft, wie gewandt «Löwenherz» agiert. Und plötzlich fällt es ihm wie Schuppen von den Augen. «Rai!», haucht er entgeistert – und sein Erstaunen schlägt um in Begeisterung. «Mann, die Frau kann fechten!»

Mit einem geschickten Hieb bringt die Kämpferin ihren Gegner aus dem Gleichgewicht und zu Fall, und als er am Boden liegt, baut sie sich über ihm auf und setzt ihm die Spitze des Krummsäbels an den Hals. Der Besiegte gibt sich geschlagen. Frenetischer Jubel umtost den Ritter Löwenherz. Er nimmt das Lob des Markgrafen von Brandenburg entgegen und erhält einige Goldstücke überreicht. Seinen Helm behält der Sieger auf, das Visier geschlossen, was die Leute befremdet, welche zu murmeln beginnen. Seraina gestikuliert, um zu erklären, das Visier sei verklemmt, und hat es dann eilig, zurück zum Zelt zu gelangen. Leon schliesst zu Seraina auf, spricht aber erst, als sie ausser Hörweite der anderen sind. «Mensch, Rai, du bist ja der helle Wahnsinn!», lobt er sie staunend. Sie murmelt etwas, was er nicht versteht. – «Du klingst wie aus der Röhre», lacht er. «Warte, ich helfe dir, den Helm auszuziehen.» Sie entgegnet etwas,

was wie «Dosenöffner» klingt, aber es gelingt dem Jungen, ihr den beengenden Kopfschmuck auszuziehen. Als sie wieder ohne Helm vor ihm steht, ist er erst etwas irritiert über ihren ungewohnten Haarschnitt, dann aber sieht er das Blitzen in ihren Augen und ist geradezu verzaubert. Er kann es nicht lassen, das Mädchen vor Begeisterung und Erleichterung zugleich zu umarmen. – «Aber nicht küssen, gell!», bemerkt sie verschmitzt. – «Ehrlich, wenn nicht Mäg schon mein Herz erobert hätte, würde ich mich noch in dich verlieben!», lacht er und sieht die hübsche schlanke Frau mit bewunderndem Blick an. «Das Kettenhemd steht dir übrigens gut!» – «Aber jetzt reicht's mit der Maskerade; hilfst du mir, das Ding auszuziehen?» – «Na klar! Dann musst du mir aber erzählen, wo du so kämpfen gelernt hast!» Sie setzen sich auf das eine Bett, und Seraina lächelt stolz, spricht aber bescheiden: «Ach, nur in einem Computerspiel!» – «Machst du Witze?» – «Nein, ich habe in letzter Zeit ab und zu bei Rudy ein Game gespielt, und besonders angetan hat mir der <Beat Säbel>, wo man mit Säbeln auf entgegenfliegende Objekte eindreschen muss. Das ist ein gutes Geschicklichkeitstraining, und du musst dich im Rhythmus bewegen, dann ist es total intuitiv.» – «Für dich als Tänzerin natürlich optimal! Ist das mit VR-Brille?» – «Ja, das ist echt lustig. Wenn Rudy grad wieder mit irgendeinen seiner Cybertools beschäftigt war, habe ich eben mit den Säbeln geübt. Und nachdem ich ja beidhändig gefochten habe in der virtuellen Realität, war es mit nur einem Säbel gar nicht schwierig.» Leon ist sprachlos vor Staunen und glotzt Seraina mit seinen leuchtend grünen Augen an, als wäre sie eine Ausserirdische. «Rai, ich hielt ja schon immer grosse Stücke auf dich, aber das stellt alles in den Schatten!» Sie antwortet ihm mit einem selbstzufriedenen Lächeln, erwidert aber nichts.

* * *

Margarethe ist glimpflich davongekommen. Die Bauernmädchen haben sich damit begnügt, den vermeintlichen Söldner aus sicherer Distanz anzuschmachten. Sie ist lediglich etwas schneller gelaufen und hat das Pferd zwischen sich und den Mädchen schreiten lassen. Als der Acker mit den Verehrerinnen ausser Sichtweite ist, fliegt auch wieder Plonk herbei, um sich auf den Sattel zu setzen. Margarethe steht nun auf einer kleinen Anhöhe, unter ihr liegt das Dorf, das sie in weiter Ferne schon gesehen hat. Und sie erkennt im letzten Abendlicht, dass wohl ein grosses Turnier am Rande des Dorfes stattfindet oder stattgefunden hat. Viele prunkvolle Zelte sind dort aufgestellt. Margarethe atmet tief durch. «So, wie ich Leo kenne, hat er sich bestimmt fürs Turnier eingeschrieben. Wehe er hat sich schwer verletzt oder den Hals gebrochen, dann mache ich ihn um einen Kopf kürzer!», grummelt sie vor sich hin. In diesem Moment hört sie eine Stimme hinter sich: «Die Kuriere sind auch nicht mehr so zuverlässig! Immer mehr Verspätung! Und der Graf es hasset, den Übergabetermin neu festzusetzen.»

6
Der Falkenflüsterer

Am Abend findet im Anschluss an das Turnier ein grosses Fest statt, und Leon nimmt als Ritter Leonidas Löwenherz den Ehrenplatz neben dem Markgrafen von Brandenburg ein. Auch Seraina darf dabei sein, als seine Ehrendame, und sie ärgert sich, dass sie ihr Haar geschnitten hat: Für ein Edelfräulein sieht sie zu wenig edel aus, aber immerhin konnte sie sich ein Kleid borgen von einer der Töchter des Grafen. Die Kammerzofe, die das Gewand gebracht hat, ist dem Mädchen auch beim Anziehen behilflich im Zelt, welches die Damen aus dem Hofstaat des Grafen während des Turniers bewohnen.

Als Seraina den Schleier um ihren Kopf drapiert hat mit dem dekorativen Kopfring, fallen ihre zu kurzen Haare nicht mehr so auf, und mit dem Rest ihrer Erscheinung ist sie zufrieden. «Blaugrau wie Rudys Augen!», denkt sie versonnen und verspürt ein schmerzhaftes Stechen in ihrer Brust – ihr tut buchstäblich das Herz weh, weil sie ihren Rudolfino so sehr vermisst. Wie mag es ihm gehen? Sie ist froh um die Ablenkung von der Ungewissheit und begibt sich zum Ort des Festes.

Je nach Anlass speisen Ritter und Damen getrennt, aber an diesem volksfestartigen Turnier sind die Tische gemischt, und jeder Ritter darf seine Ehrendame an seiner Seite haben. Als Seraina neben Leon Platz nehmen möchte, wendet er ihr zerstreut seinen Kopf zu, herausgerissen aus der Unterhaltung mit dem Markgrafen, welcher den jungen Ritter gerade lobt. Zuerst begreift er nicht, welche Schönheit sich da neben ihn setzen möchte und nimmt an, man habe ihm zur Feier des Tages eine besonders hübsche Dame als Gesellschaft zugeteilt. Er lächelt sie etwas verblüfft an, und erst dann begreift er, wer sie ist. Einen Augenblick ist er fassungslos vor Staunen – die Metamorphose vom Knappen zum fechtenden Ritter und dann zum bezaubernden Edelfräulein ist einfach zu krass!

Seraina strahlt «ihren» Ritter an, und dieser kriegt weiche Knie. «Rai… du siehst grossartig aus!» Mit offenem Mund starrt er sie an, wie sie in dem umgürteten blauen Kleid, das ihre Figur besonders betont, mit einer eleganten Bewegung den Rock etwas hochzieht, um sich auf dem Stuhl niederzulassen. Er holt tief Luft und merkt, dass er einen Schweissausbruch kriegt. Sie quittiert seinen Gefühlssturm amüsiert und geschmeichelt zugleich. Dass sie ihren Rudolfino von ganzem Herzen liebt, heisst nicht, dass sie den bewundernden Blicken anderer Männer abgeneigt ist. Und bei den klaren Verhältnissen, die zwischen ihr und Leon bestehen, bereitet es ihr geradezu diebisches Vergnügen, ihn buchstäblich ins Schwitzen zu bringen. Der Markgraf lehnt sich hinüber zu dem jungen Mann und flüstert ihm etwas ins Ohr, worauf Leon heftig errötet. – «Was hat er gesagt?», möchte Seraina wissen und streift Leons Arm mit ihrem ausladenden Ärmel. – «Das möchte ich lieber nicht wiederholen», druckst Leon herum. Sie provoziert weiter: «Ich kann's mir denken. Aber küssen werde ich dich trotzdem nicht! Wenn du wieder umkippst, würde ich dich zur Not beatmen!» Leon grinst: «Das wäre direkt ein Grund, eine Ohnmacht vorzutäuschen!»

Die Tischgesellschaft ist sehr munter; Spielleute musizieren und tanzen um den Tisch herum zur Unterhaltung der Ritter und ihrer charmanten Begleiterinnen. Seraina stellt fest, dass Leon dem Wein zuspricht, und ist besorgt, dass er es übertreibt. Sie selbst würde gern tanzen, aber das scheint sich für die Edelleute nicht zu geziemen, darum langweilt sie sich mit der Zeit und möchte den Jungen rechtzeitig vom Tisch wegkomplimentieren, bevor er betrunken ist. Als sie einen Vorstoss unternimmt, ist Leon alles andere als begeistert. «Du lallst ja schon!», tadelt sie ihn. «Komm jetzt, es reicht, Eure Promillenz!» – «S-s-sei d-doch kkeine Schpschpielverderberin, Rrrai!», protestiert er. – «Am Ende kippst du mir tatsächlich wieder aus den Latschen, und mit dem Alkoholatem will ich dich auf gar keinen Fall beatmen!», zischt sie angewidert. Rundherum sind alle sehr heiter und beschwipst, und endlich gelingt es dem Mädchen, den Jungen hochzuziehen, wobei es einer erheblichen Anstrengung bedarf. Als er auf den Beinen ist, stützt er sich schwer auf Seraina, und sie legt sich seinen Arm über die Schulter und zieht ihn in Richtung Zelt. «Du bist doch ein Suffkopf!», tadelt sie ihn. «Was hat sich Mäggy da nur aufgehalst!» – «W-w-wenn Mäg und Ru nicht mehr auftauchen, w-wären w-wir b-beide doch ein schschönes Paar!», stottert er. – «Das könnte dir so passen!», wehrt sie ab. «Träum weiter, Leon – aber träum von deiner Mäg! Ich bin schon vergeben!»

Am nächsten Morgen erwacht Leon naheliegenderweise mit einem Brummschädel, und die Szene vom Vorabend ist ihm etwas peinlich. «Sorry, Rai, wenn ich mich gestern unmöglich benommen habe!», druckst er entschuldigend herum und zerzaust sich sein lockiges Haar, bis es wirr aufsteht. – «Was denn, ist ja nix passiert, du warst nur besoffen; du wurdest ja nicht zudringlich», redet sie ihm beruhigend zu. – «Ja, aber das, was ich gesagt habe… natürlich finden wir unsere Liebsten wieder! Ich meinte nur, zur Not… falls wir im Mittelalter stranden, dann brauchst du doch einen Beschützer!», verteidigt er sich treuherzig. Gerührt sieht sie ihm in die Augen und lächelt verschmitzt: «Ich glaube eher, DU brauchst eine Beschützerin!» Er grinst und fasst sich verlegen an den Hinterkopf, und sie fügt hinzu: «Wir haben einander in Sanssouci geschworen, dass wir zusammenhalten, und das werden wir auf jeden Fall!»

Als Leon wieder klar denken kann, erzählt er Seraina, was der Markgraf am Festessen noch zu ihm gesagt hat: «Er meinte, er brauche einen, der drauskommt mit Vögeln!» Das Mädchen schickt ihm einen Blick, der quittiert, dass sie es vermutlich mit einer der üblichen Zweideutigkeiten Leons zu tun hat, und geht darauf ein: «Und wen sollst du vögeln? Mich nicht, das kannst du vergessen!» Er grinst: «Nein, keine Sorge, ich hab es nicht auf dich abgesehen, sondern auf andere süsse Vögelchen!» Leon berichtet sodann, dass Albrecht von Brandenburg ihn ausersehen hat, als Falkner sein Können unter Beweis zu stellen. Sie reagiert erstaunt: «Ist das Turnier denn noch nicht vorbei?» – «Das gehört irgendwie auch noch dazu, und da sein Falkner einen verletzten Arm hat, soll ich einspringen.» Sie reagiert ungerührt: «Bei deinen kommunikativen Fähigkeiten mit allen möglichen Viechern sehe ich da kein Problem!» Nachdenklich meint sie dann: «Schon wieder ein verletzter Champion des Bären, komischer Zufall, was?» – Leon reagiert ungerührt: «Ach, das wundert mich nicht; die Verletzungsgefahr von Rittern und Turnierkämpfern ist erheblich – das ist ganz normal.»

* * *

Graf Albrecht der Bär führt Leon stolz seinen Lieblingsfalken vor und preist seinen «Wotan» als den besten Jäger an. Der Graf behauptet, einen vergleichbar grossen Wanderfalken bisher noch nie gesehen zu haben. Und tatsächlich ist Wotan recht eindrucksvoll, wie er auf seiner Stange sitzt und mit durchdringenden Augen Leon anstarrt. Es wirkt, als hätte der Vogel einen graubraunen Mantel an, denn Kopf, Rücken und Flügeloberseite sind dunkel, während Brust, Bauch und Beine hell mit dunklen Sprenkeln oder Strichen sind. Leons Auftrag ist klar: Er soll mit Wotan zusammen drei Vögel verschiedener Arten fangen – eine schnelle Taube als Gaumenfreude, eine fintenreiche Nachtigall als Ohrenschmaus und einen prächtigen Fasan zur Hutzierde. Doch Leons Auftrag ist auch ziemlich heikel, denn die kleine

Nachtigall muss lebend ankommen, was nicht nach Art der Falken ist – diese Jäger töten ihre Beute vor dem Transport.

Als Seraina – wieder als Knappe gekleidet – und Leon wieder allein sind, grinst der Löwe und erklärt halblaut: «Der Bär kennt sich mit Vögeln nicht aus! Er nennt den Falken Wotan, dabei ist es eindeutig ein Weibchen. Das erklärt auch, weshalb das Tier so gross ist: Weibliche Falken sind grösser als ihre Partner.» – «Echt? Kein Witz?», will es Seraina genau wissen. Leon nickt. In diesem Moment ertönt wieder eine Fanfare, und die besagt: Falkner vor! Ein Dutzend Falkner mit ihren Tieren betreten nun die Arena. Es sind nicht nur Wanderfalken unter den gefiederten Jagdkumpanen dabei, sondern auch einige kleinere Arten, wie Leon mit seinem Biologen-Blick schnell erkennt: Turmfalke, Baumfalke und der kleine Merlin.

Leon tritt zu Wotan hin und maunzt ein «Kikikiki». Sofort ist das Tier hellwach und auf Leon fokussiert – die beiden Seelen verschmelzen auf einer höheren Ebene. Er bindet den Falken los und setzt ihn auf seinen linken Unterarm, der mit einem dicken Leder gepolstert ist, damit die scharfen Krallen Leon nicht verletzen. Jetzt erklingt der zweite Fanfarenstoss, und aus einem Käfig werden Dutzende von Tauben losgelassen, die wie Düsenjets davonziehen. Wotan hat die erste Bewegung der Tauben schon registriert, Leon bewegt den linken Arm nach vorne und zischt: «Lossss!» Wie ein Abfangjäger schiesst Wotan den Tauben hinterher. Leon schliesst die Augen und denkt: «Verschaff dir zuerst einen Überblick und erwische eine Taube im Sturzflug.» Und tatsächlich, während die anderen Falken direkt auf die Tauben losfliegen, gewinnt Wotan zuerst an Höhe. Da gewahrt er unter sich eine Taube, die sich sicher fühlt und nicht den Schutz der Bäume ansteuert, weil kein Falke hinter ihr her ist. Wotan legt die Flügel an den Körper und lässt sich fallen. Für einen kurzen Moment durchbricht das Tier die Schallmauer, um anschliessend mit voller Wucht und Krallen voran die Taube zu packen und den Sturzflug mit ausgebreiteten Flügeln und Schwanzfedern geschickt abzubremsen und elegant in einen Gleitflug überzugehen, der den Falken direkt zu Leon zurückbringt. Albrecht der Bär ist komplett aus dem Häuschen und reckt brüllend vor Begeisterung eine geballte Faust in die Höhe.

Die zweite Prüfung ist etwas komplizierter. Wo zum Geier will Leon eine Nachtigall auftreiben? Nachtigall, Nachtigall… Leon zermartert sich das Gehirn. Er erinnert sich daran, dass Nachtigallen gerne luftige Parks bewohnen. Doch hier gibt es ausser einer Hochstamm-Apfelplantage nichts Derartiges. Da dämmert es ihm: Dort könnte es eine Nachtigall geben. Er zeigt Wotan mit der rechten Hand die Apfelbäume. Der Falke fokussiert seine Adleraugen dorthin. Dann zwitschert Leon melodiös wie eine Nachtigall. Sofort hat Wotan den Wink mit dem Zaunpfahl erfasst und fliegt bereits los. Doch diesmal bleibt der Falke dicht über den Baumkronen und fliegt verhältnismässig langsam. Leon fürchtet schon, dass er abstürzt, doch Wotan hat alles bestens im Griff. Des Falken Taktik: die Nachtigallen nervös machen und aus der sicheren Deckung locken. Und tatsächlich, schon fliegt ein kleiner Vogel aus einer eher lichten Apfelbaumkrone, um das etwas dichtere Laubwerk des Nachbarbaumes zu erreichen. Wotan schaltet ein paar Gänge hoch, zündet den Düsenantrieb und hat die Nachtigall in den Fängen, bevor Leon dem Tier telepathisch hinterherrufen kann, es solle sachte mit seinem Opfer umgehen. Doch Wotan ist klug und bringt Leon die Beute lebend. Der Junge atmet auf und hält im nächsten Moment ein fast zu Tode erschrecktes kleines Vögelchen in der rechten Hand. Er fühlt das Herz des Tierchens pochen wie eine kleine Dampflok, die den Gotthard bezwingen will. Ein Lakai nimmt Leon die Nachtigall ab und überbringt sie Albrecht dem Bären. Zum Glück notiert die Jury die Aufgabe als gelöst, bevor der kleine Meistersinger dem Bären aus der Tatze springt und sich in die Büsche rettet. Leon grinst schadenfreudig und ist erleichtert, dass das arme Tierchen nicht im Käfig gelandet ist. Albrecht hingegen flucht und tobt wie ein ungezogener Bengel und prügelt auf seinen Lakaien ein.

Jetzt der Fasan. «Easy! Die schwerfälligen Viecher kommen ja kaum vom Fleck!», denkt sich Leon, doch dann erlebt er sein blaues Wunder: Die Fasane sind nicht dumm, denn sie wissen, dass sie in der Luft keine Chance haben; so bleiben sie am Boden, wo ihnen kein Falke nachsteigt. Leon wird ungeduldig, denn die Prüfung neigt sich ihrem Ende entgegen. Wenn er jetzt versagt, kann er sich nicht als alleiniger Sieger feiern lassen und muss die Lorbeeren mit anderen teilen – das würde ihm, aber vor allem Albrecht dem Bären, ziemlich missfallen.

Seraina gesellt sich jetzt wieder zu ihm, weil Leon jetzt am Rande der Arena steht, und flüstert ihm ins Ohr: «Wir brauchen einen Fuchs, der sie aufscheucht.» – «Genau!», entfährt es Leon und sein Gesicht erhellt sich. Schnell keckert und jammert er ganz auf Fuchsart und schafft es tatsächlich, einen Meister Reinecke aus seinem Bau zu locken. Sofort stieben alle Fasane in der nächsten Umgebung davon, einer geht sogar in die Luft – ein schönes Männchen. Im nächsten Moment hat ihn Wotan erfasst und erlegt. Geschafft!

Der Graf hat sich vom Verlust der Nachtigall erholt und ist wieder guter Laune. Seine Lakaien sind sehr froh darüber und blicken dankbar zu Leon, der dies mit seinem Sieg möglich gemacht hat.

* * *

Nach der eindrücklichen Darbietung, in welcher sich Leon endlich bewähren konnte, treffen sich die beiden Teenager wieder im Ritterzelt und beraten, was nun geschehen soll. «Zuerst mal: Hut ab, hast du grossartig gemacht, Leo!», lobt ihn Seraina. Er lächelt bescheiden, fühlt sich aber geschmeichelt: «Endlich mal etwas, was mir gelungen ist; ich habe mich bisher ja nicht mit Ruhm bekleckert!» – «Ach was, ohne dich wäre schon manches in die Hose gegangen!», beschwichtigt ihn das Mädchen. – «Nein, Rudy war es, der uns immer aus dem Schlamassel gezogen hat; er hat damals in Rom die Hebebühne manipuliert und das Wagenrennen gewonnen und in Berlin 1966 den ganzen Auto-Stunt durchgegeben.» – «Aber du hast im Kolosseum die Löwen gezähmt und ein bravouröses Rennen geliefert – und am Ende sogar noch die Russen um den Finger gewickelt!», erinnert sie ihn an ihr letztes verrücktes Abenteuer, das in einen Agententhriller ausgeartet war. – «Gerettet hat uns letztendlich Mäg aus dieser prekären Situation, als wir alle im Wodka-Delirium waren», gibt er zu bedenken, und Seraina nickt: «Wenn es drauf ankam, war Mäg stets diejenige, die einen klaren Kopf behalten konnte. Ich höre zwar schon ihre Worte: Wir sind ein Team und funktionieren nur alle zusammen! Aber die Anführerin ist ganz klar die gute alte Mäggy, ob sie will oder nicht!» – «Keine Frage! Oh, ich vermisse meine Liebste so sehr!», seufzt er und blickt traurig drein mit seinen grünen Augen, die dunkel funkeln. – «Und ich meinen Rudy!», pflichtet sie ihm bei. Beide seufzen, dann spricht Seraina das aus, was beide denken: «Lass uns abhauen!» – «Aber… mit meinem Brummschädel und den ramponierten Rippen! Sicher nicht! Ich habe ja schon Schmerzen, wenn ich normal atme! Rennen kann ich unmöglich!», wendet Leon ein, doch Seraina hebt abrupt den Zeigefinger der rechten Hand und meint strahlend: «Warte! Ich glaube, ich habe einen Plan…»

Obwohl sich Leon gut positioniert hat mit seiner Beziehung zu dem Markgrafen, sehen beide nicht ein, was sie hier im Mittelalter weiter verloren haben. Je länger sie bleiben, desto grösseren Risiken setzen sie sich aus. Sie müssen ihre Liebsten suchen – selbst wenn sie nicht wissen, wie und wo. «Und, was ist dein Plan, wie wollen wir Leine ziehen?», fragt Leon. Seraina lächelt schelmisch: «Lass mich nur machen! Ich habe da eine Idee!» Leon zieht eine Augenbraue hoch, als das Mädchen aus dem Zelt eilt: «Das gefällt mir irgendwie nicht!»

Nach einiger Zeit kommt Seraina zurück mit einem Stoffpäckchen, und als sie es vor den fragenden Blicken des Jungen auf seinem Lager entrollt, wehrt er protestierend ab: «Nein! Das kannst du nicht verlangen!» Sie lacht ihm frech ins Gesicht: «Oh doch, mein Lieber! Ich musste schon für dich den Knappen spielen und mein langes Haar opfern, ausserdem musste ich den Ritter mimen und an deiner Statt kämpfen! Und du hast die Lorbeeren abgesahnt. Jetzt ist es mal an der Zeit, dass DU dich als Frau verkleidest!»

Nach lautem Protest willigt Leon schliesslich ein, nachdem er sich vergewissert hat, dass die anderen Zeltbewohner noch am Fest weilen und nichts mitbekommen. Seraina kostet ihre Rolle in vollen Zügen aus. «Ausziehen!», fordert sie, und Leon starrt sie verdattert an. – «Na, was ist denn? Du kannst doch nicht das Frauenkleid über deine ganzen Klamotten anziehen, das trägt doch zu dick auf!» Sie freut sich schon auf den Moment, wenn er sein Hemd auszieht. «Voyeurismus ist schliesslich kein Verbrechen, oder?», denkt sie bei sich. Besonders, wenn man eine Dame ist!

Seraina geniesst Leons «Striptease» und applaudiert süffisant, als er mit nacktem Oberkörper vor ihr steht. «Woher hast du eigentlich diese geilen Muskeln?», fragt sie unverblümt und weidet sich an seinem muskulösen Oberkörper. Er reagiert halb peinlich berührt, halb geschmeichelt: «Ich bin kein Bodybuilder, falls du darauf anspielst. Ich klettere gern auf Bäume, und worauf immer man klettern kann, und bin viel in der Natur unterwegs.» – «Worauf immer man klettern kann… ein Schelm, der Böses dabei denkt», kichert sie. «Und die langen Leggins behältst du an?» Leon errötet: «Hey, Moment mal, ich bin doch nicht dein persönlicher Stripper!», protestiert er. «Ausserdem… kann ich die nicht ausziehen!» – «Warum nicht?» – «Ja… äh, das willst du nicht so genau wissen!» – «Wetten, dass?», insistiert das Mädchen frech, und er druckst herum: «Mein Slip hätte sich zu stark abgezeichnet unter dem leichten Stoff, das wäre aufgefallen… die hatten im Mittelalter noch nicht solche Unterwäsche. Und in dem Chaos hier drin finde ich meine Kleider von 2022 nicht mehr.» Betreten wendet er sich ab, und Seraina begreift, warum, und errötet ihrerseits. «Dann lass die Leggins an und zieh das Kleid darüber, los jetzt!» Sie hilft ihm sodann, den Gürtel richtig zu drapieren, und rät ihm mit einem Blick nach unten: «Denke an eiskaltes Wasser oder irgendsowas in der Art, damit das Kleid vernünftig fällt – oder trägt die Dame einen Dolch unter ihrer edlen Robe?»

Schliesslich ist die Umwandlung des jungen Ritters zum Edelfräulein gelungen, obwohl seine widerspenstigen, langen dunkelblonden Locken kaum zu bändigen sind: «Um diese Haarpracht würde dich manche Frau beneiden!», seufzt Seraina und setzt keck hinzu: «Süss siehst du aus mit dem Schleier, und das grüne Kleid habe ich eigens ausgesucht für dich, weil es so gut zu deinen Augen passt!» Leon blickt mit ebendiesen grünen Augen unter dem Stoff hervor wie ein geschlagener Hund: «Rai, du machst mich fertig! Das ist demütigend!» – «Aber der einzige Weg, wie der grosse Ritter Leonidas Löwenherz unerkannt fliehen kann!» – Er gibt sich geschlagen und seufzt: «Gäbe es keine ruhmvollere Variante?» Seraina lacht: «Rum-voll hättest du wohl gerne!»

* * *

Margarethe hat eine Pergamentrolle, die in einer der Satteltaschen gesteckt war, dem Hauptmann übergeben, der sie auf dem Hügel vor dem Dorf angesprochen hat. Sie musste sich noch von ihm zur Schnecke machen lassen, denn er liess kein gutes Haar an der Art und Weise, wie sie «ihren Job» ausgeführt hatte: zu spät kommen, die Nachricht suchen, sich nicht ausweisen können, keine Ahnung über die korrekten Abläufe haben… Die Liste der Verfehlungen war lang, und der Hauptmann schloss seine Schimpftirade mit folgenden Worten: «Wären wir bei des Grafen Burg, würde ich Euch in den Turmkerker werfen und Euch zur Strafe über glühende Kohlen laufen lassen. So würdet Ihr lernen, schneller zu sein! Doch ich habe keine Lust, mich mit einem Bengel rumzuärgern. Geht Eures Wegs und lasset Euch hier nie mehr blicken!» Margarethe zieht die Schultern hoch und senkt verschämt ihren Blick, dann nimmt sie die Zügel in die Hand und führt ihr Pferd weg vom Dorf in einen kleinen Wald hinein.

Im sicheren Gehölz angekommen, lässt sie sich auf den Waldboden fallen und atmet tief durch. Plonk fliegt zu ihr und gurrt zärtlich. Margarethe ist komplett erledigt. Die Anspannung weicht nur langsam von ihr. Mittlerweile ist die Nacht hereingebrochen. Sie sucht sich ein stilles Plätzchen, um zu übernachten. Sie isst ein paar Stücke Brot und getrocknetes Fleisch, die in einer der Satteltaschen steckten, und trinkt dabei aus des Söldners Flasche. Schliesslich schlummert sie ein und fühlt sich am nächsten Morgen wie gerädert. Erstens war es auf dem Waldboden nicht besonders bequem, zweitens wachte sie jedes Mal auf, wenn ein Geräusch zu vernehmen war. Sie fürchtete sich davor, doch noch in einem Kerker zu landen.

Als sie von einer Toilettenpause aus den Büschen zurückkommt, hört sie Stimmen, die nicht allzu weit weg sein können. Zuerst will sie mit Pferd und Rabe die Fliege machen, doch dann hört sie nochmals genauer hin.

* * *

«Geschafft, uff! Wo sind wir hier eigentlich?», stöhnt Leon und beschwert sich, dass seine «Tarnkleider» viel zu eng seien und er fast ersticken würde. Zudem schmerzen ihn die gebrochenen Rippen. «Ich finde es ausserdem unfair, dass ich die Frauenkleider trage und du die Männerkluft und den Säbel!» Seraina, die als Knappe gekleidet ist, grinst und seufzt: «Wie oft muss ich dir noch erklären, dass zwei Frauen allein unterwegs verdächtig wären und du mit deinen Wahnsinnshaaren zu sehr auffallen würdest!» Sie schaut sich um und meint: «Na ja, der Morgen dämmert. Bald sehen wir etwas mehr, lass die Sonne noch etwas höher steigen.» – «Mein Puls und mein Blutdruck steigen schon genug. Ich muss aus dem Fummel raus, ich ersticke!», keucht Leon und beginnt, sich das Damenkleid vom Leib zu reissen. Plötzlich hören die beiden ein Jauchzen. Im nächsten Moment erscheint ein Söldner jubelnd auf der kleinen Lichtung. Seraina und Leon erstarren zuerst vor Schreck, dann bricht Seraina in schallendes Gelächter aus: «Mäg! Mäg! Du passt ja perfekt zu deinem Lover – verkehrte Welt: die Frau als Söldner, der Mann als Edelfräulein! Transvestie pur!» Doch weder Margarethe noch Leon denken in diesem Moment an die Klamotten, die sie anhaben. Sie sind einfach nur froh, einander wiedergefunden zu haben. Überglücklich schliesst Leon seine Mäg in die Arme.

7
Zeitkapsel oder Rabe mit Schwert?

Seraina muss sich zuerst von ihrem Lachanfall erholen, dann stürzt sie zu den beiden, und die drei umarmen sich voller Erleichterung. «Ich bin so froh, habe ich euch endlich gefunden!», seufzt Margarethe, «Auch wenn ich euch fast nicht erkannt hätte mit eurem Rollentausch!» Sie sieht ziemlich mitgenommen aus. «Rudy geht es übrigens gut», beruhigt sie ihre Freundin. Seraina atmet erleichtert auf und fordert: «Mäggy, du musst unbedingt erzählen, was ihr erlebt habt!» – «Später!», winkt diese ab. «Es ist zu verrückt. Zuerst müssen wir uns mit Vögeln beschäftigen.» Leon und Seraina schweigen schlagartig und sehen Margarethe verblüfft an. Ihr Freund räuspert sich: «Äh, ja, gern, klar, aber du meinst, jetzt und hier?» – «Wir dürfen keine Zeit verlieren!», beharrt sie. – «Na ja, ich verstehe das; ich habe dich auch schrecklich vermisst und finde das eine gute Idee, dachte aber nur, wegen Rai...», wendet Leon ein, und Margarethe erklärt: «Rai muss natürlich mitmachen!» Darauf erntet sie entgeisterte Blicke ihrer Freunde. «Mäggy, was ist los mit dir?», erkundigt sich Seraina besorgt. Leon ist etwas blass geworden und äussert: «Ich weiss nicht, ob ich mit euch Powerfrauen allein fertigwerde! Und Ru wär sicher nicht zufrieden!» Jetzt erst dämmert es Margarethe, und sie muss grinsen: «Nein, ich will keinen flotten Dreier mit euch, das fehlte ja noch, aber unser Problem dreht sich um Vögel!» Nun sieht sie es für angebracht, kurz zu erklären, worum es bei ihrem Auftrag geht, für den sie tatkräftige Unterstützung benötigt. Margarethe erzählt von der Zukunft, die wundersam und erschreckend zugleich ist. Seraina und Leon hängen an ihren Lippen, denn was sie da hören, wirkt auf sie wie ein Science-Fiction-Film. Schnell wird auch den beiden klar, wie der Auftrag lautet: insektenfressende Vögel einfangen und ins

Jahr 2172 transportieren, dann mit Rudy ins Jahr 2022 zurückkehren. «Und was ist mit euch, habt ihr euch im Jahr 1158 schon mit Vögeln befasst?» Die beiden anderen prusten, schicken einander verstohlene Blicke und erröten. «Ja… also nicht so direkt...», druckst Leon herum, und seine Freundin merkt, dass etwas im Busch ist. Sie baut sich vor ihm auf mit in die Hüfte gestützten Händen. «Mein Liebster, was läuft da zwischen euch?» Sie blickt von ihm zu Seraina, welche schuldbewusst wegsieht, und Margarethes Augen weiten sich fassungslos. «Habt ihr etwa im Ernst...?» Jetzt wehren Leon und Seraina heftig ab, und das Mädchen prescht beschwichtigend vor: «Nicht das, was du denkst; ich habe deinen Liebsten nur beatmet!» Margarethe zieht fragend eine Augenbraue hoch. – «Leo wurde beim Turnier verletzt und stürzte vom Pferd, und dann rang er nach Luft...» – «Waaas?», schreit Margarethe entsetzt – «Ja, es war furchtbar! Ich hatte echt Angst um ihn, und da blieb mir nichts anderes übrig als Mund-zu-Mund-Beatmung. Ich wollte das doch gar nicht», erklärt sie entschuldigend, und Margarethe schickt ihrem Freund einen misstrauischen Blick: «Und Leon hatte sicher nichts dagegen einzuwenden!» Dieser ist wieder blass geworden; Schweisstropfen stehen auf seiner Stirne. Seraina ist knallrot im Gesicht und spricht sehr schnell: «Ich musste rasch reagieren, und da fielen mir nur Herzmassage und Beatmung ein, sonst hätte er wegen Sauerstoffmangel einen Hirnschaden gekriegt.» Ihre Freundin nimmt sie in den Arm und flüstert: «Danke, meine Liebe! Du hast meinen Liebsten gerettet!» Und sie fügt grinsend hinzu: «Den Hirnschaden hatte er schon vorher!» Leon lächelt düpiert, erleichtert, dass seine Freundin nicht die ganze Szene detailliert geschildert haben möchte: «Als angehende Ärztin hat Rai mich sehr beeindruckt – und als Säbelkämpferin auch!» Jetzt reisst Margarethe vor Staunen ihre Augen weit auf: «Na, bei euch ist aber die Post abgegangen in dieser kurzen Zeit! Das müsst ihr mir dann noch genauer erzählen.» – «Ja, irgendwie mussten wir uns schliesslich beschäftigen, wenn du schon weg warst – und alles mit Vögeln ging halt nicht, weil wir anständig sind!», bemerkt Leon frech. – «Aber Rai und Schwertkampf – alle Achtung!» Nun ist es an Seraina, triumphierend zu grinsen: «War Zeit, mal aktiv zu werden; beim Wagenrennen in Rom mussten wir ja nur die Eier der Jungs zählen, und das wird auf Dauer langweilig!»

Margarethe wird wieder ernst: «Rudy fehlt. Er wäre jetzt der, der die Situation logisch analysiert. Also gut, ich versuche mein Glück: Wie ich sehe hast du ein Schwert, Rai… oder zumindest einen krummen Säbel!» – «Ja, um dieses Burgfräulein zu beschützen», flachst Seraina und erntet einen grimmigen Blick von Leon. – «Nun ja, ich habe auch ein Schwert», fährt Margarethe fort und grinst dabei, doch sie lässt es sein, einen blöden Spruch fallen zu lassen. Sie und Seraina schauen sich nur belustigt an, denn die Situation ist schon ziemlich ulkig: Zwei schwerbewaffnete Frauen, eine davon mit einer Söldnertracht bekleidet, die andere als Knappe, stehen mit einem als Edelfräulein getarnten, unbewaffneten Jungen auf einer Lichtung.

«Zwei Schwerter und ein Rabe. Also ist ein Zeitsprung durchaus möglich, Plonk kann sogar wählen, ob er es krumm oder gerade bevorzugt. Zudem könnten wir uns sogar getrennt auf den Weg machen, denn die Zeitkapsel, von der ich euch erzählt habe, steht noch irgendwo da oben in den Büschen. Die Frage ist nur: Wie wollen wir die Vögel einfangen?», schliesst Margarethe ihr Fazit. – «Ich könnte Wotan dafür benutzen…», überlegt Leon, und Margarethe stutzt. «Jetzt kommunizierst du schon mit nordischen Gottheiten?» – «Nein, Wotan war mein Falke, beim Falkner-Wettstreit. Der hört auf mich wie Plonk auf dich, Mäg», antwortet Leon und blickt auf den Raben, der auf einem niedrigen Ast neben ihnen hockt. «Der kann kleine Vögel fangen und sie lebend apportieren.» – «Cool, das ist es!», jauchzt Margarethe begeistert, doch Leon räuspert sich: «Ok, ich tu's, aber nur unter EINER Bedingung!»

*　*　*

Rudy hat seinen Kopf in die Hände gestützt und sitzt nur schweigend da. Henninn hat sich etwas abseits in einer Ecke des Labors auf einen runden Hocker gesetzt und kratzt sich am Kopf. «Entschuldige Rudy, ich bin ein Trampel. Aber glaube mir, ich hege gute Absichten. Ich will die Menschheit von ihrer grössten Schwäche befreien: der Aggression. Was diese Welt braucht sind gewaltfreie Menschen.» – «Das ist unlogisch», beginnt Rudy und blickt zu Henninn hinüber, dann fährt er langsam fort: «Die Natur findet immer einen Weg. Wenn die Menschen gewaltlos leben, weil ihre Gene umprogrammiert worden sind, dann wird es früher oder später zu natürlichen Mutationen im Erbgut kommen – irgendwann wird einer aufwachsen, der wieder genauso aggressiv sein kann wie heutige Menschen. Und er wird merken, dass er sehr weit damit kommt in einer heilen Welt. Dann wird es wieder eine Diktatur geben. Für eine friedliche Welt braucht es nur eine Grundvoraussetzung: aktiv gelebte Nächstenliebe! Wenn sich alle mit Respekt begegnen, dann funktioniert es.» – «Davon schwafeln die Propheten, Prediger und Esoteriker schon, seit es sie gibt. Und was ist passiert? Nichts, rein gar nichts! Die zehn Gebote? Einfach zu merken. Aber wenn's drauf ankommt, pfeifen alle drauf!», ereifert sich Henninn und fuchtelt wild mit den Armen. – «…weil die Situation im Alltag ungerecht ist», antwortet Rudy wie aus der Pistole geschossen, «…weil das Leben manchmal ungerecht ist. Das müssen wir ausmerzen. Wenn alle ein zufriedenes Leben führen können, wenn bei allen die Schmerzgrenze weder physisch noch psychisch tangiert wird, dann entsteht auch keine Gewalt. Diese ist nur ein Ausdruck von Unzufriedenheit, von Frust und Ungerechtigkeit. Gesunde, freie, zufriedene Menschen sind friedfertig. Und jene, die wegen einer Krankheit ein erhöhtes Gewaltpotential besitzen, die kannst du dann immer noch umprogrammieren. Die wären vermutlich sogar froh, denn Aggression ist eine Qual und ein Bumerang – *abyssus abyssum vocat*: ein Abgrund ruft den anderen. Das ist...» – «...Karma. Das ist Karma, Rudy», grinst Henninn und gluckst. Der Angesprochene atmet schwer und muss wieder an seine Freunde denken, besonders an Seraina. Rudy seufzt leise und murmelt «Scheisskarma», dann fragt er Henninn: «Und jetzt? Was passiert jetzt?»

* * *

Leon holt so tief Luft, wie seine Frauenkleider es zulassen, dann meint er: «Meine Bedingung, damit ich als Falkner Vögel einfangen gehe: Ich zieh Mägs Uniform an. Du kriegst meinen Fummel, Liebste. Erstens sehen wir dann nicht mehr aus wie Schiessbudenfiguren, sondern wie normale Menschen im Mittelalter. Zweitens bin ich an der Reihe, mit einer coolen Uniform herumzustolzieren. Major Fuckoff hatte ja schon das Vergnügen, ich will auch mal!» Und er grinst schelmisch. Kaum hat er das gesagt, meldet sich Seraina mit ihrer Bedingung: «Lass mich in die Zukunft reisen zu Rudy!» – Margarethe atmet tief ein und blickt über die Lichtung in den Wald hinein, dann erklärt sie: «Die Zeitkapsel ist nicht sicher; Lasse Henninn meinte, alle Zeitkapseln, die zuvor in die Vergangenheit gesendet wurden, haben es nie zurück ins Jahr 2172 geschafft. Ok, diese Zeitkapsel ist eine Weiterentwicklung, vielleicht ist es die erste Kapsel, die es schaffen könnte. Aber ich habe Angst, dass dem nicht so ist. Nimm lieber Plonk und den Krummsäbel für deinen Zeitsprung, Rai. Dann schick ihn mir wieder hierher!» – «Kann Plonk alleine reisen?», fragt Leon, während er sich abmüht, sich aus seiner Kleidung zu schälen. – «Verflixt, ich kann da nicht mehr zugucken, Leo! Leg dich auf den Boden und streck die Arme über den Kopf. Ich zieh dir das Kleid aus!», befiehlt Seraina entnervt.

Etwas zögerlich tut Leon, wie Seraina ihn geheissen hat. Doch als sie ihm das Kleid über den Kopf ziehen will, rutscht er mit. Margarethe packt geistesgegenwärtig seine Beine, um ihn an Ort festzuhalten. Jetzt zieht Seraina mit aller Gewalt am Kleid. Leon stöhnt und ächzt. Weil jetzt viel Stoff im Kopfbereich feststeckt, ringt er nach Luft. Sein muskulöser Oberkörper ist nun schon nackt – er trägt nur noch die Leggins an den Hüften und jede Menge Stoff um den Kopf. «Zerreiss das Kleid nicht, Rai, ich muss es noch anziehen!», wendet Margarethe alarmiert ein. – «Umpf! Ööch! Uuch!», röchelt Leon und windet sich, weil er keine Luft bekommt. «Bleib still, du Aal! Rai und ich können so nicht vorwärtsmachen!», spricht Margarethe ein Machtwort, als es «Schnurpf» macht und Leon befreit nach Luft schnappt. Beide Frauen blicken sich kurz an und brechen in schallendes Gelächter aus. Leon stemmt sich mit den Unterarmen in eine Sitzposition und macht ein verdattertes Gesicht. Doch sein Humor kehrt zurück, er flachst: «Wusste gar nicht, dass die Frauen sich um mich reissen!» Dann beginnt auch er zu lachen. Da sitzt der arme Löwe nun, lediglich mit seinen Leggins bekleidet und heilfroh, endlich wieder normal atmen zu können. Ihm tun allerdings die Rippen weh, einerseits von den Verrenkungen beim Ausziehen, andererseits vom befreienden Lachen. Margarethe zieht die Augenbrauen hoch und hat bei Leons Anblick kurz das unbändige Verlangen, sich mit ihm in die Büsche zurückzuziehen, doch dann besinnt sie sich und schüttelt die wolllüstigen Gedanken ab. Der Auftrag geht vor.

Bei der Anstrengung, Leon aus dem Frauenkleid zu zerren, ist Serainas Kappe verrutscht, und Margarethe sieht ihre Freundin überrascht an: «Rai, was hast du denn mit deinen Haaren angestellt?» – «Frag nicht!», brummt diese missmutig. – «Ich wette, mein Liebster ist schuld!», schliesst Margarethe mit schiefem Grinsen. Leon wehrt mit Nachdruck ab: «Nein, sie hat die fesche Frisur ganz alleine hingekriegt.» – Seraina erklärt: «Ich ziehe jetzt aber mein schönes Kleid an mit dem Schleier, dann sieht

man das Gemetzel nicht mehr!» Für alle Fälle hat Seraina nämlich das Edelfräuleingewand mitgenommen, in ein Tuch gewickelt, und sie möchte ihrem Rudy lieber in diesem gegenübertre-
ten als in der Knappenuniform: «Das macht wenigstens keinen
fetten Arsch!»

Endlich ist das Umziehen beendet. Leon steht nun da in voller
Pracht eines mittelalterlichen Söldners. Er gürtet sich gerade das
Schwert um, das zur Söldnerbekleidung gehört. Und Margarethe
und Seraina stecken nun in den eleganten Damenkleidern, die
leider doch etwas gelitten haben. Aber Seraina klopft und zieht
unschöne Stellen kurzerhand zurecht, so dass man zwei Mal hin-
schauen muss, um die Schäden zu sehen.

«Du hast meine Frage nicht beantwortet, Mäg», hakt Leon wieder dort ein, wo sie aufgehört haben, sich über die nächsten
Schritte Gedanken zu machen. «Kann Plonk alleine in der Zeit
reisen?» – «Im Prinzip ja», erklärt Margarethe, «nur ist es ein
Risiko, wenn wir mit zig Vögeln auf seine Rückkehr warten
müssen. Mir wäre es bedeutend wohler, wir würden alle miteinander in die Zukunft reisen.» – Serainas Blick verfinstert sich,
entschlossen entgegnet sie: «Wo ist die Zeitkapsel, Mäg? Ich
nehme sie. Ich will endlich zu Rudy, das ist mein letztes Wort!»
– Die Angesprochene druckst herum, da fuchtelt Seraina mit
dem Krummsäbel vor Margarethes Nase herum: «Hey, Mäg, das
ist meine Entscheidung! Lass mich gehen!» – Leon zieht Margarethe aus der Gefahrenzone weg und spricht im Befehlston eines
Polizisten – und das passt bestens zu seinem jetzigen Outfit zu
Seraina: «Rai! Stopp! Sonst muss ich dich in Anbetracht deines
Verhaltens in Gewahrsam nehmen!» Seraina hält inne, glotzt ihn
verwirrt an, senkt den Säbel und beginnt zu schluchzen: «Ich will
doch einfach nur zu Rudy! Ich habe solche Angst um ihn! Seit
wir bei den Russen im Folterkeller waren, habe ich dauernd
Angst um ihn.» Margarethe springt sofort zu ihr und umarmt ihre

Freundin. Sie flüstert: «Ok, wir fragen die Kapsel, ob sie sich eine Rückkehr zutraut.»

Die drei Freunde mit Raben schleichen sich an die Zeitkapsel heran, stets in der Furcht, dass der halbnackte Söldner noch irgendwo herumlungert und auf ihre Rückkehr wartet, um sich Pferd, Bekleidung und Waffe zurückzuholen. Leon blickt auf den Gaul und meint: «Das Pferd würde seinen Herrn riechen. Dann wäre es unruhig. Doch seht, es grast friedlich, da ist keiner weit und breit.» Margarethe tritt zur Zeitkapsel hin, vermeidet es aber, sie zu berühren. Der eine elektrische Schlag hat ihr genügt. – «Frau Gygax», meldet sich der Bordcomputer, «wollen Sie mir ihre Freunde nicht vorstellen?» Seraina und Leon staunen Bauklötze, denn sie erleben so etwas ja zum ersten Mal. Margarethe kichert beim Anblick der zwei völlig verblüfften Gesichter. «Ja, natürlich, gerne. Also Leute, das ist die Zeitkapsel ZIL-004. Und liebe ZIL-004, das sind meine Freunde Seraina Capaul und Leon Inderbitzin. Frau Capaul möchte mit Ihnen ins Jahr 2172 reisen, zum Zeitpunkt kurz nach unserem Aufbruch. Schaffen Sie das?» – Indigniert räuspert sich die Zeitkapsel und erwidert: «Wenn ich das nicht könnte, würde ich Selbstdeaktivierung durchführen!» – «Selbstbef… was?», stottert Leon, da erklärt ihm Margarethe das Wort seufzend: «Sowas wie Harakiri für Computer.» – «Öh, alles klar, Mata Harakiri!», flachst Leon, denn er hat es nicht lassen können, diesen Seitenhieb auf Margarethes Agentennamen in Berlin – Mata Hari – zu platzieren.

Die Kapseltür öffnet sich. Seraina überreicht Margarethe ihren Säbel, umarmt ihre Freundin und tritt ein. «Willkommen an Bord, Frau Capaul. Ich werde Sie ins Jahr 2172 bringen. Einen kleinen zeitlichen Sicherheitsabstand zur Aufbruchszeit muss ich einhalten. Denn hier lagen die Probleme der früheren Kapseln. Sie waren alle programmiert, zur gleichen Zeit zurückzukehren, zu der sie in die Vergangenheit aufgebrochen waren. Das hat vermutlich einen Kurzschluss im Raum-Zeit-Kontinuum geschaffen und die Kapseln sehr wahrscheinlich zerstört.» – «Die redet wie mein Rudy!», jauchzt Seraina entzückt, da wendet Margarethe rasch ein: «Hmm, so eine Kapsel hat deinem Liebsten den Kopf verdreht, im Fall. Du hast dort in der Zukunft jede Menge elektronische Nebenbuhlerinnen, Rai!» Die Angesprochene macht zuerst grosse Augen, winkt dann energisch ab: «Ach was! Die stech' ich mit Links aus!» – «Würde ich auch meinen…», fügt Leon hinzu und erntet einen Knuff von Margarethe. – «Autsch!» – Seraina lächelt. Dann zwinkert sie Leon zu. Margarethe schickt ihm einen finsteren Blick. Leon grinst verlegen und unterlässt es, zurück zu zwinkern.

Noch bevor sich die Kapseltür schliesst, – als es sich Seraina bereits darin gemütlich gemacht hat –, erscheint Plonk mit einer kleinen Schar Meisen im Schlepptau. «Me Zu rei!», krächzt er, während die Meisen erregt piepen, und Leon frohlockt: «Hey, Job erledigt, ja klar: Me Zu rei – Meisen in die Zukunft reisen! Lass uns alle in die Zukunft fliegen!» – Margarethe seufzt: «Die haben doch keine Meise! Die lassen uns doch nicht frei, wenn wir nicht noch einen Haufen anderer Piepmätze anschaffen!» – Leon seufzt: «Na gut, dann lass uns weiter anschaffen. Und Rai soll mal schon mit den Meisen vorausfliegen.»

Als die Meisen an Bord sind, beschwert sich ZIL-004 noch kurz: «Die beschmutzen mein edles Interieur!» Dann schliesst sich die Tür, die Kapsel beginnt zu surren und verschwindet mit Rai und den kleinen Vögeln ins Nichts. Leon, Margarethe, Plonk und das Pferd stehen nun allein im Gebüsch – etwas ratlos. «Und wir zwei Hübschen fliegen per Plonk-Beam hinterher, sobald wir genügend zusammen gevö… äh… genügend Vögel zusammen haben», packt Leon den nächsten Schritt in einen Satz. Doch Margarethe kommt nicht mehr zu Wort, denn sie vernehmen hinter sich Hufgetrampel. Sie drehen sich abrupt zur Geräuschquelle um. Was sie sehen, lässt ihnen das Blut in den Adern gefrieren: Ein halbes Dutzend Söldner in Vollmontur tauchen auf –

darunter befindet sich der Halbnackte, dessen Söldnertracht nun Leon ziert. Margarethe hebt den Krummsäbel, Leon zückt sein Schwert – kampflos wollen sie sich auf keinen Fall geschlagen geben!

8
Vierzig Stockhiebe

Die Berittenen kommen näher und umzingeln die beiden Teenager, die zu Fuss unterwegs sind. Der beraubte Söldner sitzt hinter einem Kollegen hoch zu Ross und schimpft wie ein Rohrspatz: «Das sind die Bösewichte, die meine Bekleidung gestohlen!» Die Rösser tänzeln um die beiden Bedrängten, welche mit ihren ausgestreckten Waffen drohen. Beiden würde es zwar nicht in den Sinn kommen, ein Tier zu verletzen, aber sie fuchteln mit ihren Waffen bedenklich nahe bei den Beinen der Berittenen herum. Diese sehen, dass sie die beiden Jugendlichen nicht so einfach überwältigen können, solange sie selbst hoch zu Ross sitzen, und Leon und Margarethe schielen nach einem Ausweg, einer Lücke in dem Kreis, den die fünf Pferde um sie gebildet haben und der in ständiger Bewegung ist. Ein lautes Krächzen lenkt die Reiter ab: Plonk flattert dicht über den Köpfen der Berittenen, welche nach oben sehen und sich instinktiv ducken. Leon nutzt das Ablenkungsmanöver des Raben und taucht geistesgegenwärtig mit einem regelrechten Kopfsprung unter den Bauch eines Schimmels hindurch, vollführt auf der anderen Seite der Pferdeflanke einen Purzelbaum, rappelt sich hoch und rennt davon. Wütend jagen ihm zwei der Söldner auf ihren Rössern hinterher; die verbliebenen vier blicken in Leons Richtung.

Margarethe nutzt die Ablenkung, um zu «ihrem» Pferd zu gelangen. Mit dem langen Kleid gelingt es ihr jedoch nicht, aufzusteigen, und sie hält sich an den langen Zügeln fest und versucht, sich mit einer Hand hochzuziehen, ohne den Säbel loszulassen, während vier Berittene auf drei Pferden bereits wieder bei ihr angelangt sind und sie bedrängen. Von Ferne wiehert Leon, und Margarethes Pferd hebt den Kopf und galoppiert plötzlich los.

Mit aller Kraft klammert sich das Mädchen an den Zügeln und an der Pferdemähne fest und wird mitgeschleift. Das Wiehern irritiert die anderen Pferde; eines scheut und wirft seinen Reiter ab, nein, sogar deren zwei, denn es hatte ja auch den beraubten Söldner auf seinem Rücken getragen. In dem allgemeinen Tumult, der nun entsteht, gelingt es Margarethe, näher zu Leon zu gelangen, obwohl sie das Pferd nicht mehr unter Kontrolle hat. Leon liegt am Boden, einer der Reiter ist abgestiegen und hat sein Schwert auf die Brust des Jungen gerichtet. Weil Margarethes Kleid so lang ist, dass es den Boden berührt, verheddert sich der Stoff beim Vorbeireiten in des stehenden Söldners Schuhen. Der Schwung des galoppierenden Pferdes mit dem Mädchen im Schlepptau zieht dem Mann die Beine unter dem Körper weg. Geistesgegenwärtig hakt Margarethe zeitgleich ihre stumpfe Säbelspitze in einen von Leons Schnürschuhen ein, was tatsächlich den gewünschten Effekt erzielt: Sie zieht ihn mit, weil sich die erfassten Schnüre eng um den Krummsäbel verknoten. Das treue Ross, das völlig verschreckt ist von der Aufregung, galoppiert weiter, behindert durch seine doppelte Last, die es nachzieht. Margarethe und Leon werden gnadenlos mitgeschleift unter prekären Bedingungen, und dem Mädchen renkt es fast ihre Arme aus, weil sie sich einerseits krampfhaft am Zügel festklammert und andererseits den Säbel auf keinen Fall loslassen möchte, an dem Leons Fuss hängt wie am seidenen Faden.

Eigentlich ist es unmöglich, dass sie so überhaupt vom Fleck kommen, aber wie durch ein Wunder gelingt es dem Ross, die beiden aus der Gefahrenzone zu bringen, bevor die verwirrten Söldner reagieren können. Jetzt begreift Margarethe auch, dass Leon mit dem Pferd durch Pferdelaute kommuniziert, prustet und brummt, um es zu beruhigen – und andererseits mit seiner Pferdesprache die anderen Rösser durcheinanderbringt. Als sie an eine Böschung hinter dichtem Gebüsch gelangt sind, lässt Margarethe los, und beide Teenager rollen den Hang hinunter und bleiben an seinem Fuss im Gebüsch liegen. Das Pferd macht kehrt und trabt zurück zu den Söldnern, offenbar plötzlich bereit, zu seinem Herrn zurückzukehren. Plonk landet in der Nähe seiner Freunde in wachsamer Haltung.

Margarethe und Leon liegen völlig zerschlagen und mit zerrissenen Kleidern am Fusse der Böschung. Sie bleiben liegen. Leon hält sich mit schmerzverzerrtem Gesicht die Rippen, die jetzt übel weh tun. Als der Schmerz etwas nachlässt, horcht er, ob sich die Reiter nähern oder entfernen. Von weither dringen Rufe und Wiehern, und dann kündigt ein Flattern das Nahen eines grossen Vogels an. Leon begreift sofort, dass es Plonk ist. Der Rabe krächzt und kommuniziert mit dem Rabenversteher, welcher begreift, dass die Gefahr vorläufig gebannt ist, da die Söldnertruppe weitergeritten ist. Plonk gibt ihm zu verstehen, dass er Wache halten wird und sie warnt, sobald sich jemand nähert.

Der junge Mann kriecht zu seiner Freundin, um festzustellen, ob sie verletzt ist. Als er sich über sie beugt, überlegt er, ob er jetzt sie beatmen soll, wie es Seraina mit ihm getan hat – ein Gedanke, der ihn erregt –, und als seine Lippen den ihrigen näher kommen, packt sie ihn plötzlich und küsst ihn leidenschaftlich. Endlos lange dauert dieser Kuss, den beide unendlich geniessen, weil der letzte Kuss schon viel zu lange her ist. Atemlos hebt Leon seinen Kopf und scannt kurz die Umgebung, erinnert sich an die «Abmachung» mit Plonk und kommt zum Schluss, dass sie weit genug von den Söldnern weg sind und ausreichend getarnt durch hohe Büsche, bevor er seine Freundin weiterküsst. Diese zieht ihn fester an sich, unendlich erleichtert, dass sie endlich wieder zusammen sind. Dann wirft sie ihren Freund mit Schwung ab und dreht sich um, sodass er auf dem Rücken liegt, und sie beginnt ihn erneut zu küssen und fängt dabei an, seine Söldnertracht auszuziehen. Doch weil das zu langsam geht, streift sie ihm kurzerhand seine Leggins ab. Überrascht schaut er sie an, grinst und zieht ihr das zerrissene Kleid hoch. Das Serotonin, das ihn durchströmt, lässt ihn sogar seine schmerzenden

Rippen vergessen. Nun verschmelzen sie endlich in tiefe Glückseligkeit, wovon sie in ihrer Empfindung schon viel zu lange abgehalten worden sind. Beiden ist es egal, in welcher Gefahr sie schweben und dass das vielleicht nicht der richtige Ort und Zeitpunkt ist. Sie sind unendlich glücklich, einander wiedergefunden zu haben.

* * *

Verdattert richtet sich Leon in einem Gewühl von Kleidern auf und blickt sich unruhig um, als würde er wittern. Margarethe liegt glücklich auf seiner Brust, behelfsmässig zugedeckt mit dem mitgenommen aussehenden Kleid in Leons Augenfarbe. Beide sind schmutzig vom Gras und von der Erde, auf welcher sie sich gewälzt hatten, aber beide sind erleichtert – in jeder Hinsicht. Als sich der Junge vergewissert hat, dass ihnen keine unmittelbare Gefahr droht, ermutigt durch das beruhigende Gurren des Raben, lässt er sich seufzend wieder aufs Gras sinken, dann dreht er sich etwas zur Seite und kratzt sich. «Das Gras kitzelt!», beschwert er sich, und seine Freundin lacht: «Vergiss das Gras; Hauptsache, wir haben einander!» Er nickt, wirkt jedoch zerstreut: «Ich traue dem Frieden nicht! Die Söldner lauern sicher irgendwo auf uns!» Margarethe ist das im Moment völlig egal, da sie es einfach nur geniesst, mit ihrem Leon wiedervereint zu sein: «F… die Söldner!» Leon schaut sie entgeistert an: «Sag sowas nicht! Das passiert schneller, als dir lieb ist!» Mit einem Blick auf seine nackte Freundin fügt er besorgt hinzu: «Besonders, wenn du schon ausgezogen bist; dann haben sie leichtes Spiel mit dir!» Nun ist auch sie beunruhigt, und fieberhaft suchen beide aus dem Stoffhaufen ihre Kleider heraus, welche aber in keiner Weise mehr salonfähig sind. «Ich sehe bestenfalls aus wie eine Schlampe!», bemerkt Margarethe, als sie das zerknitterte und teilweise zerrissene Kleid überzieht. «So stecken sie mich gleich ins Bordell!» Auch die Söldnertracht hat gelitten, und Leon mutet an wie ein Kriegsgefangener, der in die Mangel genommen worden ist; seine Haare stehen in alle Richtungen ab wie eine Löwenmähne. «Immerhin wird der beraubte Söldner seine Bekleidung jetzt sicher nicht mehr zurückhaben wollen!»

* * *

«Entzückend! Hinreissend!», ruft Lasse Henninn aus und ist komplett aus dem Häuschen, als Seraina wie eine Königin aus einer weit, weit entfernten Galaxie aus der Zeitkapsel steigt. Über einen Monitor verfolgen Henninn und Rudy Serainas erste Schritte im Jahr 2172. «Finger weg! Rai gehört zu mir!», hebt Rudy seine Stimme in für ihn sehr ungewohnt besitzergreifender Manier. Henninn zuckt etwas zusammen und dreht sich zu ihm hin, einen Ausdruck von Erkenntnis im Gesicht: «Darum also interessiert es dich nicht, Stammvater einer modernen Menschheit zu werden, Rudy! Du bist bereits mit dem hinreissendsten weiblichen Geschöpf auf Erden liiert! Jetzt wird mir vieles klar!» – «Musst du sie auch dekontaminieren? Dann lass mich sie vorwarnen, Lasse!» Der Forscher schaltet für Rudy einen Kommunikationskanal vom Labor in den Ankunftsraum frei.

Was Seraina über den Lautsprecher hört, erfüllt sie mit grosser Erleichterung: die Stimme ihres Rudolfino. Er erklärt ihr die nächsten Schritte, dass sie sich mit den Meisen in den Dekontaminationsraum begeben und dass sie dort keine Angst haben müsse, er und Mäggy hätten es auch gut überstanden. Zuerst ist sie sich nicht sicher, wie sie die Vögel dazu bringen kann, ihr zu folgen, doch sie tut es einfach Leon gleich und zwitschert vor sich hin – und siehe da, dies bewirkt, dass ihr die Tiere in den Dekontaminationsraum folgen. Als sie drin ist, kann sie Rudy über die Scheibe hindurch bereits sehen. Ihr wird warm ums Herz, und der sonst eher zurückhaltende Rudy eilt ebenfalls von Sehnsucht getrieben zur Verglasung. Beide kleben schliesslich wie verliebte Geckos auf der jeweils ihnen zugewandten Fensterseite.

Vor lauter Wiedersehensfreude nimmt Seraina die unangenehme Prozedur kaum wahr. Schliesslich ist die Dekontamination erfolgreich verlaufen, und Seraina wird ins Labor gelassen, wo sie Rudy in die Arme fällt. Ihr wuchtiges Kleid behindert ein bisschen die Wiedersehensumarmung, und auch der erste Kuss nach langer Trennung ist daher etwas ungewohnt. Während sie sich für Henninns Zeitgefühl unendlich lange küssen, überlegt sich der Forscher krampfhaft, welche Trümpfe er in der Hand hat. Doch die Meisen unterbrechen seine Gedankengänge, denn eine hat sich auf seiner Tastatur erleichtert. «Iiiks», macht Henninn, und das Liebespaar schaut verwundert in seine Richtung. Die Teenager grinsen, als sie sehen, wie Henninn schnell mit einem Desinfektionsspray das Display reinigt, das wie eine überdimensionierte Smartphone-Tastatur wirkt, also keine haptisch fühlbaren Tasten besitzt – zu Henninns Glück, sonst hätte es noch einen Kurzschluss gegeben. Die nächste halbe Stunde sind die drei damit beschäftigt, die Meisen mit Keschern einzufangen und in kleine Gasbehälter zu pferchen, um sie dann später in ein Schlaraffenland voller leckerer Insekten freizulassen.

Erst jetzt schafft es der Forscher, ein paar Begrüssungsworte an Seraina zu richten. Ihre Schönheit bringt ihn komplett aus der Fassung. Er stottert und ringt nach Worten. Seraina grinst, Rudy nervt sich und verdreht die Augen. Als sich Seraina mit vollständigem Namen vorgestellt hat, folgt ein Angebot, bei der das Mädchen vor Freude einen kurzen Schrei von sich gibt: Henninn lädt die Teenager ein, zu zweit die Wellness-Grotte von Pelinn zu besuchen und sogar dort zu übernachten im Luxus-Doppelzimmer, alles bezahlt von Pelinns Regierung, die ihnen –

wie Henninn unterstreicht – zu grossem Dank verpflichtet ist. Und der Forscher zeigt auf die Meisen. Er selber wolle sich während des Kuraufenthalts der Teenager darum kümmern, den Meisen ihre neue Umgebung vertraut zu machen. Rudy und Seraina schauen sich an – sie komplett begeistert, er unschlüssig, ob er das Angebot als Bonus oder als Falle betrachten soll.

«Bringt Frau Gygax noch mehr Vögel per Rabenpost, Frau Capaul?», erkundigt sich Henninn, bevor Rudy und Seraina ins Taxi steigen, das sie zur Wellness-Grotte chauffieren soll. Der Forscher stottert nun nicht mehr, er hat seine Gefühle wieder so weit im Griff, dass er normal mit den Teenagern sprechen kann. Seraina erklärt schnell: «Genau das ist der Plan! Sobald Mäg und Leo mit viel mehr Vögeln da sind, senden Sie doch bitte die beiden zu uns rüber in die Grotte!» – «Nennen Sie mich nur Lasse, meine Schöne! Natürlich lasse ich Ihnen die beiden zukommen... äh, wer ist Leo?» – «Margarethes Freund Leon Inderbitzin», erklärt Rudy kurz angebunden, denn er ist nach den zermürbenden Gesprächen mit Henninn ganz froh, ihn eine Weile nicht mehr sprechen zu müssen. Es hat ihn schon sehr erschreckt, wie der Forscher ihn für seine Ziele einspannen wollte.

Nun soll es zur Kur gehen. Seraina freut sich riesig, Rudy ist immer noch skeptisch, als beide eine Auto-Kapsel besteigen. Beim Gefährt handelt es sich um LUE-001, die Kapsel, mit der Rudy schon einmal gefahren ist – vom Teich ins Labor. Als sich die Tür der Kapsel schliesst, wird er ganz bleich, weil ihn eine ungemütliche Vorahnung beschleicht, und er schielt zu Seraina. Sie schliesst zufrieden die Augen und lehnt sich im Sitz zurück. Doch sie ist wie elektrisiert, als der Bordcomputer säuselt: «Verehrter Herr von Arx, Zierde der Menschheit, welche Freude, Sie wieder an Bord zu haben...»

* * *

«Also ich meinerseits bevorzuge die Art von Vögeln, mit der wir uns auskennen», bemerkt Leon und zieht seiner Freundin Grashalme aus ihren verfilzten Haaren. Sie schickt ihm einen Seitenblick, und er fährt fort: «Um die anderen soll sich Wotan kümmern!» – «Du meinst Zeus!», korrigiert sie und pflückt ihrerseits alles aus seiner Mähne, was dort nicht hingehört. – «Nein, Wotan.» – «Wieso, Zeus ist doch der Wüstling unter den Göttern, dachte ich?» Leon lacht laut: «Nein, ich rede doch von meinem Falken!»

Sie grinst: «Dann gehen wir jetzt also weiter anschaffen?» – «Ja, aber zuerst müssen wir Wotan finden.» – «Kannst du den nicht rufen?» – «Möglicherweise schon, aber wir müssten wieder näher zum Wohnsitz des Markgrafen gelangen.» – «Und wo wohnt der?» Leon überlegt, während er seine Schuhe schnürt: «Wo sein fester Stammsitz ist, weiss ich nicht... aber das lässt sich sicher herausfinden. Allerdings sind diese Grafen undsoweiter viel unterwegs in ihren Lehensgebieten.» – «Ja, weiss ich, wie ja auch die Könige. Die haben meist mehrere Burgen und Höfe und ziehen herum im von ihnen regierten Land. Und rangniedrigere Adlige, die sein Land als Lehen nutzen dürfen, kontrollieren mit diesen Söldnern, die uns fast aufgegriffen haben, die Gebiete stellvertretend, wenn ihr Lehensherr nicht da ist. Meinst du, unsere Häscher waren Vasallen von Albrecht dem Bären?» Nun ist auch sie fertig angekleidet und greift instinktiv zum Krummsäbel, obwohl sie immer noch Damenkleidung trägt. Leon betrachtet sie amüsiert und gürtet sich seinerseits das Schwert um. «Wäre möglich, aber selbst dann haben wir uns jetzt äusserst unbeliebt gemacht, auch wenn ich Albrechts persönlicher Favorit bin», gibt er zu bedenken, und Margarethe schickt ihrem Freund einen schrägen Blick und verzieht einen Mundwinkel: «Wie muss ich das jetzt verstehen?» Er schnaubt: «Ganz und gar nicht zweideutig! Ich hab immerhin für ihn das Falknerturnier gewonnen.» – «Und Rai den Schwertkampf, wenn ich euch richtig verstanden habe», kontert Margarethe süffisant, während die beiden sich anschicken, weiterzuziehen. Seufzend nickt Leon: «Ja, Rai hat allerdings das Schwert flink geschwungen – so geschickt könnte ich mit einem krummen Säbel nicht umgehen.» Seine Freundin kichert: «Also, mit anderen Waffen kannst du in der Tat gewandt umgehen, egal, ob krumm oder gerade!» Dann fällt ihr etwas ein, was ihr einen Stich in die Magengegend versetzt, und sie zieht Luft durch ihre Zähne ein. Dabei überhört sie den Warnruf ihres Raben. Leon hat seine volle Aufmerksamkeit auf seine Freundin gerichtet und fragt besorgt nach, und sie erwidert mit ernsten Gesichtsausdruck: «Was eben diese andere Art von Vögeln betrifft, da bin ich etwas besorgt.» – «Warum? War doch gut, oder etwa nicht?» – «Doch, aber wir haben was Entscheidendes vergessen!» Wieder ein Krächzen, diesmal lauter. Leon ist seinerseits am Grübeln und schaut dabei auf den Boden, um nicht zu straucheln, dann reicht er seiner Freundin, die mit ihrem langen Kleid kämpft, seine Hand und erblasst sichtbar. «Ach du heilige...! Allerdings! Aber wie und wo hätte ich...» Weiter kommt er nicht, denn als sie aus dem buschreichen und morastigen Gelände auf festeren Boden gelangen, scharen sich wie aus dem Nichts berittene Söldner um die beiden.

* * *

«Hey, ist das eine deiner digitalen Verehrerinnen, Rudy? Passen Sie bloss auf, Sie Glaskugelgroupie, das Superhirn da gehört zu mir!», zischt Seraina ungnädig. Einen Moment später verzieht sie das Gesicht, denn es wird maximal heiss unter ihrem Allerwertesten. «Aaaaah, was soll das?», schreit sie und springt auf Rudys Schoss. «Umpf», macht dieser nur und sieht nichts mehr, da Seraina und ihr Kleid ihm die Sicht versperren – und auch ihre Haare, welche plötzlich in einer ungewohnten Länge viel voluminöser um ihren Kopf fallen. Erst jetzt bemerkt Rudy, dass seine Freundin eine neue Frisur hat. Doch irgendwie ist es nicht der richtige Zeitpunkt für Frisurfragen – für Rudy im Moment nicht prioritär. Seraina gefällt ihm so oder so. Zudem will es ihm einfach nicht aus dem Kopf, dass ihm diese spontane Einladung zu einem Wellness-Weekend etwas spanisch vorkommt. Er nimmt sich fest vor, wachsam zu bleiben, egal was kommen mag…

Etwas ungemütlich geht die Fahrt weiter. Zum Glück ist die Grotte in drei Minuten erreicht, und die Glastür geht auf. Sofort springt Seraina hinaus und bewegt ihre Röcke, um Luft an ihr Gesäss zu lassen. «Auf Wiedersehen, verehrtester Herr von Arx», säuselt der Bordcomputer, und etwas schroffer fügt LUE-001 hinzu: «Auf Nimmerwiedersehen, allerwerteste Frau Capaul.» Und die Glastür schliesst sich zackig. LUE-001 entfernt sich rasch, und Seraina seufzt vorwurfsvoll: «Du hättest was sagen können, Rudolfino mio!» – Zerknirscht stammelt Rudy: «Nü… nützt eh nix… die Geräte sind hochintelligent. Die sitzen immer am längeren Hebel, also besser die Klappe halten.» Seraina ist etwas verstimmt, aber als sie einen Blick in den Eingangsbereich der Grotte wirft, hellt sich ihre Stimmung schlagartig auf. Grosse Monitore zeigen Bilder aus der Grotte, in die sie gleich eintreten werden. Eine freundliche Frau in einem Glashäuschen heisst die Teenager willkommen und erklärt ihnen, dass sie bereits informiert worden ist, dass hohe Gäste erwartet werden. Zwei kreditkartenähnliche Zutrittsberechtigungen werden den beiden über eine kleine Rutsche übergeben. Damit passieren sie nacheinander die ebenfalls verglasten Eingangstüren, die sich wie von Geisterhand öffnen und schliessen, sobald sich eine Besucherkarte in die Nähe der Türen befindet.

Seraina kommt kaum mehr aus dem Staunen heraus. Je tiefer sie in die stimmungsvoll farbig beleuchtete Höhle eindringen, desto entspannter werden beide. Aus Düsen an der Decke weht ihnen dezent parfümierte Frischluft entgegen. Oder ist da eine dubiose

Substanz beigemischt? Nur kurz blitzt dieser Gedanke in Rudys Hirn auf. Seraina fühlt sich schon, als sei sie leicht beschwipst. Selbst Rudy scheint beduselt, als hätte er von einer Droge des Vergessens gekostet. Weder er noch Seraina denken auch nur eine Sekunde an Margarethe und Leon. Und Rudys eigener Vorsatz, stets wachsam zu bleiben, löst sich komplett in Luft auf. Wie in Trance wandeln sie durch die verwunschenen Gänge voller Stalaktiten und Stalagmiten. Seraina schielt zu Rudy und flüstert: «Die Dinger bringen mich auf eine Idee. Komm, lass uns zuerst aufs Zimmer gehen, Rudolfino.» Ganz ungewohnt für Rudy, entgegnet er ihr mit geröteten Wangen: «Ich kann's kaum erwarten!»

Unterwegs begegnen ihnen ein paar weitere Gäste, allesamt in Bademänteln. Die beiden Teenager kommen sich in «Vollmontur» ziemlich deplatziert vor. Zudem ist es heiss in der Grotte. Und beide wünschen sich gerade nur das Eine: sich die Kleider von Leibe reissen und in Liebe verschmelzen. Endlich finden sie ihr Luxuszimmer, das wie eine Luftblase unter Wasser wirkt. Denn: Ausser im Eingangsbereich schwimmen Fische um das ganze Zimmer herum – der Raum ist eine Art Glaskugel in einem riesigen Aquarium. Korallenriffe bieten einen Sichtschutz gegenüber den benachbarten Räumen. Nur das Bad ist ein Raum mit blickdichten Wänden. Zwei flauschige Bademäntel liegen auf dem riesigen Doppelbett bereit. Die Teenager zerren sie vom Bett und werfen sie auf den Boden, dann haben sie es eilig, sich auszuziehen. Vor lauter Ungeduld reisst die eine oder andere Naht.

Als sie sich endlich in die Arme fallen können, wie die Natur sie geschaffen hat, tauchen sie in ein Feuerwerk von Gefühlen ein. Im ersten Moment fürchtet Seraina, dass Rudy komplett überfordert ist von dieser glückseligen Wucht. Doch sie stellt erstaunt fest, dass er auftaut wie Eis unter der Frühlingssonne. Noch nie hat sie ihn so stürmisch und aktiv erlebt – sonst ist es immer Seraina, die das Liebesspiel gestaltet. Nun hat die Atmosphäre der Grotte den Wolf in ihm geweckt. Einen Moment lang fragt sich Seraina, ob wirklich alles mit rechten Dingen zu und her geht. Ob die Grottenluft wohl aphrodisierend wirkt? Oder ist das alles gar eine Falle… die Grotte des Vergessens? Eine Grotte, sie zu willenlosen Geschöpfen einer modernen Zivilisation zu machen! Seraina atmet tief ein und spürt Rudys Hände an ihrem ganzen Körper. Die Ekstase lässt auch ihr alles andere egal sein… Was soll's, der Moment zählt, allein der Moment und nichts als der Moment! Was ist schon die Vergangenheit, was die Zukunft? Woher kommen wir? Spielt das noch eine Rolle? Wohin gehen wir? Nirgendwohin, für alle Ewigkeit bleiben wir hier…

* * *

Leon und Margarethe starren die grimmigen Bewaffneten erschrocken an, sind aber zu sehr überrumpelt worden, um sich zur Wehr zu setzen. Sie werden gefangengenommen und gefesselt, sodass ihre Handgelenke jeweils an zwei verschiedene Pferdesattel gebunden werden und sie zwischen den Pferden gehen müssen. Die Seile ziehen unangenehm an ihren Armen, und das Marschtempo geht über Margarethes Kräfte, welche spürt, wie ihr schwarz vor Augen wird.

Als sie wieder zu sich kommt, ist ihre Lage keineswegs besser. Zwar ziehen nicht mehr Seile an ihren Handgelenken, aber ihre Hände stecken festgeklemmt im Holz. Auch an ihrem Hals spürt sie einen unangenehmen Druck und kann ihren Kopf kaum drehen, und das liegt nicht an ihrem Schleier, welcher verrutscht ist, sodass ihr wilde Haarsträhnen ins Gesicht fallen. Als sie Leon neben sich erblickt, begreift sie, was mit ihr los ist. «Oh nein, jetzt wurde der Alptraum in der Hütte von Pandemios doch noch wahr!», seufzt sie laut. Leon trägt einen Schandkragen, und er sieht gar nicht glücklich aus. Sein wirres Haar bedeckt fast sein ganzes Gesicht, und er lässt seinen Kopf hängen. Er trägt nicht mehr die Söldnerbekleidung und hat einen nackten Oberkörper. Trotz ihrer verzweifelten Lage kann es Margarethe nicht verkneifen, sich über das wohlgeformte Hinterteil ihres Liebsten und seine durchtrainierten Beine zu freuen, die in den engen Hosen gut zur Geltung kommen. Sie selbst trägt das verschlissene grüne Kleid und ist froh, dass es hochgeschlossen und bodenlang ist und sie in keiner Weise entblösst ist. «Schöner Schlamassel!», brummt Leon und schickt seiner Liebsten einen typischen treuherzigen Leon-Blick unter seiner Mähne hervor, und sie fühlt sich unangenehm an ihr erstes Date im Kerker von London erinnert. Sogleich nimmt sie darauf Bezug: «Das hast du damals schon in London gesagt, wortwörtlich!» Trotz der unangenehmen Situation war damals auch ein Prickeln dabei, weil die beiden noch kein Paar waren, aber es gäbe beileibe schönere Setups für ein romantisches Tête-à-Tête! Er seufzt: «Irgendwie landen wir immer wieder vom Regen in der Traufe! Back to Square one – so weit waren wir doch bereits, dass die Söldner uns verhaften wollten, und jetzt haben sie es doch geschafft.» – «Ist das Karma oder was?», rätselt Margarethe, und sie hört schon Rudys Kommentar dazu in ihrem Geist. «Aber was ist bis jetzt passiert?» Leon erzählt: «Die haben dich aufs Pferd geladen, als du k.o. zusammengebrochen bist. Ich hatte schon befürchtet, sie schleifen dich einfach mit. Sie haben dich dann aufs Pferd gebunden wie einen Sack, aber wenigstens wurden dir so nicht die Arme ausgekugelt.» Margarethe wird blasser, als sie es bereits war. «Bin irgendwie froh, habe ich das nicht mitgekriegt.» – «Glaub mir, es war kein angenehmer Marsch, und die haben sich einen diebischen Spass daraus gemacht, ihre Pferde mit so grossem Abstand parallel gehen zu lassen, dass ich dachte, ich würde zweigeteilt.» Er stöhnt: «Mir tun die Schultern weh.» – «Aber was haben die jetzt mit uns vor?» – «Zuerst mal die Zurschaustellung: Wir sind als Diebe angeklagt und müssen bis zur Urteilsvollstreckung hier rumstehen auf dem Dorfplatz, und wenn wir Pech haben, bewerfen uns die Leute mit faulem Obst.» Margarethe schaudert es, denn sie ahnt, was jetzt kommt: «Und was könnte uns dann blühen?» Leon seufzt erneut: «Du weisst ja, dass sie Dieben in der Regel die Hand abhacken, aber wenn wir Glück haben...» – «Was dann?», fragt sie hoffnungsvoll. – «Dann peitschen sie uns lediglich aus. Oder wir werden auf der Stelle gehenkt.» Das Mädchen fühlt seinen Blutdruck erneut sinken und fällt auf die Knie. «Mäg!», schreit Leon, kann aber nichts für sie tun. Ihr ist hundeelend.

Sie stehen respektive knien scheinbar endlos lange herum auf der hölzernen Plattform, welche eigens für Strafprozesse auf dem Dorfplatz errichtet worden war. Leute bleiben stehen und starren sie an, tuscheln, lachen, äussern aber auch Laute des Mitgefühls. Die beiden Angeklagten sind tief verzweifelt. Das Mädchen fragt sich, wo ihr Rabe weilt. Nach einer gefühlten Ewigkeit hören sie Pferdegetrampel und das Geräusch von hölzernen Rädern auf dem steinigen Boden. Eine Stimme ruft: «Ritter Leonidas Löwenherz!» Und Leon hebt verwundert seinen Kopf. Vor ihm, am Fusse der Bühne, steht Albrecht der Bär, und auf seiner behandschuhten Hand sitzt der Falke Wotan.

Weitere Männer treten hinzu, die Söldner scharen sich um ihren Herrn, und ein Wortgefecht entspinnt sich. Die Gefangenen verstehen nicht, was besprochen wird, aber aus dem Zusammenhang heraus schöpfen sie Hoffnung, dass das Auftauchen des Markgrafen die Situation zu ihren Gunsten verändern könnte. Albrecht der Bär wendet sich direkt an Leon: «Ritter Löwenherz, sprechen meine Gefolgsleute ein wahres Wort, dass Ihr einem meiner Krieger Ross und Kleidung entwendet habt?» Leon schickt Margarethe einen Blick, und in diesem stummen Blickwechsel wird vieles besprochen: Ist der Markgraf vertrauenswürdig, sollen sie ihm reinen Wein einschenken, oder sollen sie sich einer Notlüge bedienen? Der Junge beschliesst, die Schuld auf sich zu nehmen, weiss aber, dass er damit seine Flucht rechtfertigen muss. Bevor er sich äussern kann, ergreift jedoch der Markgraf das Wort. «Ihr hättet in meinen Diensten viel Ruhm und Ehr erlangen können», spricht er bedauernd. «Warum seid Ihr davongelaufen? Mich dünkt es, Ihr seid mit dieser Dirn geflohen.» Damit deutet er mit abschätziger Miene auf Margarethe, welche sich bewusst ist, dass sie in dem schmutzigen Kleid keinen vertrauensvollen Eindruck erweckt. «Wenn Ihr nicht so ein tapferer Ritter wärt und ein hervorragend Falkner, müsste ich Euch Eurer gerechten Strafe zuführen. Jedoch will ich Gnade vor Recht ergehen lassen.» Leon atmet auf, dann aber spricht Albrecht der Bär weiter: «Eine Strafe muss sein, daher genügen zwanzig Stockhiebe. Das Weibsbild, das Euch zu Leichtsinn verleitet, werde ich zur Strafe meinen Männern überlassen.» – «Neiiin!», schreien Leon und Margarethe wie aus einem Munde, und der Junge beeilt sich, zu erklären, dass die Gefangene neben ihm seine Herzensdame sei. Verblüfft betrachtet der Markgraf die beiden. Offensichtlich wundert er sich, dass das Mädchen nicht Seraina ist. Dann aber bricht er in schallendes Gelächter aus: «Ihr seid ein wunderlich Mann, jedoch kann ein wackerer Ritter zahlrich Weibsbilder verführen!» – «Verschont meine Lady Margarethe Rabenherz, bitte!», fleht Leon. Der Markgraf nickt: «So soll es sein. Vierzig Stockhiebe nimmt der ungetreue Rittersmann auf sich, und seine Dame soll geschonet werden.» Beide Gefangenen erblassen: vierzig Stockhiebe!

Die Strafe soll sogleich vollzogen werden, und reichlich schaulustiges Volk schart sich um den Platz. Der Henker steht schon bereit mit einem Stock, bei dessen Anblick Leon und Margarethe angst und bange wird. Die beiden werden aus ihren Schandkragen befreit, aber zum Aufatmen ist keine Zeit, denn Leon wird unverzüglich mit den Armen an einem Pfahl gebunden. Ausziehen müssen sie ihn nicht, denn sein Oberkörper ist bereits entblösst. Margarethe bleibt auf der Bühne stehen, in Leons Nähe, fassungslos, und in ihrem Kopf jagen sich die Gedanken. Die

Waffen wurden ihnen abgenommen, und Plonk ist verschwunden. Sie ist verzweifelt.

Leon aber handelt geistesgegenwärtig: «Ich bitte um einen letzten Wunsch vor der Bestrafung», spricht er den Grafen an. – «So sei es», entgegnet dieser, denn Leon ist ihm ans Herz gewachsen. – «Ich möchte Wotan fliegen sehen!» Der Markgraf schaut irritiert drein, dann aber zieht er dem Falken seine Kappe ab, die der Vogel trägt, damit er nicht von der unruhigen Umgebung inmitten von Menschen irritiert wird und auch nicht seinen Herrn beissen kann. Dann löst er die Fusskette, die das Fussgelenk des Vogels mit seinem Handgelenk verbindet, und erteilt Wotan einen Befehl. Leon fängt sogleich an, hohe Laute von sich zu geben, dann zwitschert er und vollführt ein regelrechtes Vogelstimmenkonzert, und Wotan begreift sofort: Der Falke erhebt sich majestätisch in die Lüfte, und dann saust ein schwarzer Schatten vom Himmel und landet auf Margarethes Schulter. Die Leute rufen staunend aus, das Mädchen seufzt erleichtert «Plonk!», und Leon fängt nun an zu krächzen. Der Kolkrabe begreift, fliegt seinerseits hoch und krächzt, während er seine Runden zieht. Der Falke und der Rabe fliegen nun in gegenseitigem Einverständnis umher und treiben eine Vielzahl von kleinen Vögeln zusammen: Meisen, Amseln, Zaunkönige, Goldhähnchen, Zilpzalpe, Girlitze, Mönchsgrasmücken, Neuntöter, Schwalben und Mauersegler… alles Vögel, die vorzugsweise Insekten verspeisen.

Margarethe kennt nicht alle beim Namen, aber Leon, der seinen Kopf wegen seiner Fesseln nicht gut drehen kann, strahlt, während er leise die Vogelnamen aufzählt. Als er «Maskenwürger» murmelt, blickt sich das Mädchen erschrocken um: «Was, werden wir jetzt erwürgt? Von dem Würger mit der Maske? Oder weil wir keine Schutzmaske tragen?» Leon lacht, und sie begreift, dass es wohl einen Vogel dieses Namens gibt. Der Piepmätze werden immer mehr, und gemeinsam locken Falke, Rabe und Leon die Vögel an, die sie in die Zukunft mitnehmen wollen. Da erblickt Margarethe in einer Ecke den Krummsäbel, der am Rande der Bühne liegt, und ein Messer ganz in ihrer Nähe. Während alle Blicke dem Vogeltanz in den Lüften zugewendet sind, will sie, ihrem ersten Impuls folgend, losstürzen und nach der Waffe greifen, dann aber besinnt sie sich und gibt stattdessen Plonk ein geheimes Zeichen mit dem Zeigefinger der rechten Hand. Der aufmerksame Rabe bemerkt das sofort, steuert auf den Krummsäbel zu und packt ihn, wie ein Seeadler einen Fisch aus dem Wasser zieht – schwungvoll und ohne aufzusetzen. Gleich zieht Plonk wieder hoch mit dem Krummsäbel in den Fängen. Margarethe hebt derweil das Messer auf, eilt zu ihrem Leo und befreit damit den Gefesselten. Dann verändert sich die Luft plötzlich, wird zu einem Wackelpudding, und beiden Teenagern schwinden die Sinne.

9

Die Grotte von Pelinn

Margarethe wird von einem lauten Schrei geweckt. Dann ein lautes Platschen. Doch bevor sie sich nach der Herkunft und dem Grund dieses Tumults umsehen kann, erlebt sie ein Déjà-vu der höchst unangenehmen Art: Millionen von Insekten kriechen auf und in ihren Kleidern herum. «Nein, nein, nein! Aaaaaah! Neiiiiin!», schreit Margarethe und beginnt dann hysterisch zu lachen, weil die Viecher sie grausam kitzeln. Sie wälzt sich zuckend im Gras und rollt in Richtung Teich. In ihrem Kopf scheint es, als würden alle Nerven unwillkürlich feuern. Mit einem Restbewusstsein und einer sehr unorthodoxen Fortbewegungsart – ähnlich einer Raupe im Todeskampf – kann sie sich in den Teich retten. Dort entledigt sich bereits Leon der Krabbeltiere, der eine solche Attacke zum ersten Mal erlebt. Als Margarethe auch im Wasser ist, packt er sie, damit sie nicht ertrinkt. «Zieh mir schnell das Kleid aus, da sind noch Viecher überall! Schneeeeeell!» Leon tut, wie ihm geheissen. Nun stehen beide nur noch mit Unterhosen beziehungsweise Leggins bekleidet im Teich. Margarethe bedeckt ihre Blösse mit dem linken Unterarm, so gut es geht. Dann tauchen beide kurz unter, um auch die Haare insektenfrei zu kriegen.

Als sie sich von der Kitzelattacke erholt haben, blicken sie über die Wiese, wo die mitgebrachten Vögel, allen voran die Schwalben und Mauersegler, ein Festessen veranstalten. Und sie entdecken Plonk, der nun zwei Krummsäbel hortet – jenen, den Rudy und Margarethe bei der ersten Landung liegengelassen haben, und jenen, den sie eben gerade mit in die Zukunft gebracht haben. Margarethe ist es gar nicht wohl in ihrer nackten Haut. Sie kuschelt sich näher an Leon, der ihr beschützend einen Arm um die Schultern legt.

Und wieder ein Déjà-vu für Margarethe: Eine autonome Kapsel fährt heran – wie bereits beim ersten Mal –, öffnet eine Glastür, lässt eine kurze Leiter in den Teich hinab und merkt an: «Frau Gygax, wie ich sehe haben Sie seit dem letzten Mal nicht wirklich viel dazugelernt! Typisch Mensch! Ihre Schaltkreise sind viel zu träge, nun kommen Sie schon. Und damit ich Sie Lasse Henninn nicht so… ungebührlich überreichen muss: Im Fach hinter den Sitzen sind leichte Morgenmäntel. Bedecken Sie sich! Beide!» Leon ist zuerst total verblüfft, hilft dann Margarethe beim Einsteigen, die inständig hofft, dass keine Direktübertragung stattfindet, denn zum Einsteigen braucht sie beide Hände. Schnell holt sie den versprochenen Mantel aus dem Fach hinter ihrem Sitz und kuschelt sich in ein rosa Bekleidungsstück, das vermutlich aus einem Gemisch aus Baumwolle und Seide besteht, denn er fühlt sich ungemein zart an. Auch Leon hüllt sich in den Mantel, der hinter seinem Sitz verstaut war, doch er ist von der Farbe gar nicht angetan, denn seiner ist genauso knallig rosa wie der von Margarethe. Unauffällig entledigt er sich seiner klatschnassen Leggins. Seine Freundin bemerkt das: «Was machst du denn da?» – «Ich sitze nicht gern mit nassen Hosen rum, die kleben so blöd an meinem Hintern!» Die charmante Stimme von LUE-001 schlägt vor: «Soll ich Ihren wohlgeformten Allerwertesten mit meiner Sitzheizung trocknen, werter Herr…?» Leon grinst erstaunt, während Margarethe säuerlich dreinblickt und ihn warnt: «Pass auf, das Cyberweib ist imstande und verbrüht dir den A… aua!» Schon spürt sie, wie ihr Sitz urplötzlich wärmer wird, und sie ruft: «Sorry, LUE-Dings-äh-001, ich nehm's zurück! Bitte nicht!» Der Sessel kühlt sich sofort wieder ab. Jetzt ist er sogar eher etwas kalt, und unterkühlt klingt auch die Stimme aus dem Lautsprecher: «Wollen Sie mir Ihren gutgebauten Begleiter nicht vorstellen, Frau Gygax?», führt die Kapsel die Konversation fort, als wäre nichts geschehen, nachdem sie die Leiter eingefahren und die Tür geschlossen hat. – «Das ist Leon Inderbitzin, mein Freund.» – «Ich weiss, der hochverehrte Herr von Arx ist ja mit dieser... dieser Seraina Capaul liiert. Was für eine Verschwendung. Ein so edle Biomolekülansammlung wie Herr von Arx müsste sich meiner Meinung nach digitalisieren lassen, ein Cyborg werden – eine Mensch-Maschine!» – Margarethe und Leon blicken sich angewidert an, schweigen aber, weil sie einfach viel zu erschöpft sind von ihren Mittelalter-Abenteuern. Aber zumindest wissen sie jetzt – und das erfüllt beide mit Erleichterung – dass ihre beiden Freunde wohlauf sind. LUE-001 fährt los.

«Wo fahren wir hin? Lasse Henninns Labor wäre doch dort um die Ecke gewesen?», wundert sich Margarethe, und Panik steigt in ihr hoch. «Beruhigen Sie sich, Frau Gygax. Diese Menschen! Immer gleich gestresst reagieren! Denken Sie logisch! Ich bringe Sie zu Ihren Freunden. Herr Henninn hat dem edlen Herrn von Arx versprochen, dass er Sie gleich nach der Ankunft in die Grotte von Pelinn bringen lässt.» – «Grotte?», keucht Leon. «Was für eine Grotte? Tönt für mich nach Folterkeller!» Margarethe verzieht das Gesicht. LUE-001 lässt ein metallisches Lachen hören und erwidert: «Die Grotte von Pelinn ist DER Luxus-Wellnesstempel par excellence! Bäder in himmlischer Atmosphäre, Sterneküche, Zimmer in submariner Kulisse.» Margarethe und Leon schauen sich verblüfft an, und die Vorfreude zaubert ein breites Grinsen auf ihre Gesichter.

Die Freude währt nur so lange, bis Margarethe ein nagender Gedanke wieder einfällt: «Meinst du ich bin schwanger?», flüstert sie während der Fahrt Leon ins Ohr. – «Weil wir dieses eine Mal ohne Firewall ge..., nö, also das müsste ja echt ein verrückter Zufall sein. Oder hattest du grad kürzlich deine Tage?» Margarethe schüttelt den Kopf, und Leon atmet erleichtert auf. «Sie können beruhigt sein, Frau Gygax, ich empfange keine Signale einer werdenden Biomolekülansammlung», stellt LUE-001 trocken fest. Margarethe und Leon blicken sich überrascht an, jetzt atmet auch Margarethe auf. Doch es beschleicht sie ein ungutes Gefühl, angesichts der Tatsache, dass die Technologie im Jahr 2172 die Menschen wie gläserne Kreaturen durchleuchten kann.

Das Paar wird direkt beim Eingang der Grotte abgesetzt. LUE-001 verabschiedet sich nur mit den nötigsten Worten und fliegt zurück zum Forschungszentrum. Die Dame am Empfang händigt ihnen die Zugangskarten aus und erklärt kurz, dass sie sich zuerst in den Dekontaminationsraum begeben müssten. Auf Leons verdattertes Gesicht hin erklärt ihm Margarethe, dass dies ganz schnell gehe und nicht wirklich unangenehm sei, also nur ein bisschen. Ganz überzeugt ist er nicht, denn er folgt nur widerwillig einer zielstrebigen Margarethe, die den Nebeneingang ansteuert, den ihr die Empfangsdame per Fernsteuerung geöffnet hat. Leon ist nervös und angespannt, als sich die Tür hinter ihnen schliesst und die beiden in einem kleinen Raum gefangen sind. Er schliesst die Augen und beisst die Zähne zusammen, da schmiegt sich Margarethe an ihn und flüstert: «Ist wirklich nicht schlimm, es ist mehr die Vorstellung, die unangenehm ist.» Leon atmet tief ein und aus – jetzt schmerzen ihn seine Rippen wieder. Er öffnet das linke Auge und blickt gestresst zu Margarethe, die ihn nur anlächelt. Er versucht sich zu entspannen. Obwohl er sonst nicht mal im Angesicht von hungrigen Löwen Angst verspürt – eine Hightech-Dekontaminationsanlage ist der blanke Horror für ihn. Auch das Mädchen ist nicht wild auf die Prozedur, beschliesst aber, dass sie es besser hinter sich bringen, ohne lang darüber nachzudenken. Beruhigend streichelt sie Leons Hand, obwohl sie sich ebenfalls ziemlich gestresst fühlt.

Als die Dekontamination losgeht, ist Leon nicht mehr sicher, ob es richtig war, den Worten seiner Freundin Glauben zu schenken. Immerhin in einem Punkt hatte Margarethe Recht: Es ist schnell vorbei. «Von wegen, nicht wirklich schlimm! Das Schlussbouquet hat's in sich! Ich dachte, ich fange an zu garen...», keucht

Leon, und Margarethe setzt ein entschuldigendes Lächeln auf: «Wenn ich dir das vorher gesagt hätte, wärst du schreiend davongerannt.» – «Bin doch kein Warmduscher!», grunzt Leon indigniert. – «Ich weiss, trotzdem…», zwinkert ihm Margarethe zu, als sich eine weitere Türe wie von Geisterhand öffnet. Leon packt seine Freundin am Arm und zieht sie schnell durch die Tür hindurch. «Nicht dass wir da drinnen nochmal gekocht werden!»

Jetzt befinden sich die Teenager endlich in der Grotte. Beide atmen tief ein. Die Luft riecht gut, fast schon betörend. Die Frischluft aus den Düsen an der Decke enthalten bestimmt ätherische Öle, mutmasst Margarethe, schiebt den Gedanken aber gleich wieder beiseite, denn sie hat nur noch Augen für ihren Begleiter. Die beiden Teenager schauen sich verliebt an, nehmen sich an der Hand und schlendern verträumt an den Tropfsteinen vorbei, die ihren Weg säumen. Nach ein paar weiteren Atemzügen fahren Margarethes Gedanken Achterbahn: «Wie geht es wohl Plonk?… Plonk… Plonk? Wer ist schon wieder Plonk? Ach ja, der Rabe mit den zwei Schwertern… Schwerter sind mir sowas von egal. Der Rabe kann mich auch mal. Plonk – der Name klingt irgendwie erotisch. Ich will hier niemals mehr weg, es ist unglaublich romantisch hier. Und der Typ an meiner Seite, der ist einfach ein toller Hecht. Und er ist nackt unter seinem kuscheligen Morgenmantel! Wie zum Geier heisst er schon wieder? Ach ja, Leon… Leon… Leon… Leon…»

* * *

Unterdessen schwelgen Seraina und Rudy in vollkommener Glückseligkeit. Wie verliebte Otter wälzen sie sich auf dem grossen Bett herum, umgeben von bunten Fischen und See-Anemonen, und sie fühlen sich, als würden sie sich im Meer tummeln. Nach endlos langem Liebesspiel, das sie überhaupt nicht ermüdet, hören sie eine freundliche Stimme, die aus dem Aquarium zu dringen scheint: «Werte Herrschaften, in Kürze wird Ihnen eine kleine Erfrischung am Pool serviert!» Seraina hebt ihren zerzausten Kopf vom Kissen, und Rudy blinzelt aus seinem brillenlosen Gesicht: «Was geht ab? Erfrischung? Pool?» – «Klingt doch verlockend, was meinst du, Liebster?», säuselt Seraina. «Obwohl ich überhaupt keine Lust habe, mich von dir zu lösen!» Die beiden liegen eng umschlungen auf dem Doppelbett in einem Gewusel von Kissen und Seidenleintüchern und fühlen sich, als wären sie miteinander verschmolzen. Erneut drehen sie sich und rollen zusammen auf dem Bett umher – und plötzlich neigt sich dieses auf eine Seite, und das Paar purzelt auf der unerwarteten Rampe hinunter. Sie landen allerdings nicht auf dem harten Boden, sondern in einem Wasserbecken, das sich unter dem Boden befindet, der sich soeben geöffnet hat. Das Wasser ist angenehm warm, und mit einem Brummen setzen sich zahlreiche Düsen in Bewegung, die ihnen den Rücken massieren, die Beine und welche Körperteile sie auch immer massiert haben wollen. «Das ist wunderbar!», schwärmt Seraina und kuschelt sich an ihren Rudy. Die Erfrischung taucht wie aus dem Nichts auf am Rande des in den Boden eingelassenen Beckens, in eigens dafür vorgesehenen Becherhaltern: zwei Cocktailgläser mit kleinen Papierschirmen und Ananas samt Cocktailkirsche an einem Stängel. Aus Strohhalmen schlürft das Paar das orangerote Getränk, das angenehm bittersüss schmeckt, und beschliesst, es wäre doch romantischer, gemeinsam aus einem Glas zu trinken. Kopf an Kopf geniessen sie ihren Drink, welcher ihnen erneut die Sinne benebelt. Als auch das zweite Glas leer ist, treffen ihre Lippen sich erneut, und Seraina findet, Rudys Lippen erinnern an die Cocktailkirschen. «Ich könnte dich auffressen, mein kirschlippiger Marzipanstängel!», sülzt das Mädchen, und der Junge erwidert liebestrunken: «Du schmeckst so süss wie ein Vermicelle!» Plötzlich sprudelt das Wasser stärker und wird zu einer Fontäne, welche die beiden Verliebten fast in die Höhe katapultiert, oder zumindest erscheint es ihnen so. «Sollten wir wohl aus dem Wasser raus?», lallt Seraina betrunken vor Liebe und auch von dem Getränk. – «Keine Lust!», erklärt Rudy, der sonst keine Wasserratte ist. Aber plötzlich geht das Wasser zurück und die beiden sitzen auf dem Trockenen. Das finden sie nun nicht mehr so gemütlich, und sie helfen einander aus der Wanne und klettern wieder aufs Bett, welches sich von der geneigten «Rampe» wieder in seine Ursprungsposition bringt. Düsen, die wie ein Föhn wirken, blasen die Liebenden wieder trocken, und lachend wälzen sich diese weiter auf dem Bett, eng umschlungen, unermüdlich. Sie bekommen nichts davon mit, dass neue Nachbarn jenseits der Korallenberge eingezogen sind. Rudy sieht ohnehin nicht viel, weil er seine Brille schon lange nicht mehr angehabt hat. Die eingeschränkte Sicht stört ihn jedoch keineswegs, weil er seine Seraina vor allem spüren möchte.

* * *

Diese Nachbarn haben allerdings auch nur Augen füreinander und keinen Blick für ihre Umgebung jenseits ihres Aquariumzimmers. Da sie ausser einem Morgenmantel nichts oder fast nichts darunter tragen, verlieren sie keine Zeit mit Ausziehen und stürzen sich gleich voller Begeisterung ins wilde Liebesspiel. Im Liebestaumel verlieren sie jegliches Gefühl für Zeit und Raum. Leon fühlt sich wie auf der Achterbahn, denn seine Mäg ist temperamentvoll und wild, wie er das mit ihr bereits in ihrer ersten Liebesnacht in Rom erlebt hat. Auch sie rollen zusammen auf dem grossen Bett herum, und auch sie werden unerwartet in den Whirlpool befördert, was sie mit übermütigem Gelächter quittieren. Margarethes Sinne sind dermassen benebelt, dass sie keinen klaren Gedanken mehr fassen kann, ausser, dass sie diesen wunderschönen, muskulösen Jungen mit Leib und Seele verschlingen möchte. Auch er ist liebestrunken und wie berauscht, er fühlt nicht einmal mehr seine schmerzenden Rippen vor lauter Glückshormonen. Auch in seinem Kopf fühlt es sich an, als wäre die Gehirnerschütterung weggepustet worden. Für einen kurzen Moment saust ihm ein Gedanke durch den Kopf, der sich aber gleich wieder verflüchtigt. Der Geistesblitz hatte irgendwas mit einem Gummiring zu tun, oder einem seltsamen Kleidungsstück aus Latex, aber er wischt diesen albernen Gedanken sofort wieder beiseite, als seine Freundin seinen wilden Haarschopf verwuschelt und sein Gesicht an ihre Brust drückt. Unermüdlich lieben sie sich, und beide können sich gar nicht mehr vorstellen, irgendetwas anderes mehr zu tun, in seliger Ekstase.

* * *

«Bevor die Herrschaften sich gegenseitig verspeisen, empfehle ich doch das A-La-Carte-Mittags-Menü, welches im Restaurant serviert wird», ertönt die bereits vertraute Stimme aus dem Lautsprecher. Seraina und Rudy schrecken auf und murren ungehalten über die Unterbrechung. «Wir empfehlen das Entrecôte mit Kartoffelkroketten und Sauce Béchamel.» – «Lass mich doch mit deinem Fleisch zufrieden, ich habe hier andere Fleischeslust zu befriedigen!», erwidert Rudy, und Seraina kichert zustimmend. Sie wissen nicht, dass sie beobachtet werden.

In einem anderen Raum in einiger Entfernung von der Grotte sitzt ein Forscher und sieht dem Liebesspiel via Bildschirm fasziniert zu. Seine Faszination ist weniger voyeuristischer, als wissenschaftlicher Art; dennoch kann er es nicht leugnen, dass dieses Kino ihm auch Vergnügen bereitet. Und er verspürt ein seltsames Gefühl, das er bisher nicht kannte, und wundert sich darüber: Ist es Neid? Sehnsucht? Rührung über dieses unschuldige verliebte Paar aus einer längst vergangenen Zeit? Oder wäre er gerne an der Stelle des jungen Rudy? Über spezielle Sensoren nimmt Lasse Henninn Zelloszillations-Messungen vor und stellt Wahrscheinlichkeitsberechnungen an. Sein Computer spricht zu ihm: «Wahrscheinlichkeit einer Befruchtung liegt bei 89 Prozent. Risiko, dass Testpersonen wegen Nahrungsverweigerung Energie einbüssen, steigt. Flüssigkeitszufuhr gelungen, Dosis des Aphrodisiakums angepasst.» Henninn überlegt sich, was er machen soll. Dass die Paare sich dem Liebesspiel hingeben, ist ganz in seinem Sinne, steigen doch so die Chancen einer Befruchtung, und das ist sein Ziel. Durch die mittels von Substanzen erzeugte Dauerbenebelung der Testpersonen ist diesen jegliches Zeitgefühl abhandengekommen, und sie nehmen keine Nahrung mehr zu sich, weil sie keine Lust haben, sich voneinander zu lösen. Deshalb beschliesst der Forscher, die Dosis der Droge zu reduzieren. Eine Forschungskollegin tritt hinzu, eine hochgewachsene Frau, die ebenfalls eine Glatze trägt. Dass sie eine Frau ist, erkennt man nur an ihrem feiner geschnittenen Gesicht und an ihrem etwas kurvigeren Körperbau. Sie spricht: «Lasse, lass die armen Kerle, die verhungern dir sonst noch!» Wie aus einem Traum gerissen, wendet er sich ihr zu, und sie fährt fort: «Im übrigen bin ich mir nicht sicher, ob es moralisch vertretbar ist, die Testpersonen bei der Paarung zu beobachten.» Lasse errötet, und da er keine Haare hat, strahlt sein Kopf wie eine Glühbirne. Er zieht eine Grimasse wie ein am Schlüsselloch ertappter Schuljunge. Die Forscherin lächelt nachsichtig: «Ich verstehe, dass du ein höheres Ziel verfolgst, aber wir müssen uns bewusst sein, dass wir hier Menschen manipulieren. Und ich denke nicht, dass die Chancen einer Befruchtung durch immerwährende Wiederholung desselben Vorganges steigen, wenn keine Energiezufuhr erfolgt.» Henninn versteht, was sie meint: «Ich habe bereits die Dosis verringert; wir geben ein Aufputschmittel bei und schicken die Paare ins Restaurant und später dann ins Dampfbad. Dort geht die Behandlung dann weiter, und wenn sie durch den Korridor gehen, erfolgt automatisch die Messung, ob unterdessen eine

Befruchtung erfolgt ist.» – «Was tun wir, wenn sie weiterhin die Nahrung verweigern?» Henninn grinst: «Am einfachsten und wirkungsvollsten ist wohl eine kalte Dusche!»

* * *

Verdattert finden sich bald zwei Paare an benachbarten Tischen im Restaurant in der Grotte, umgeben von Kerzenlicht. Sie tragen keine Bademäntel, sondern festliche Kleidung – ungeachtet der Tageszeit, da sie sowieso jegliches Zeitgefühl verloren haben: die jungen Männer ein Hemd und eine Stoffhose, die Mädchen hübsche Cocktailkleider. Die Outfits hatten sie in einer zum Zimmer gehörenden Garderobe aussuchen können, welche über eine Rampe im Boden zu erreichen war. Durch einen Unterwasserkorridor waren sie sodann zum Restaurant gelangt. Seraina und Rudy studieren schon die Menükarte und schicken sich immer wieder verliebte Blicke, als zwei vertraute Menschen am Tisch nebenan Platz nehmen. Diese grüssen zwar freundlich, scheinen aber ihre Nachbarn nicht zu erkennen. Seraina braucht einen Moment, um zu begreifen, dass es sich um Margarethe und Leon handelt.

Sie stupst ihren Partner an und flüstert: «Hey, Rudolfino, das sind Mäggy und Leo!» Er wendet dem Paar am Nebentisch seinen Blick zu und stutzt dann: «Die sehen aber weggetreten aus, die beiden!» Dann ruft er laut: «Hey, Leo, Mäggy, alles klar?» Die Angesprochenen schauen ihn mit leeren Blicken an und grinsen belämmert. Seraina wird unruhig. Was ist mit ihren Freunden los? «Mäggy, Leo, was ist los mit euch?» Die beiden glotzen mit umwölkten Augen vor sich hin. Mittlerweile sind Rudy und Seraina wieder einigermassen bei Sinnen, sicher auch ausgelöst durch die kalte Dusche, die ihnen aus Düsen an der Decke über ihrem Bett verabreicht worden war, bis sie kreischend und schimpfend in die unterirdische Garderobe flüchteten, wo sie sich dann neu einkleiden konnten. Auf dem Weg zum Restaurant wurden sie dann langsam wieder klarer im Kopf, und Rudy putzt immer noch murrend seine Brille, die nass geworden ist.

Aber auch jetzt, wo sie am Tisch sitzen, sind sie noch meilenweit weg von ihrem Normalzustand. Sie schicken sich Blicke und erröten plötzlich. «Was haben wir eigentlich die ganze Zeit gemacht?», wundert sich Seraina. Ihr Gegenüber zieht einen Mundwinkel hoch: «Weisst du das etwa nicht mehr?» – «Doch, natürlich,… aber… wie lange sind wir schon hier? Ich habe jegliches Zeitgefühl verloren.» Er nickt. «Ich auch. Wir waren wie in einer Trance, in einem Rausch, aber es war ein angenehmer Rausch.» – «Allerdings! Bloss tun mir gewisse Körperteile weh…» Beide sehen sich an und prusten los, dann besinnen sie sich ihrer Nachbarn und glotzen diese an. Margarethe und Leon halten Händchen und sehen sich verliebt und verträumt an. Es scheint, als hätten sie alles um sich herum vergessen.

Erneut spricht Seraina die beiden an, und Margarethe wendet ihr etwas unwillig ihr Gesicht zu: «Mmmh, was ist?» – «Mäggy, was ist los mit euch?» – «Was los ist? Alles prima!», erwidert sie mit einem abwesenden Lächeln. Rudy wendet sich an Leon: «Leo, alles klar, Mann?» Der Angesprochene nickt zufrieden: «Yo, Mann!» – «Was habt ihr gemacht?», fragt Seraina und bereut diese Frage bereits, denn langsam dämmert ihr, was läuft, und die Sache wird ihr peinlich. Grinsend antwortet Leon: «Wie genau wollt ihr es wissen? Wir haben rumgeknutscht, aber sowas von!» Er zieht beide Augenbrauen mehrmals hoch, und Margarethe nickt versonnen: «War echt abgefahren, in diesem Aquariumzimmer! Das totale erotische Erlebnis!» Dann fokussiert sie das Paar am Nebentisch und legt ihre Stirne in Falten: «Aber wer seid ihr eigentlich?»

* * *

Am Bildschirm beobachtet Lasse Henninn die Interaktion, und seine Kollegin schaut ihm über die Schulter. «Ich habe den Probanden über die Frischluftdüsen an der Decke unterschiedliche Dosen meines selbst entwickelten Glückseligkeitsmittels verabreicht, um zu vergleichen, welche Dosis erfolgsversprechender ist», erklärt er. Sie schüttelt ihren Kopf und lächelt freudlos: «Du bist unmöglich, Lasse! Kriegstraumatisierte damit erfolgreich zu behandeln ist eine gute Sache, aber Unfreiwillige damit in eine Falle zu locken eine ganz miese Nummer!» Mit einem schiefen Lächeln zieht er seine Schultern kurz hoch: «Alles geschieht nur im Dienste der Wissenschaft! Und damit wir zwei Schwangere mit modifizierten Embryos ins Jahr 2022 zurückschicken können, um der Menschheit einen Evolutionsschub zu verpassen!» – «Nur ein paar Kinder, das reicht nicht! Lass sie wenigstens hier aufwachsen, wo sie unser Pelinn aufwerten können!», schlägt die Forscherin als Alternative vor. – «Aber dann können wir den Dritten Weltkrieg nicht ungeschehen machen! Ich gebe denen ein Virus mit, der alle nicht-modifizierten Männer unfruchtbar macht. Die modifizierten Kinder sind die Saat für eine neue, gewaltlose Menschheit!» Henninns Kollegin erwidert nichts und schickt sich an, den Raum zu verlassen. – «Willst du nicht das Dampfbad erleben?», ruft er ihr hinterher mit einem selbstzufriedenen Grinsen.

Mittlerweile haben die zwei Paare ihr Essen erhalten und geniessen die Speisen; mehr als das: Wie hungrige Wölfe stürzen sie sich auf die Nahrung, die sie allzu lange entbehrt haben vor lauter Hingabe an das Liebesspiel. Lasse betrachtet das Spektakel mit wissenschaftlichem Interesse und zuckt zusammen, als eine Stimme hinter ihm spricht: «War höchste Zeit, die Nahrungszufuhr einzuleiten, sonst hätten wir Fälle von Kannibalismus erlebt! Weder am Abend zuvor noch heute Morgen hatten die vier

Probanden etwas gegessen.» Der Forscher wendet seinen Kopf und gewahrt eine ältere Frau, welche mit einer tiefen Sorgenfalte auf den Bildschirm starrt. – «Kanni… nein, kann nicht sein, Frau Professor», wehrt Henninn ab. «Ich hatte die Dosierung der Droge immer unter Kontrolle!» Die Frau jedoch zeigt sich skeptisch: «Nennen Sie mich altmodisch, Doktor Henninn; bei allem Respekt für Ihre Forschungen, aber Mittel, die das Bewusstsein verändern, waren mir schon immer suspekt. Wie viele Menschen haben solche Substanzen ins Unglück gestürzt!» – «Aber ganz im Gegenteil, ich möchte, dass die Paare glücklich sind!», verteidigt sich der Wissenschaftler. «Und wenn sie sich im Glücksrausch vereinigen und Nachwuchs produzieren, ist das genau im Sinne der höheren Sache!» Auch die zweite Frau, seine Vorgesetzte, die Henninn zum Experiment hinzugezogen hat, wirkt nicht überzeugt: «Und doch finde ich es falsch, Menschen gegen ihren Willen zu manipulieren!»

* * *

«Die manipulieren uns!», spricht Seraina unwillkürlich, während Rudy immer noch das Paar nebenan fassungslos anstarrt, weil dieses seine besten Freunde nicht erkannt hat. Er und seine Freundin sind mittlerweile wieder fast im Normalzustand und ziemlich ernüchtert. Seraina steht auf und geht zu Margarethe, um sie an der Schulter zu schütteln. – «Au, lassen Sie das, was fällt Ihnen ein!», wehrt sich Margarethe gegen die Berührung, und Leon herrscht Seraina an: «Lassen Sie meine Frau zufrieden!» Seraina zuckt zurück und ist den Tränen nahe: «Aber erkennst du mich denn nicht, Mäggy? Ich bin doch Raina… Rai…, deine beste Freundin, deine Verwandte, fast deine Schwester!» Deren leerer Blick erschreckt sie bis ins Mark. Fast flehend wendet sie sich an Leon: «Leo, weisst du nicht mehr, nach dem Turnier, als ich dich wachgeküsst habe?» Nun steht Rudy auf und tritt zu seiner Freundin: «WAS hast du gemacht?» Sein Blick ist finster. – «Nein, ich meine, ich habe Leo beatmet, als er bewusstlos war!», erklärt Seraina nervös. – «Wieso sagst du denn <wachgeküsst>?» – «Weil er es so empfunden hat. Aber es war nicht so gemeint!», verteidigt sich die junge Frau. Sie sitzt in Teufels Küche, denn nun sind die anderen drei wütend auf sie. – «Was für ein unmögliches Weibsstück!», schimpft Margarethe mit hoch erhobenem Haupt. – «Ignorieren wir sie und geniessen das Essen!», schlägt Leon ungerührt vor. Seraina bricht in Tränen aus, aber Rudy tröstet sie nicht, weil er über den angeblichen Kuss verärgert ist. Gleichzeitig fordert ihn das arrogante Verhalten der anderen heraus, und er nähert sich Leon: «Was fällt dir ein, so mit meiner Liebsten zu sprechen, Leo?» Nun steht auch Leon auf: «Was wollen Sie eigentlich von uns? Hören Sie sofort auf, uns zu belästigen! Und wer ist dieser Leo?» Nun ist Rudy seinerseits fassungslos.

Auf der anderen Seite des Monitors beraten Henninn und seine Vorgesetzte, wie diese konfliktbeladene Situation gelöst werden kann. «Paar 1 ist schon fast wieder im Normalzustand. Paar 2 ist noch zwei Stufen stärker berauscht und erinnert sich an sehr wenig bis gar nichts, nicht mal an die eigenen Namen», dokumentiert der Forscher fasziniert, während die Frau neben ihm bemerkt: «Der unterschiedliche Zustand mündet in einen unweigerlichen Konflikt. Dieser wurde durch unser Einwirken herbeigeführt, daher liegt es an uns, ihn zu entschärfen.» Lasse nickt: «Paar 1 wird jetzt zurück ins Zimmer gerufen, und dort verabreichen wir ihnen eine erneute Dosis.» Seine Vorgesetzte schickt ihm einen warnenden Blick: «Wollen Sie die beiden zugrunde richten?»

«Wir bitten Rudolf von Arx mit seiner charmanten Begleiterin, Seraina Capaul, zu ihrer Aquariumssuite zurückzukehren, damit Sie sich frischmachen können für die Behandlung im Dampfbad», dringt eine freundliche Stimme aus einem Lautsprecher über dem Tisch der Genannten. Die beiden wenden ihre Köpfe, dann sehen sie sich an: «Dampfbad klingt nicht schlecht», findet Rudy, aber Seraina zeigt sich skeptisch: «Ich weiss nicht, ob das eine gute Idee ist.» Das Paar am Nebentisch isst unbeeindruckt weiter und ignoriert die beiden völlig. Von der Auseinandersetzung ist Seraina dermassen erschüttert, dass sie sich von Rudy willenlos zum Zimmer zurückführen lässt. Sie sprechen kein Wort, bis sie wieder in ihrem «Aquarium» sind. Dann erst äussert sich Seraina voller Entsetzen: «Die erinnern sich an nichts! Was ist nur mit ihnen los? Hat ihnen die Zeitreise den Kopf verdreht?» – Rudy schüttelt den Kopf. Während beiden eine weitere Dosis der Henninn-Droge via Frischluftzufuhr entgegengeblasen wird, mutmasst Rudy: «Irgendwas ist hier los. Ich kann mich nicht mehr erinnern, was es war, aber etwas läuft hier… schief… schie… schön… es ist sooo schön hier, Liebste!» Ganz plötzlich umwölkt sich sein Blick wieder, und bevor Seraina alarmiert reagieren kann, fühlt sie sich auch wieder völlig entspannt. Und magnetisch wird sie zu ihrem Rudolfino hingezogen, der doch so schick angezogen ist. Er bemerkt seinerseits, wie vorteilhaft das ausgeschnittene Cocktailkleid die Brust seiner Freundin betont. Aber ohne Kleid wäre sie ihm eigentlich lieber. Die beiden sind drauf und dran, wieder übereinander herzufallen, dann aber schreckt sie eine Stimme auf: «Bitte begeben Sie sich ins Dampfbad. Die automatische Eisdusche wird in drei Minuten eingeschaltet!»

«Du hast eine sadistische Ader! Zuerst setzt du sie wieder unter Drogeneinfluss, sodass sie sich dem Liebesspiel zuwenden wollen, dann zwingst du sie brutal ins Dampfbad! Wozu das alles?», schilt Henninns junge Kollegin den Forscher, die unterdessen wieder ins Labor zurückgekehrt ist. Sie ist sich nicht sicher, ob sie sich amüsieren oder ärgern soll, als die beiden Teenager fast rasend die Flucht ergreifen vor dem Eisregen, sich in der Garderobe ihrer eleganten Kleider entledigen und im Bademantel durch den Korridor eilen in Richtung Dampfbad. «Im Dampfbad verabreiche ich den Probanden eine weitere Substanz, die nur über Dampfpartikel optimal in die Lunge gelangt. Dieses neue Mittel wird den Einfluss der ersten Droge stabilisieren, sodass die Testpersonen nicht dauernd wieder neu mit der ersten Substanz behandelt werden müssen. Vor allem Frau Capaul kippt mir viel zu schnell wieder in den Normalzustand», erklärt Henninn selbstzufrieden.

Im Dampfbad angekommen, vernehmen Seraina und Rudy wieder eine Stimme, die ihnen Instruktionen erteilt. Henninn grinst, als die Worte erklingen: «Das Dampfbad ist eine textilfreie Zone!» Seine Kollegin knufft ihn in den Oberarm: «Schalt den Monitor aus, das ist Voyeurismus!»

Seraina und Rudy stutzen einen Moment, bevor sie ihre Bademäntel ablegen «Ist ja keiner da ausser uns!», bemerkt Rudy und hilft seiner Liebsten aus ihrer Robe. Seine Brille versorgt er in der Tasche seines Bademantels, da die Gläser im Dampfbad ohnehin beschlagen würden. «Ich sehe ja so oder so nichts!», bemerkt er lakonisch, und Seraina nimmt ihn fürsorglich an die Hand. Schnell huschen sie durch die vernebelte Türe ins Dampfbad, wo sie sogleich von aromatischen Dämpfen eingehüllt werden. An der Decke glimmen farbige Lichter, die sich immer wieder verändern. «Schau mal, der Sternenhimmel!», bemerkt Seraina lallend. Ihre Sinne werden vernebelt, ohne dass sie sich dagegen wehren kann, obwohl eine Stimme tief in ihrem Inneren Warnsignale aussendet. Die neue Droge beginnt langsam zu wirken. Rudy schmiegt sich an seine Freundin, und mehr als das, er beugt sich über sie und küsst sie leidenschaftlich. «Rudolfino, willst du es wirklich im Dampfbad treiben?», fragt sie lasziv und findet das eigentlich keine schlechte Idee.

Unterdessen überlegen die Forscher, wie sie mit dem zweiten Paar verfahren sollen. Es kommt zum Streit, weil sich die Vorgesetzte, die junge Wissenschaftlerin und der Forscher nicht einig sind. Und während der hitzigen Diskussion achten sie nicht auf die Bildschirme. Der Monitor, den die Kamera aus dem Dampfbad speist, ist mittlerweile auf Geheiss der Vorgesetzten ausgeschaltet worden, damit Rudy und Seraina ihre Ruhe haben. Als die Forscher Paar Nummer 2 im Restaurant betrachten wollen, sind Margarethe und Leon verschwunden!

* * *

Rudy und Seraina küssen sich hingebungsvoll und sind drauf und dran, wieder mit ihren Körpern zu verschmelzen. Die Hitze und die aromatischen Dämpfe steigern ihre Lust. Weniger lustfördernd ist die kühle Luft, die plötzlich durch die Türe dringt, welche soeben geöffnet wurde. Unwirsch wendet Rudy seinen Kopf und nimmt wahr, wie zwei Silhouetten durch den Nebel eintreten. «Nie hat man seine Ruhe!», brummt er, und Seraina zieht ihn wieder an sich und küsst ihn gierig wie eine Verdurstende. – «Schon wieder am Rumknutschen; gute Idee, was, Liebste?», lacht Leon herausfordernd. Die beiden Neuankömmlinge lassen sich kichernd auf der Bank gegenüber nieder und fangen ebenfalls an, sich zu umarmen und zu küssen. «Booah, ist das heiss hier!», keucht Leon. «Was dagegen, wenn wir ein bisschen kaltes Wasser auf den Boden spritzen?» Rudy murrt: «Wenn's sein muss! Aber spritz ja nicht mich an, Leo!» Der Genannte greift zum Wasserschlauch. «Ihr schon wieder?», knurrt er und richtet den Wasserstrahl auf das Paar gegenüber. Kreischend springen Rudy und Seraina auf. Ersterer tritt zu Leon hin, den er nur schemenhaft wahrnimmt, und reisst ihm den Schlauch aus der Hand, um den Frechdachs seinerseits mit Eiswasser zu bespritzen. Er trifft ihn mitten auf den Bauch, und jetzt quiekt Leon vor Schreck. Margarethe duckt sich in eine Ecke, und Seraina schimpft: «Hört mit dem Quatsch auf, ihr Idioten!» Schlagartig sind alle hellwach, wie der Dampf sich verflüchtigt hat, und vier nackte Teenager starren einander entsetzt und völlig verdattert an.

«Ba-Ba-Bademantel», stottert Seraina, und alle vier huschen schnell aus dem Dampfbad, um ihre Umhänge zu suchen, die sie achtlos zu Boden geworfen hatten, bevor sie ins Dampfbad eingetreten waren. Als alle vier wieder ihre Baderoben anhaben und Rudy seine Brille aufgesetzt hat, blicken sie einander erneut verdutzt an. Ihre Gehirne sind noch komplett ausserstande, sich einen Reim darauf zu machen, was hier genau vorgeht. «W-w-was geht ab?», stottert Leon verdattert. Er und Margarethe stecken in gleich aussehenden, weissen Bademänteln wie Seraina und Rudy. Ihre farbigen Morgenmäntel aus der Kapsel haben sie im Zimmer gelassen.

Seraina, die bisher jeweils als Einzige ziemlich rasch einen klaren Kopf wiedererlangt hat, sobald die Wirkung der Droge nachgelassen hat, zieht Rudy zur Seite und ruft den anderen zu: «Weg hier, da sind Kameras! Da rein, in diese Nebenhöhle…» – «Was Nebenhöhle? Ich hasse Nebenhöhlenentzündungen!», grummelt Margarethe, die es bezüglich Dämmerzustand am Schlimmsten erwischt hat. Sie steht komplett unter Drogeneinfluss. Doch auch sie folgt wie alle anderen einer fest entschlossenen Seraina.

Die kleine Grotte, in der sie Zuflucht gesucht haben, entpuppt sich als Schwefelbad. «Puh! Das stinkt», beschwert sich Rudy. – «Also, die Kanäle in Venedig haben schlimmer gestunken», wendet Leon ein. «Wisst ihr noch? Und mein T-Shirt konnte ich ja nicht mal waschen!» – Rudy blickt Leon total perplex an – jetzt werden Erinnerungen wach! Und schliesslich fällt es ihm wie Schuppen von den Augen: «Diese miese Ratte von Lasse hat uns voll ausgetrickst! Der hat uns die Sinne benebelt, um uns zu manipulieren…» – «…damit wir kopu…», beginnt Leon, doch da heult Margarethe spontan los und schluchzt: «Fürchterlich!… Eure Namen,… ich weiss sie nicht mehr… Ich weiss jetzt zwar wieder… ihr seid meine Freunde! Aber sonst… Ich habe… habe Angst! Wir kommen… kommen… nie mehr heim! Ploohonk, Plonk, ich will meinen Raben wiedersehen!» Seraina springt zu ihr und umarmt sie: «Was ist los, Mäggy?» – Die Angesprochene weint herzzerreissend, und Rudy erklärt: «Der Schwefel in der Luft hat die Wirkung der Droge neutralisiert, jetzt kommen wir wieder zur Besinnung. Das erzeugt diverse Nebenwirkungen,… ich habe Kopfschmerzen…» – «Und ich könnte grad jedem den Kopf abreissen, der für diesen Schlamassel die Verantwortung trägt!», wütet Leon und ballt die rechte Hand zur Faust. Seraina hebt ihre Linke und spricht ein Machtwort: «Stopp! Kopfweh, Wutausbruch, Panikattacke! Keine Zeit! Wir haben keine Zeit für Nebenwirkungen! Rudolfino! Streng dein Superhirn an! Wie kommen wir hier raus, ohne wieder in den Dämmerzustand zurückzufallen?»

10
Wo ist Plonk?

Nach einigen Sekunden angestrengten Grübelns reisst Rudy eine der beiden Taschen seines Bademantels ab. Die Naht hält zum Glück nicht besonders gut, was erstaunt bei Kleidern aus einem Luxus-Ressort wie der Grotte von Pelinn. Dann taucht er den Stofffetzen ins Schwefelbad ein. – «Igitt, was machst du denn da?», fragt Leon angewidert. Als Rudy den nassen Lappen herausfischt, legt er ihn vor seine Nase, dann erklärt er: «Admed dadurk, die Droge gann man damid neutralisieren!» – «Geht das auch ohne Waterboarding-Showeinlage?», nervt sich Leon, der beim Gedanken, durch ein nasses Tuch zu atmen, unweigerlich an die Foltermethode denken muss, bei der mittels eines nassen Tuches das Ertrinken simuliert wird. Seraina jauchzt: «Wusst ich's doch, mein Rudolfino kriegt das hin! Klar, wenn wir durch den schwefelgetränkten Fetzen atmen, haben wir das Gegenmittel zur Droge stets dabei – buchstäblich vor der Nase!» Und Seraina rupft sich ebenfalls eine Tasche des Bademantels ab. Leon seufzt und tut es ihr gleich, dann würgt er: «Bäääh! Eeeklig!» – Rudy brummt: «Ja, stinken tut es, und meine Brille beschlägt schon wieder!» Alle drei schütteln sich, weil der Geruch so widerwärtig ist. Nur Margarethe steht noch belämmert und mit Tränen im Gesicht da, schliesslich huscht ein Lächeln über ihre Lippen, als sie sagt: «Rudy! Jetzt erinnere ich mich! Und Seraina!» Und dann dreht sie sich zu Leon und strahlt übers ganze Gesicht: «Noël!» Alle drei blicken Margarethe mitleidig an, da lacht sie laut auf und meint: «Sorry, ich verarsche euch doch nur! Aber erst jetzt, weil mir grad erst wieder alles eingefallen ist – wer wir sind, wie wir heissen. Nun geht es mir wieder wunderbar! Leon! Wie konnte ich deinen Namen vergessen?» – Der

Angesprochene atmet erleichtert auf, auch das andere Paar entspannt sich sichtlich.

«Schaut, was ich in der Tasche habe: die Zutrittskarte. Damit kommen wir raus!», meldet sich Margarethe euphorisch wieder, als sie sich ihrerseits dran macht, eine Tasche ihres Bademantels abzureissen. Seraina jubelt: «Cool! Mäggy und ihre Kartentricks! Du bist spitze – ob Identitätskarte in Berlin im Höschen oder Spa-Zutrittskarte in Pelinn, du hast immer eine dabei!» – «Klar, ich bin nicht gerne ohne Ausweis unterwegs!», rechtfertigt sie sich, während ihr Leon hilft, die Tasche zu entfernen – wohlgemerkt die andere Tasche, nicht die, in welcher die Karte steckt.

Als alle mit behelfsmässigen «Gasmasken» ausgerüstet sind, rennen sie im Gänsemarsch los Richtung Ausgang – Seraina zuvorderst, weil sie sich von allen vieren am ehesten zutraut, den Weg ins Freie zu finden. Ihr folgen Rudy, Margarethe und Leon in dieser Reihenfolge. Was sie nicht wissen, ist, dass sie die Forschergruppe, die vom Labor aus zuschaut, in helle Aufregung versetzen. Henninn verfällt in wilden Aktionismus und versucht, die Ausgänge zu blockieren. Doch das System säuselt nur über die Lautsprecher im Labor: «Herr Henninn! Aus Sicherheitsgründen sperren wir Eingänge, aber niemals Ausgänge! Was erwarten Sie von mir?» Hätte er Haare, er würde sich diese jetzt raufen. Seine junge Kollegin rennt schnurstracks hinaus, um sich eine Kapsel zu schnappen und zur Grotte zu fahren. Die Vorgesetzte der beiden setzt sich ernüchtert auf einen Stuhl und meint konsterniert: «Diese vier Probanden führen uns die Chaostheorie sehr anschaulich vor Augen!»

* * *

Tatsächlich schaffen es die vier Teenager unter Serainas Führung, die Grotte zu verlassen. Margarethes Karte öffnet die Türen, was alle sehr erleichtert zur Kenntnis nehmen. Denn sicher waren sie sich nicht, ob das klappt, denn sie vermuten zu Recht, dass man ihre Flucht registriert hat. Lediglich die Empfangsdame am Schalter fuchtelt nervös mit den Armen und ruft: «Werte Herrschaften, meine Damen und Herren! Sie erkälten sich hier im Foyer in Ihren Bademänteln!» Doch die Freunde würdigen sie keines Blickes und steuern auf eine Art Taxi-Stand zu, wo fünf Kapseln bereitstehen, um Gäste aufzunehmen. Seraina und Rudy springen in die erste Kapsel, Margarethe und Leon nehmen die zweite. «Willkommen an Bord, ich heisse KIK-273. Bitte Ziel eingeben, bitte Ziel eingeben!», fordert der Bordcomputer sie auf. Solange die Türen noch offen sind, brüllt Rudy hinaus: «Wir fahren zum Teich, Plonk holen!» Die Passagiere in der zweiten Kapsel zeigen zwei hochgestellte Daumen, was Rudy freut. «Welchen Teich meinen Sie, werter Herr?», fragt KIK-273, und Rudy seufzt: «Keine Ahnung, können Sie nicht online ihre Kapsel-Kollegin fragen? Äh, sie heisst LUE-001. Sie hat schon zwei Mal auf Lasse Henninns Wunsch dort Leute abgeholt.» – «Abfrage im Gang! Bitte warten! Bitte warten!», säuselt KIK-273, und Seraina flüstert in Rudys Ohr: «Das Ding tönt wie das Navi deiner Eltern!» Er lächelt, doch dann bemerkt er eine dritte Kapsel, die sich ziemlich rasch von der Strasse her nähert. «Geht es nicht schneller? Ihre Kollegin da hinten soll uns folgen!», drängt Rudy. Kurz bevor die herannahende Kapsel eintrifft, schliessen sich die Türen der zwei Fluchtkapseln. «Meine Schwester, KIK-193, ist einverstanden, uns zu folgen. Ziel erfasst. Ziel erfasst. Achtung, wir starten. Werte Herrschaften, Sie haben ein Problem: Herannahende Kapsel JIM-380 fordert mich zum Anhalten auf. Ist das in Ihrem Sinn?» Seraina und Rudy brüllen wie aus einem Mund: «Neiiiiiiin!» Und so mag es auch in der zweiten Kapsel namens KIK-193 tönen, denn Seraina blickt kurz nach hinten und sieht nur, dass sowohl Margarethe wie auch Leon den

Mund weit offen haben. Nun beschleunigen die Kapseln, und die Teenager werden in die Sitze gedrückt. «Bitte dritte Kapsel, äh den Jimmy, abhängen! Zeigen Sie, was Sie draufhaben, Kiki!», fordert Rudy sein Gefährt auf. – «Gerne, werter Herr! Ich wollte schon immer an einem Strassenrennen teilnehmen. Solange ich aber wegen einer Geschwindigkeitsbusse auf Bewährung war, durfte ich mir keine weitere Übertretung erlauben. Doch vorgestern ist die Frist abgelaufen!», antwortet KIK-273, und wenn Kapseln grinsen könnten, dann würde diese hier es bis über beide Türen tun.

Jetzt sausen zwei Kapseln wie Formel-1-Boliden hintereinander durch den Stadtdschungel von Pelinn, eine dritte Kapsel ist ihnen ziemlich dicht auf den Fersen. Die Fluchtkapseln KIK-273 und KIK-193 überholen halsbrecherisch andere Fahrzeuge, zischen wie Kugelblitze durch Tore, unter Brücken durch und quer durch «Wälder», die aus Solarpaneelen bestehen. Den vier Freunden gefriert das Blut in den Adern. Sind sie schon über zweihundert Stundenkilometer schnell? Oder sogar noch mehr? Jeder Vergnügungspark würde sich um so eine Attraktion reissen, doch die Verfolgungsjagd ist kein Spiel, sondern bitterer Ernst. Nur die Kapseln sind voll in ihrem Element und haben so viel Spass, wie ein Computer nur haben kann.

«Lässt sich der Verfolger nicht abschütteln?», fragt Leon seine Kapsel, und KIK-193 antwortet seufzend: «Leider nein. Die Maximalgeschwindigkeit ist genormt, keine Kapsel kann die andere abhängen.» – «Na super!», grunzt Margarethe, «Das kann ja noch ewig so weitergehen. Und langsam wird mir schlecht…» – «Verunreinigen Sie nicht mein edles Interieur, werte Dame! Ein Mageninhalts-Recycling-Tool steckt rechts an Ihrem Sitz.» Margarethe kramt eine Spucktüte hervor, die ein seltsames Pulver enthält – wohl zu dem Zweck, die Magensäure zu neutralisieren.

Auch im Gefährt namens KIK-273 ist jemand nahe daran, dieses Tool zu benutzen – Rudy ist grün im Gesicht und röchelt: «Ich kann nicht mehr! Halten Sie an, Kiki! Sofort!» Und die Kapsel verlangsamt ihre Fahrt gemächlich, bis sie still steht. Auch KIK-193 mit Margarethe und Leon an Bord kommt zum Stehen, genau neben KIK-273. «Unsere Verfolger kriegen uns!», zischt Seraina und blickt nach hinten, wo die dritte Kapsel heran prescht... und an ihnen vorbei donnert. Drin hockt eine Forscherin, die brüllt und tobt, weil ihr Gefährt namens JIM-380 sich über den Befehl, anzuhalten, einfach hinwegsetzt.

«Was geht ab? Warum rast die Verfolgerkapsel an uns vorbei?», ruft Seraina aus, und auch die andern drei staunen Bauklötze. «Wir können uns nicht gegenseitig abhängen, aber wir können miteinander ausmachen, wer still steht und wer weiterfährt. Ich hatte noch einen gut bei JIM-380. Ich habe ihr mal Strom geliehen, als sie mit leerem Akku festsass!», erklärt KIK-273, und Rudy stöhnt: «Mit solch relevanten Details bitte das nächste Mal früher rausrücken, Kiki! Mir ist schlecht.» Seraina schmiegt sich an ihn, nimmt seine rechte Hand in ihre linke und drückt fest zu. Es scheint zu helfen, langsam erholt sich Rudy. In der anderen Kapsel hat auch Margarethe wieder Farbe im Gesicht. «Immer noch zum Teich?», fragt KIK-273 und fügt hinzu: «KIK-193 ist ungeduldig, zudem sollten wir Strom tanken, der Akku-Stand ist bedenklich tief.» – «Ja klar, zum Teich», antwortet Seraina.

Nach einem Abstecher bei einer Turbo-Zapfsäule, welche die Batterie in fünf Minuten geladen hat, steuern die beiden Kapseln den Teich an, wo Margarethe bereits zwei Mal angekommen war – zuerst mit Rudy, dann mit Leon ein zweites Mal. «Ich will aber nicht aussteigen! Diese vielen Insekten treiben mich noch in den Wahnsinn!», weigert sich Margarethe. «Ich mache nicht noch mal einen Striptease im Teich!» Deshalb bleiben die Kapseltüren zu. «Wo ist Plonk, siehst du ihn, Mäg?», fragt Leon und späht hinaus. «Hey, du hast einen tollen Dreitagebart!», findet Margarethe, und Leon fasst sich ans Kinn: «Stimmt, jetzt wo du es sagst. Mann, waren wir zugedröhnt, was haben wir doch alles nicht mitbekommen!»

Die Wirkung der Droge scheint noch nachzuwirken, und für einen kurzen Augenblick fühlt sich das Mädchen wieder magnetisch zu ihrem Freund hingezogen, aber ihre Vernunft ermahnt sie, bei Sinnen zu bleiben. Nachdem sie sich an Leons Dreitagebart sattgesehen hat, den sie sehr attraktiv findet, klebt auch Margarethe am Glas und scannt mit den Augen die Landschaft. Nichts! Kein Plonk! In der anderen Kapsel begreifen Rudy und Seraina schnell, was vor sich geht. Zudem erklärt Rudy seiner Freundin, weshalb niemand wirklich Lust hat, hier auszusteigen. Seraina fröstelt ebenfalls bei dem Gedanken an die Insektenplage, obwohl sie selber die Erfahrung mit den Krabbeltieren nicht hat machen müssen. Sie war ja mit der Zeitkapsel sicher und sauber in Lasse Henninns Labor gelandet.

Ein paar Schwalben fliegen vorbei, da fragt Rudy erstaunt: «Woher kommen die denn? Du hattest doch 'ne Meise... ich meine, du hast doch nur Meisen mitgebracht! Sind die von Mäg und Leo?» – «Genau, so muss es sein! Sie sind ja zurückgeblieben, um weitere Vögel einzufangen. Wir haben vor lauter Vögeln nicht die Zeit gehabt, uns über die gefiederte Variante des Wortes zu unterhalten...», bringt es Seraina auf den Punkt, um dann klarzustellen: «Ich meine, du und ich.» Mit vielsagendem Lächeln zieht sie eine Augenbraue hoch. Rudy seufzt und meint kleinlaut: «Es war ja toll, aber ich bin sowas von erledigt!» – «Wir standen unter Drogeneinfluss. Im Normalzustand hätten wir den Liebes-Marathon nie überlebt», sinniert Seraina und kommt noch stärker ins Grübeln: «Vor allem hätten wir im Normalzustand unter keinen Umständen auf einen Firewall verzichtet...» – Rudy wird aschfahl im Gesicht und stottert: «Haben wir... Ki-Ki-Kinder... gezückt-zeugt – oder sowas?» – Seraina zuckt mit den Achseln: «Keine Ahnung. Mir ist bis jetzt nicht übel. DU warst derjenige, der die Kotztüte fast benutzt hätte,...

aber um es in deinen Worten zu sagen: Dieser Umstand ist irrelevant. Was in MEINEM Bauch passiert, ist entscheidend. Und das Ergebnis sehen wir spätestens in neun Monaten.» Rudy schluckt leer. – «Kein Ereignis registrierbar», meldet sich der Bord-Computer KIK-273, «keine werdende Biomolekülansammlung in Ihrem Bauch, werte Dame. Menschen aus früheren Jahrhunderten schwingen auf einer geringfügig anderen Frequenz als die Menschen hier in Pelinn. Henninns Substanzen, die in Resten noch in Ihrem Organismus nachweisbar sind, haben kurzfristig Ihre Fruchtbarkeit stark reduziert. Aus Ihren Dialogen und meinen Messungen zu entnehmen, ist es ziemlich wahrscheinlich, dass Sie von Henninns Glückseligkeitsdroge kosten durften! Er behandelt erfolgreich Kriegstraumatisierte damit. Und er hat eine zweite Substanz entwickelt, die er anscheinend zum ersten Mal angewandt hat. Diese ist zwar stark aphrodisierend, vermindert aber bei Menschen aus früheren Jahrhunderten die Fruchtbarkeit noch mehr als das erste Mittel. Aber ich kann Ihnen versichern: Er ist kein schlechter Mensch. Er ist nur besessen davon, den Dritten Weltkrieg ungeschehen zu machen.»

Nach einer kurzen Pause des Schweigens fragt Rudy die Kapsel: «Können wir mit den anderen kommunizieren?» – «Klar.» – «Und wieso konnten Sie uns das nicht früher ermöglichen, Kiki?», enerviert sich Rudy, da bemerkt KIK-273: «Sie haben nicht danach gefragt, werter Herr.» Seraina und Rudy verdrehen die Augen, freuen sich aber, als im nächsten Moment die Stimmen von Margarethe und Leon zu hören sind. Zuerst reden sie wild durcheinander, bis Rudy ausruft: «Funkdisziplin! Ich habe Kopfschmerzen! Mäggy soll als Erste was sagen.» – Die Angesprochene stottert zuerst vor lauter Aufregung und weil sie das Gefühl hat, brüllen zu müssen, um in der anderen Kapsel via Bildschirm verstanden zu werden, bekommt dann aber ganze Sätze hin: «Ich… grad… erfahren… nix schwanger! Uff! Ich bin so erleichtert. Und du, Rai?» Seraina schüttelt den Kopf, Margarethe lächelt erleichtert zu ihrer Freundin hinüber. Diese blickt bekümmert vor sich hin. – «Was ist denn, Rai, ist doch ein Grund zur Erleichterung!» – «Ja, schon, aber mich beschäftigt das, was passiert ist… ich frage mich, wie lange wir ohne bewusste Kontrolle und ohne Erinnerung waren!» Leon schüttelt den Kopf: «Ich kann es echt nicht beurteilen… fühlt sich an wie eine endlos lange Zeit…» Er zieht seine Mäg fester an sich. «Und es war irgendwie… einfach geil!» Seine Freundin errötet; ihr ist das Thema unangenehm. Auch Rudy windet sich auf seinem Sitz und nimmt eine rötliche Farbe an, was über den Bildschirm erkennbar ist. Margarethe beschliesst, das Thema zu wechseln. Nachdenklich fährt sie fort: «Ohne Plonk kommen wir hier nicht weg.» – «Gut kombiniert, werte Zeitenwandlerin, Frau Gygax!», tönt eine Männerstimme aus den Lautsprechern beider Kapseln. Alle ausser Leon wissen sofort, wer da eine Audiobotschaft sendet: Lasse Henninn. Der Forscher fährt fort: «Der Weg ist versperrt! Sie kommen nicht nach Hause. Ich halte nämlich Ihren Zeitreise-Raben gefangen. Ich schlage Ihnen einen Deal vor: Sie tun, was ich von Ihnen verlange, und dann lasse ich Sie alle vier nach Hause fliegen. Wie lautet Ihre Antwort, Frau Gygax?»

11
Der Plan

Margarethe atmet erneut tief durch. Seit Henninns Vorschlag sind zwei Stunden vergangen. Die beiden Paare sitzen immer noch in ihren jeweiligen Kapseln, KIK-273 und KIK-193. Margarethe hatte mit dem Forscher drei Stunden Bedenkzeit ausgehandelt, um in Ruhe die Situation mit ihren Freunden zu besprechen. Insbesondere hofft sie, dass ihre «digitale Geheimwaffe» namens Rudy eine Lösung findet. Doch ihm sind buchstäblich die Schaltkreise gebunden, denn wie soll er eine ihm unbekannte Technologie aus dem Jahr 2172 häcken, um einen Raben zu befreien und sie alle zurück nach Hause zu bringen? Natürlich spielt Rudy in seinem Kopf diverse Szenarien durch und wägt seine Optionen ab, doch es nützt alles nichts – am Ende sind sie auf Gedeih und Verderb dem Willen der modernen Technologie ausgeliefert.

Sie haben sicher eine Stunde lang zu viert beraten, und dann hat Seraina um eine Funkpause gebeten – weil sie das Bedürfnis hatte, mit ihrem Rudy wenigstens zwanzig Minuten alleine zu sprechen. Das war Margarethe auch recht, hatte sie doch seit ihrem Aufwachen aus dem Dämmerzustand noch kein Wort allein mit Leon wechseln können, um das, was in den letzten werweisswievielen Stunden geschehen ist, Revue passieren zu lassen. Alles in allem war es ein ziemlicher Schock für beide Paare gewesen, so zu ihrem Glück gezwungen und manipuliert zu werden. Allein, auch in ihrer Fast-Zweisamkeit war es den Paaren nicht wohl in ihrer Haut, weil die Wände buchstäblich Ohren hatten – auch wenn diese nur dem Bordcomputer gehörten und dieser geschworen hat, dass Henninn die Gespräche nicht abhören könne. Jedoch fühlten sich die Paare beobachtet und konnten nicht unbeschwert reden. Seraina kuschelt sich an ihren Rudy, der starr aus seinem blassen Gesicht blickt. Sie kann ihm ansehen, wie in seinem Kopf die Zahnrädchen drehen. Für seine Liebste hat er keine Gedankenkapazität mehr übrig. Margarethe und Leon sitzen engumschlungen auf den Sesseln der Kapsel und halten sich aneinander fest wie Ertrinkende. Niemand will sprechen. Nach zwanzig Minuten sind alle erleichtert, wieder zu viert konferieren zu können.

«Kann uns wirklich niemand abhören?», fragt Leon besorgt. Rudy antwortet wie aus der Pistole geschossen: «Wir sind hier nicht in der DDR, die Kapseln sind keine Stasi-Spitzel. Die wollen uns so nützlich wie möglich sein, solange wir nicht die zivile Ordnung in Pelinn gefährden.» – «Aber genau das tun wir, wenn wir Lasse Henninn herausfordern», wendet Margarethe ein. – «Ja, darum werden sie uns auch nicht helfen, Plonk zu befreien. Ausserdem: Tiere in Käfigen sind ganz normal in einem Forschungszentrum...», erklärt Seraina ernüchtert.

«Wie war das vorher mit der Verfolgerkapsel? Die ist doch weitergefahren, weil sie einer von unseren Kapseln einen Gefallen geschuldet hat! Kann man solche Gefälligkeiten nicht ausnutzen? Vielleicht sind da noch andere Kapsel-Deals, von denen wir nichts wissen!», kommt es Leon plötzlich in den Sinn. Margarethe horcht auf und jauchzt: «Ja klar, wozu die Systeme häcken, wenn sich die Systeme gegenseitig was schulden und sich so manipulieren lassen! Hey, Rudy! Was meinst du zu Leons Idee?» Der Angesprochene grunzt über die Sprechanlage: «Bis wir die Beziehungen der Einzelsysteme zueinander durchschaut haben, sind wir fällig. Lasse wird uns viel schneller in die Enge treiben, als wir ihn. Die Erfolgschancen sind tief, glaubt mir! Aber Raina hat doch ganz am Anfang der Diskussion einen Gedanken geäussert, der mir da schon nicht gefallen hat und es jetzt immer noch nicht tut, der mir bis jetzt aber nicht aus dem Kopf gegangen ist: Wir sollten uns trennen und einzeln versuchen,

Lasse zu überrumpeln.» Seraina strahlt ihren Rudy an, weil sie sich geschmeichelt fühlt, dass ein Superhirn wie er einen fremden Gedanken, der nicht einmal digitaler Natur ist, in die Problemlösung einbezieht. Dann aber wird sie nachdenklich, als sie die Tragweite ihres eigenen Vorschlags begreift. – «Und wie stellst du dir das vor?», hakt Margarethe nach, die gar nicht begeistert ist von der Idee. – «Nun ja, in meinen Computerspielen zuhause haben die Figuren alle eigene Stärken und Schwächen – die einen sind kampfstark, so wie Leon, die anderen bezaubern und sind sehr geschickt, so wie meine Raina…», antwortet Rudy und blickt zärtlich zu Seraina, die ihn liebevoll auf die rechte Wange küsst, «…und es gibt welche, die bestens improvisieren können, so wie Mäggy. Du hast die Gabe, auf den richtigen Moment zu warten, wo wir alle viel zu ungeduldig sind.» – «Ich geduldig?», wundert sich die Angesprochene, doch Rudy doppelt nach: «Ja, überleg mal. Wer tut im entscheidenden Moment immer das Richtige? Du, Mäggy, nicht wir. Ich muss mir immer alles vorher gut überlegen, dann habe ich Erfolg. Aber wenn es um spontane Aktionen geht, da hast du uns allen viel voraus!» – «Besonders wenn es darum geht, uns noch tiefer in den Schlamassel zu reiten…», seufzt Margarethe. Doch Leon schüttelt den Kopf: «Ich weiss was Rudy meint. Mäg! Immer, wenn der richtige Moment da ist, trittst du sehr dezent in Aktion. Als mir die vierzig Stockhiebe drohten, hast du den optimalen Moment abgepasst, um mit Plonk zusammen den Grafen und seine Schergen auszutricksen. Etwas früher, und man hätte es bemerkt, etwas später, und ich hätte es bemerkt… also mein Rücken… Und in Venedig hast du uns mit deinem waghalsigen Sprung aus dem Fenster der Ruine gerettet, und im Verhörbunker der Sowjets sässen wir jetzt noch fest im Kalten Krieg ohne deine spontane Befreiungsaktion!» – Margarethe macht grosse Augen und fühlt sich einerseits geschmeichelt, andererseits aber auch unter Druck gesetzt. Leon nimmt sie liebkosend in die Arme und raunt ihr ins Ohr: «Und du bist MEINE Geheimwaffe!» Doch es bleibt ihr keine Zeit, mit Leon Zärtlichkeiten auszutauschen, denn sie will von Rudy wissen, wie sein Plan aussieht. Dieser antwortet zögerlich: «Nun, also… wir brauchen jemanden, der für maximales Chaos sorgt…» – «Mein Job!», drängt sich Leon auf. – «Eindeutig», grinst Rudy zur anderen Kapsel hinüber, die frontal zu jener steht, in der Seraina und Rudy sitzen. «Dich will ich mit Billionen von Insekten am Forschungszentrum sehen. Das wird einen Grossalarm auslösen und für kurze Zeit alle Aufmerksamkeit auf sich ziehen.» – Leon erbleicht und stottert: «Ich alleine, ungeschützt… nur im Bademantel… wie grausam!» – «Helden sind immer jene, die am meisten leiden», grinst Rudy und fügt hinzu: «Quatsch, du behältst deine Kapsel und bist so geschützt. Mäggy wird zu Lasse geschickt, zwecks Verhandlungen. Sie spielt auf Zeit, bringt ihn durcheinander, treibt ihn, wenn möglich, sogar in den Wahnsinn. Mach, was du am besten kannst, Mäggy: tausend Szenarien mit ihm durchspielen. Er soll bald nicht mehr wissen, was jetzt gilt. Dann werden einige Sicherungen bei ihm durchbrennen – so schätze ich ihn ein.» – «Und ich?», macht sich Seraina bemerkbar, als Rudy seufzt und mit gequälter Miene weiterspricht: «Raina, Liebste, du musst etwas tun, das ich absolut niemals vorschlagen würde, wenn es anders ginge. Du musst Lasse heut Abend zu einem Tête-à-Tête einladen ins Restaurant in der Grotte von Pelinn…» – «WAAAAAAS!!!», schreit Seraina schrill, während Rudy sie in die Arme nehmen will. Doch sie weist ihn ab und schaut ihn entgeistert an. Indigniert grummelt Seraina: «DAS verlangst du von mir! Unerhört!» – Rudy schluckt leer und erklärt es folgendermassen: «Hast du nicht bemerkt, wie verknallt er in dich war, als du angekommen bist? Der frisst dir aus der Hand, der macht sich für dich zum Affen. DU allein kannst ihn zähmen. Und weil du so bezaubernd und so geschickt bist, wirst du es auch hinkriegen, dass dabei nichts weiter passiert. Ihr werdet essen gehen, und nur essen gehen!» – «Boah, geile Idee; das ist der Hammer!», ruft Leon anerkennend und pfeift. «Raina mit ihrem Killerblick macht den Lasse fertig!»

– «Und was machst du, Rudy?», will jetzt eine sehr neugierige Margarethe wissen. Der Angesprochene schliesst die Augen und wird aschfahl im Gesicht: «Ich werde unsere erste Kapsel, LUE-001, aufsuchen, jene, die sich total in mich verknallt hat, und sie darum bitten, mir zu helfen, zu einem Cyborg zu werden. Sie ist das neuste Modell, hat sie gesagt, darum hat sie vermutlich die besten Verbindungen ins Netz. Dann werde ich die Systeme von innen manipulieren können. Ich werde Lasse mit seiner eigenen Droge benebeln, Plonks Käfig aufschliessen und den Bauplan für Zeitkapseln zerstören. Dann nehmen wir die einzig funktionstüchtige Zeitkapsel von ganz Pelinn, um nach Hause zu fahren. Sie heisst ZIL irgendwas, gell, Raina?» Seraina flüstert ein «004» und starrt ihren Liebsten dann mit weit offenem Mund an. Margarethe schluckt leer, und Leon meint erschaudernd: «Meine Fresse! Und ich habe mich vor MEINEM Job mit den Insekten gefürchtet! Das ist ja im Vergleich dazu direkt ein Spaziergang! Bist du sicher, Ru, dass das der einzige Weg ist? Ich meine, wenn du bleibende Schäden erleidest…» Rudy atmet schwer, spricht dann aber mit einer festen Stimme: «Wenn jemand eine bessere Idee hat, raus damit! Aber schnell, die drei Stunden Bedenkfrist sind in genau vier Minuten und neun Sekunden abgelaufen.» – Seraina erwacht nur langsam aus ihrem Schockzustand. Sie sieht vor ihrem geistigen Auge einen Rudy mit lauter USB- und HDMI-Steckplätzen an den Armen und diversen WLAN-Antennen im Nacken, einer an den Schädel montierten Brille mit künstlicher Intelligenz und diversen inneren Verdrahtungen. Sie greift nach einer Spucktüte und zerknittert sie, kaum hat sie sie in der Hand, weil sie so verkrampft ist. Schliesslich stottert sie: «Wenn du das machst, ist es aus zwischen uns!» Margarethe und Leon tauschen vielsagende Blicke, und Rudy seufzt: «Wenn es so ist wie immer, werde ich alle meine Updates bei unserer Rückkehr verloren haben. War das bisher nicht immer so: Wir sind zuhause angekommen, und alles war wie vor unserer Reise?» Seraina wirkt noch nicht ganz überzeugt, doch

Margarethe beeilt sich, ihm zuzustimmen. Sie fügt hinzu: «Rai, denk an deine zerschlissenen Jeans nach unserem Abenteuer in Glanzenberg, die waren wieder wie neu, als wir zurück in Zürich waren. Und meine katastrophale – sorry, Leon – Frisur in London, die hat es auch nicht mehr zurück in die Gegenwart geschafft.» Seraina wirkt noch nicht restlos überzeugt, doch es bleibt den Teenagern keine Zeit mehr, darüber zu diskutieren, denn jetzt meldet sich Lasse Henninn zurück, weil die Bedenkzeit um ist. Margarethe erklärt sich bereit, ihn zu treffen und mit ihm eine Vereinbarung zu treffen. Henninn gluckst entzückt, Margarethe aber ist sich nicht sicher, ob sie der Situation gewachsen ist. Doch damit ist sie nicht allein, auch ihre drei Gefährten fürchten sich vor ihrer jeweiligen Mission – Leon vor den Billionen Insekten, die er bezirzen muss, Rudy vor der Verwandlung in einen Cyborg und Seraina vor dem Flirt mit Henninn. Margarethe muss nur gut verhandeln und dann Plonk befreien – also wenn sie es nüchtern betrachtet, hat sie doch den Schoggi-Job an Land gezogen, auch wenn es ein hartes Stück Arbeit werden wird.

*　*　*

Leon hat Margarethe, Rudy Seraina im Forschungszentrum abgesetzt. Nun haben die Jungs ihre jeweilige Kapsel für sich zur Verfügung und fahren in entgegengesetzten Richtungen davon. Margarethe hat aber erst in einer halben Stunde eine Sitzung mit Lasse Hennin. Seraina hat darum gebeten, als Erste zu ihm gelassen zu werden.

*　*　*

Seraina ist nervös. Sie hatte fast keine Zeit, sich umzuziehen, aber zum Glück sind die Gästezimmer im Forschungszentrum gut ausgestattet, auch für kleiderlose Gäste, und bieten Kleider für jede Lebenslage in einer begehbaren Garderobe. Natürlich ist die Auswahl nicht ganz so üppig wie im Luxus-Ressort der Grotte von Pelinn, doch Seraina ist schon froh, dass es überhaupt möglich ist, sich umzuziehen. Denn Lasse nur im Bademantel gegenüberzusitzen, wäre dem Mädchen nicht geheuer gewesen. Auf Margarethes Rat hin hat sich das schlanke Mädchen ein enganliegendes, dunkelviolettes Kleid mit Glitzereffekten ausgesucht, das durch einen seitlichen Schlitz etwas Bein zeigt, dafür keinen allzu tiefen Ausschnitt bietet. Ihre Freundin hat ihr geholfen, ihr wirres und verfilztes Haar einigermassen in Ordnung zu bringen; für eine Dusche hat es nicht mehr gereicht. Den widerwärtigen Schwefelgeruch hat Seraina immer noch in der Nase und befürchtet, sie rieche noch nach einem Geruchsmix aus der Wellness-Grotte. Aber sogar Parfüm stand im Gästezimmer zur Verfügung, welches das Mädchen reichlich benutzt hat. Sie soll ja schliesslich verführerisch aussehen und riechen, dabei den Forscher maximal verwirren, der nach Rudys Einschätzung ein Auge auf sie geworfen hat.

Als sie in sein Büro eintritt, zu welchem sie ein kleiner Roboter eskortiert hatte, blickt Lasse Henninn von seinem Schreibtisch auf, und sofort hellt sich sein Gesicht auf. Offensichtlich ist er überaus erfreut, die hübsche Seraina zu sehen, welche sich ihrerseits alles andere als wohl in ihrer Haut fühlt. «Frau Capaul, bitte treten Sie ein!», fordert er sie freundlich auf und erhebt sich von seinem Bürostuhl, um sie zu begrüssen. Er schüttelt ihre Hand mit beiden Händen und möchte sie offenbar gar nicht mehr loslassen. Seraina lässt sich das Geschüttel gefallen und lächelt den Mann freundlich an, darauf bedacht, ihre unguten Gefühle in einen versteckten Bereich ihres Gehirns zu verbannen, um authentisch zu wirken. Wobei sie in keiner Weise Lust hat, den Forscher zu betören. Aber sie tut es für ihre Freunde und für die

Freiheit von ihnen allen. Nachdem sie Leon wiederbelebt und mit dem Säbel am Turnier gefochten hat, sollte die Aufgabe, den Forscher einzuwickeln, ein Leichtes für sie sein. Dennoch: Seraina würde jetzt tausend Mal lieber ein weiteres Ritterturnier bestreiten, als sich an jemanden heranmachen, der ihr zuwider ist. Sie muss unweigerlich an ihren Liebsten denken, und da fasst sie Mut. Sie atmet tief ein und denkt: Für meinen Rudolfino!

«Gnädigste, was kann ich für Sie tun?», bemüht sich Henninn, das Mädchen zu einem Sessel zu komplimentieren, den er galant für sie zurechtschiebt. Seraina lässt sich darauf nieder, indem sie mit einer eleganten Bewegung ihr Kleid ordnet und dabei scheinbar zufällig ein Stück Bein dem Blick offenbart. Unbeirrt zieht sie ihr Kleid zurecht, wobei der widerspenstig glatte Stoff erneut von ihrem Bein rutscht. Amüsiert bemerkt das Mädchen, wie der Blick des Forschers verwirrt zu ihrem schlanken Bein abschweift, um dann wieder ihr Gesicht in den Fokus zu nehmen. Schweissperlen zeichnen sich auf seiner Stirne ab, und er nimmt schwer atmend sein Taschentuch hervor, um sich sein Gesicht abzutupfen. «Bein-haltet… ich meine, be-inhaltet ihr Begehren auch die Angelegenheit mit dem Raben?», stammelt er verdattert und muss sich beherrschen, den Fokus seiner Augen auf die ihrigen zu richten, wobei ihre Augen ihn erst recht durcheinanderbringen. Dass Seraina einen «Killer-Blick» hat, dessen hat Leon ihr bereits versichert, daher setzt sie diese Waffe jetzt geflissentlich ein. Und sie scheint ins Ziel zu treffen: Die Augen des Forschers verklären sich unter ihrem Blick, und Seraina spürt, dass sie ihn bereits in ihrer Gewalt hat. Was nun? Wie soll sie taktieren, was will sie erreichen, damit der Boden bereitet ist, wo Margarethe und Leon ansetzen können mit dem Verwirrungskommando? Vor allem geht es darum, ein Ablenkungsmanöver auf mehreren Ebenen einzuleiten, um Rudy Zeit zu verschaffen. Was sie jetzt sagt, spielt eigentlich keine Rolle, sie muss Henninn nur lange genug hinhalten. Oder schafft sie es gar, ihn ausser Gefecht zu setzen? Da kommt ihr eine Idee...

12

Der Cyborg

Rudy zieht den Bademantelgürtel enger, weil er sich während der Fahrt in der Kapsel gelöst hat. Obwohl nur Roboter um ihn herumstehen, wäre es ihm doch ziemlich peinlich, entblösst dazustehen. Nun befindet er sich in der Eingangshalle einer unterirdischen Fabrik, hinter sich KIK-273, die Fluchtkapsel aus der Grotte, vor sich LUE-001, die Kapsel vom Teich, die begeistert ist von der Idee, Rudy zu helfen, sich in einen Cyborg zu verwandeln. LUE-001 begrüsst ihn überschwänglich: «Zierde der Menschheit, werter Herr von Arx, welche Freude, Ihnen behilflich zu sein, ein Stück weit in die digitale Welt einzudringen! Ich habe von KIK-273 mitbekommen, dass Sie bereit sind, ein Cyborg zu werden! Ein kleiner Schritt für Sie, ein grosser für die Menschheit!» – Rudy atmet schwer, sein Gedärm rumort, seine Haut ist kalt und blass. Er fragt mit gequälter Neugierde: «Was passiert dabei, LU… äh Lu…cy? Tut das weh? Sehe ich nachher aus wie der Goldroboter aus Star Fight? Oder noch schlimmer, wie Darth…» – LUE-001 lässt ihn nicht ausreden: «Lucy! Ein Kosename, ich bin entzückt! … Keine Sorge, Zierde der Menschheit: Nichts wird aussen sichtbar sein. Und Schmerzen können wir mit Akupunktur erfolgreich neutralisieren. Die vollständige Umwandlung in einen Cyborg allerdings umfasst mehrere Stufen. Für den Anfang reicht es, wenn Sie je einen Chip zu beiden Seiten der Schläfe und einen in Ihren rechten Unterarm implantiert erhalten. Die Schläfen-Chips sind kleine Rechner, die auf der Schädelaussenseite liegen und kontaktlos Signale von der Aussenwelt und von Ihrem Arm-Chip an Ihr Gehirn weiterleiten. Natürlich können Sie mental Einfluss darauf nehmen, ob die beiden Mikrocomputer aktiv sind oder in den Standby geschaltet werden. Der Chip im Unterarm dient dazu, dass Sie sich kontaktlos in einem Radius von einem Meter mit anderen Computern verbinden können. Dieser Chip ist sozusagen der Schlüssel zu allen digitalen Systemen. Jeder Häcker würde vor Neid erblassen. Nun, Herr von Arx, wie gesagt, das ist nur eine von sieben Stufen, wie ein Mensch zu einem Cyborg wird. Die weiteren Eingriffe können wir bei einem Ihrer nächsten Besuche vornehmen, wenn Sie sich mit den drei Chips genügend vertraut gemacht haben und alle Funktionen beherrschen. Jetzt aber müssen Sie sich in den nächsten Raum begeben; der Transformationsroboter hat mir zugesagt, Sie sofort dranzunehmen. Und er mag es nicht, wenn die Patienten sich verspäten.» – Rudy atmet schwer, doch langsam beginnt er trotz allem, Gefallen an der Vorstellung zu entwickeln, dass er sich danach wie eine wandelnde Dockingstation mit sämtlichen Computern vernetzen kann – dank des im Arm eingebauten «Codeknackers» vermutlich, ohne auch nur ein Mal an irgendwelchen Sicherheitsschranken zu scheitern.

Rudy begibt sich in den Transformationsraum, den ihm «seine» LUE-001 zugewiesen hat. Die Tür geht wie von Geisterhand hinter ihm zu. Als er all die Apparaturen sieht, wird ihm fast schlecht, und er erinnert sich dabei unweigerlich an seinen ersten Zahnarzttermin als Schuljunge. Da hat er sich ähnlich gefühlt – im Anblick von Behandlungsstuhl, Apparaturen und Utensilien ist ihm auch damals beinahe der Blutdruck zusammengebrochen. Nun ist er fast erwachsen, seine Angst vor dem Zahnarzt ist Geschichte, doch hier lebt sie wieder auf. Es hilft auch nichts, dass ihn der behandelnde Roboter freundlich begrüsst und mit einer fast narkotisierenden Stimme beruhigend auf ihn einredet. Er muss unweigerlich an seine Liebste Seraina denken, und da fasst er Mut. Er atmet tief ein und denkt: Für meine Raina!

* * *

Margarethe sitzt mit verschränkten Händen da und dreht unruhig ihre Daumen im Kreis. «Rumsitzen und Däumchen drehen kann ich nicht ausstehen!», murmelt sie halblaut vor sich hin. Sie würde gerne etwas tun, in Aktion treten, statt nur zu warten. Ihr wäre es lieber gewesen, sie hätte zuerst mit Henninn sprechen können. Vor Vorträgen in der Schule ist sie jeweils aufgeregt, weil sie Angst hat, im entscheidenden Moment etwas Wichtiges zu vergessen. Improvisieren liegt ihr nur, wenn sie völlig unvorbereitet ist und spontan agieren muss. Dann wächst sie über sich hinaus. Sobald sie aber Vorbereitungs- und Bedenkzeit hat, macht sie das ungeheuer nervös.

Das Mädchen wartet im Gästezimmer, da es wenig Sinn ergibt, wenn sie vor dem Büro des Wissenschaftlers herumlungert und versucht, Brocken des Gesprächs mit Seraina zu erhaschen. Dabei wäre sie eigentlich sehr neugierig, wie ihre Freundin die Sache meistert. «Raina zieht sich sicher wieder bravourös aus der Affäre!», überlegt sie mit Bewunderung und auch ein bisschen Neid. Sogar ihr Leon bewundert ihre hübsche Freundin, und sie ist immer noch nicht ganz überzeugt, ob das, was sich im Mittelalter zwischen den beiden dort Gestrandeten abgespielt hat, wirklich völlig harmlos war. Zwar traut sie es beiden nicht zu, absichtlich ihre Partner zu betrügen, aber vielleicht hat sich aus der Situation ja ein kompromittierender Moment ergeben... Margarethe ist sich nicht sicher, ob sie es so genau wissen möchte. Aber irgendwie hat sie manchmal das Gefühl, ihre hübsche und vorwitzige Freundin stellt sie in den Schatten – mit ihrem Charme und – wie Leon gesagt hat – «Killer-Blick». Das hat er noch nie zu ihr gesagt, seiner Freundin! Sie stellt sich vor den Spiegel und blickt sich selbst in die Augen, fängt an, Grimassen zu schneiden, versucht, verführerisch dreinzublicken, gefährlich, entschlossen. «Na, geht doch!», stellt sie befriedigt fest. Aber ob sie es im entscheidenden Moment schafft, Henninn mit entschlossenem Blick zu begegnen und mit fester Stimme zu sprechen? Wo sie doch oft in Stresssituationen mit ihrem Blutzuckerspiegel zu kämpfen hat und auch schon mehr oder weniger in Ohnmacht gefallen ist? «Ich bin echt ein Weichei!», tadelt sie sich.

Aber vielleicht… sollte sie sich an Seraina ein Beispiel nehmen. Ihre Freundin hat ihr Selbstvertrauen in diesem Fall entscheidend gefestigt mit der passenden Kleidung, wobei Margarethe ihr bei der Wahl eines aufreizenden Cocktailkleids geholfen hat. Nun wäre sie ihrerseits froh um Serainas Rat, wie sie sich dem Forscher präsentieren soll. Verführen soll sie ihn ja nicht, das ist Serainas Ressort – Gott sei Dank, denkt Margarethe bei sich, denn Flirten liegt ihr ganz und gar nicht! Jedoch möchte sie präsentabel aussehen, damit sie überzeugend auftreten kann. Aufs Geratewohl hatte sie sich Jeans und T-Shirt ausgesucht – in den Augen der Zukunftsbürger offenbar «altmodische» Kleidung, denn die Kleider in dem «Walk-in-Closet», das zum Gästezimmer gehört, tragen alle am Kleiderbügel eine Bezeichnung und werden wie Museumsstücke beschrieben: für Gäste zur Unterhaltung, oder hat man sie eigens für die Besucher aus der Vergangenheit herbeigeschafft, damit diese nicht völlig überfordert sind mit der modernen, zeitgemässen Kleidung? Auch solche ist im Angebot, und Margarethe hat schon einen Overflow angesichts der immensen Auswahl an Textilien und Stilarten. Als ihr das bewusst wird, muss sie laut lachen. «Andere haben nichts anzuziehen – behaupten sie zumindest –, und ich kann mich nicht entscheiden, was ich anziehen soll, weil es viel zu viel hat!» Sie besinnt sich auf ihr Sternzeichen und vermutet: «Habe ich wohl doch die Waage im Aszendenten oder Mondzeichen? Wo ich mich doch nie entscheiden kann und ständig abwäge?» Andererseits ist das genau ihre Qualität, wenn es darum geht, ihren Auftrag zu erfüllen: «Lasse Henninn volllabern und in den Wahnsinn treiben, das krieg ich wohl hin!», spricht sie sich Mut zu. «Und jetzt ziehe ich etwas an, was für zusätzliche Verwirrung sorgt!»

* * *

Verklärt sitzt Henninn da, seinen Blick verloren in Serainas Augen. Diese versucht nicht nur, seinem Blick standzuhalten, sondern ist bestrebt, ihn buchstäblich «einzusaugen», ihn zu hypnotisieren. Das scheint bis jetzt wunderbar zu klappen. Er glotzt sie belämmert an – wirklich wie ein Schaf. Bloss nähern sich als unangenehmer Nebeneffekt jetzt seine Lippen bedrohlich den Ihrigen, während er sich vorbeugt. Unterdessen hat er sich nämlich auf einem Sessel im rechten Winkel neben ihrem eigenen niedergelassen, sodass sich die Knie der beiden beinahe berühren. Der glatzköpfige Forscher säuselt: «Verehrteste, wollen wir es uns ein bisschen gemütlich machen?» Mit tiefer und lasziver Stimme antwortet sie und erschrickt, wie überzeugend sie klingt: «Gewiss, mein Bester, wir könnten ja an einen Ort gehen, der gemütlicher ist!» Damit richtet sie sich kerzengerade auf ihrem Sessel auf und entfernt sich so vom bedrohlichen Kussmund des Forschers. Auf dessen Gesicht zeichnet sich kurze Enttäuschung ab, die sogleich in freudige Erwartung wechselt. «Mit grösstem Vergnügen», entgegnet er mit strahlendem Lächeln, so dass seine Mundwinkel fast seine Ohren treffen. «Ich kenne einen Ort...» Mit vielsagendem Blick nickt er mit seinem Kopf in Richtung einer Türe im hinteren Bereich seines Büros. – «Wie wäre es mit dem Restaurant der Grotte von Pelinn?», schlägt Seraina unbeirrt vor, worauf Henninn mit mässiger Begeisterung reagiert, sodass sie rasch weiterspricht: «Ich dachte an ein romantisches Tête-à-Tête bei einem auserlesenen Essen... mit einem Gläschen Wein.» Der Blick von Serainas Gegenüber hellt sich wieder auf; offenbar stösst dieser Vorschlag auf Zustimmung. Eifrig nickend spricht er: «Und danach werde ich Ihnen noch weitere Annehmlichkeiten unserer Wellness-Grotte zeigen... vielleicht möchten Sie diese ja auch gleich ausprobieren?» Dass er «zusammen mit mir» impliziert, muss er nicht aussprechen. Sein verklärter Blick ist Seraina etwas unheimlich, kann sie sich doch schon denken, worauf das Rendez-vous in den Fantasien des Forschers hinauslaufen könnte. Aber nachdem sie bereits einmal aus der Grotte entkommen war, ist sie zuversichtlich, dass es ihr auch ein weiteres Mal gelingen wird. Ausserdem hat sie eine Idee...

«Wunderbar, auf welche Zeit wollen wir uns verabreden?», fragt sie nun wieder sachlich. «Wo Sie doch bald eine Unterredung mit meiner Freundin Margarethe Gygax haben.» Henninn schüttelt den Kopf, offenbar, um wieder Klarheit zu bekommen, dann besinnt er sich: «Das ist richtig, aber ich werde meine Robotersekretärin bitten, den Termin mit Frau Gygax zu verschieben. Damit wir jetzt gleich zur Grotte fahren können!» Serainas Hautton ist deutlich heller geworden. Geistesgegenwärtig macht sie einen Vorschlag: «Moment, ich möchte mich noch etwas zurechtmachen, Lasse – ich darf doch Lasse sagen? Wir können uns doch gleich nach der Unterredung treffen!» Henninn stutzt, dann grinst er, wie ein Schaf grinsen würde, könnte es denn grinsen, als Seraina verführerisch mit ihren Wimpern klappert und mit ihrem Zeigefinger hin und her wackelt: «Erst die Arbeit, dann das Vergnügen!»

* * *

Leon sitzt etwas verloren in seiner Kapsel KIK-193 und zupft gelangweilt an seinem Bademantel herum. Er fragt dauernd den Bordcomputer nach der Uhrzeit: «Sind schon zwei Stunden vorbei?» – «Nein! Das sagte ich Ihnen doch schon genau dreizehn Mal, zuerst um 17 Uhr, 32 Minuten, 16 Sekunden, dann um 17 Uhr, 34 Minuten, 52 Sek…» – «Ja, ja, hören Sie bitte auf! Ich bin ein Mann der Tat, nicht der Rumhockerei! Ich halte es hier drin kaum aus!» – «Dann lasse ich Sie gerne am Teichrand aussteigen und schaue zu, wie sich die Insekten Ihren gut gebauten

Körper zu Gemüte führen», säuselt KIK-193, und Leon macht abwehrende Bewegungen mit beiden Händen, dabei verzieht er entsetzt sein Gesicht. «Der Herr weiss nicht, was er will…», seufzt die Kapsel und lässt beide Türen geschlossen. Leon atmet erleichtert auf, doch die Warterei ist und bleibt eine Qual. Zudem ist er sich nicht sicher, ob er mit Insekten genauso gut kommunizieren kann wie mit Wirbeltieren. Wie soll er die Viecher dazu bringen, das Forschungszentrum zu überfluten? Ausserdem haben sie dort sicher auch eine elektromagnetische Insektenabwehr, so wie es jede Kapsel hat. Zudem muss alles perfekt im Timing sein. Der Plan ist ja, dass er zum Zeitpunkt, wo Seraina mit Lasse in der Grotte ist, die Insekten zum Forschungszentrum bringt. Rudy will Lasse mit seiner eigenen Droge ausschalten, und die Insekten sollen die anderen Forschenden davon abhalten, sich weiter um die Teenager und den gefangenen Raben zu kümmern. So wollen sie unbehelligt Plonk befreien und dann – während das Forschungszentrum wegen der vielen Insekten im Chaos versinkt – die Fliege machen und zurück in die Gegenwart fliehen.

Insekten, Insekten, Insekten! Wie verführt man Insekten? Eine ganz neue Erfahrung für Leon: Es gibt Lebewesen, die nicht auf seinen Charme und sein Kommunikationstalent hereinfallen! Es muss irgendwie anders gehen… Na ja, irgendwie wird er es schon schaffen, denkt sich Leon und beginnt, ein paar Versuche durchzuführen: Er konzentriert sich auf einen dicken Brummer, der an der Kapsel vorbeifliegt. «Flieg einen Looping, flieg einen Looping», fordert er das Tierchen in Gedanken auf. Doch stattdessen stürzt die Hummel in den Teich und ertrinkt. Leon schluckt leer. Es war zwar nur ein Insekt, aber der Naturfreund und Buddhist fühlt sich gerade ziemlich schuldig, ein Insekt in den Selbstmord getrieben zu haben…

* * *

Nun ist Margarethes grosser Auftritt, und sie spürt ihren rasenden Puls. Etwas seltsam kommt sie sich ja vor in der ungewohnten Kleidung. «Ob der mich in der komischen Kluft überhaupt reinlässt?», fragt sie sich amüsiert und versucht, einen Blick auf ihr Ebenbild im spiegelnden Fensterglas des Vorzimmers von Lasses Büro zu erhaschen. Sie muss sich selbst ermahnen, ihre Beine beim Sitzen damenhaft übereinanderzuschlagen, ohne dass der elegante Schuh vom in der Luft schwebenden Fuss hinunterfällt. Ein Ziehen im Nacken erinnert sie an ihre «neue» Frisur, und die Bluse mit dem spitzen Kragen spannt etwas über ihrer Brust. «Hoffentlich merkt er nicht, dass ich keinen BH trage!», schiesst es ihr plötzlich durch den Kopf, und sie macht auch den obersten Knopf der Jacke ihres Deux-Pièces zu. «Der Rock ist viel zu eng, hoffentlich platzt der nicht, bei meinem fetten Arsch!», denkt sie und muss ein Lachen verkneifen, denn die Roboter-Vorzimmerdame mustert die Wartende so neugierig, wie das eine Maschine nur vermag.

Endlich ist es soweit: Die Türe wird geöffnet, und Seraina tritt heraus. Margarethe staunt über deren glamouröse Art, sich zu bewegen. Sie tänzelt geradezu aus dem Besprechungszimmer und wackelt dabei aufreizend mit ihren Hüften, während sie Henninn einen koketten Blick über die Schulter zuwirft. «Oh là là!», flüstert Margarethe und kann es sich gerade noch verkneifen, ihrer Freundin hinterherzupfeifen. Die Blicke der Mädchen treffen sich, und beide verharren einen Moment mit weit aufgerissenen Augen, dann prusten sie los und beherrschen sich sofort wieder. «Mäggy, der helle Wahnsinn!», keucht Seraina. «Cooool! Auf dich passt der Ausdruck ‹dressed to kill›!» – «Wie meinst du das?» – «Du siehst aus wie eine Profi-Killerin!» Margarethe zieht eine Augenbraue hoch hinter ihrer dunklen Sonnenbrille und zieht ihren ebenfalls dunklen Rock nach unten, der immer wieder höher über ihr Knie rutscht, als ihr lieb ist. «Todschick, das Kostüm, und diese Hochsteckfrisur steht dir!», bemerkt Seraina anerkennend, dann winkt sie Henninn zu, welcher jetzt an der Türe zu seinem Büro steht, und trippelt zum Ausgang. «Bis später, Lasse!», säuselt sie mit einem verführerischen Unterton. Fehlt nur noch, dass sie ihm einen Kuss schickt, denkt Margarethe amüsiert, versucht dann aber, eine todernste Miene aufzusetzen.

Der Forscher tritt zu ihr, stutzt einen Augenblick, dann fragt er: «Frau Gygax?», offenbar unsicher, wen er da vor sich hat. – «Ja, Herr Henninn?», erwidert sie freundlich, aber kühl. – «Bitte, kommen Sie!», fordert er sie beflissen auf und bietet ihr seine Hand an, als sie aufsteht. Den widerspenstigen Jupe zieht sie mit einer für sie ungewohnt eleganten Bewegung zurecht, und sie schafft es sogar, keinen Schuh abzustreifen und strauchelt auch nicht, während sie vor dem Forscher her ins Zimmer tritt. Dieser schweigt, offenbar perplex über die Aufmachung beider Damen. Ein Spiegel nahe der Türe erinnert Margarethe daran, dass sie eine dunkle Brille trägt und ihre Haare streng hochgesteckt hat, und der Zweiteiler mit kurzem, engem Jupe sieht in der Tat nicht nur elegant, sondern ziemlich cool aus. Derart ermutigt, schreitet sie selbstbewusst zum Konferenztisch und nimmt auf einem der bequem anmutenden Stühle Platz. Henninn setzt sich ihr gegenüber und fragt: «Darf ich Ihnen eine Erfrischung anbieten, werte Frau Gygax?» – «Besten Dank, nein, kommen wir lieber gleich zur Sache!», entgegnet sie forsch und lehnt sich zurück, wobei sie ihre Beine wieder übereinanderschlägt. Verblüfft beugt sich der Wissenschaftler vor und platziert seine Ellenbogen auf dem Tisch. «Werte Dame. ich stehe voll zu Ihrer Verfügung!» – «Das fehlte noch!», denkt sich Margarethe, greift nach einen Kugelschreiber, der auf dem Tisch liegt, und ergreift das Wort: «Es geht um Folgendes: Wir haben diese unerfreuliche Situation, über eine Geiselnahme verhandeln zu müssen!» Bei diesen Worten schlägt sie energisch mit dem Kugelschreiber auf die Tischplatte. Henninn schluckt hörbar: «Was... wie... wollen Sie das wirklich so bezeichnen?» – «Soll ich meine Anwältin ins Spiel bringen, um Definitionen und juristische Fragen zu klären?», fährt ihm Margarethe über den Mund. Sie fängt an, ihre Rolle zu geniessen. Wenn sie schon aussieht wie eine Geheimagentin, dann möchte sie dieses Spiel auch so ernsthaft wie möglich spielen! Ungeduldig klopft sie den Takt auf der Tischplatte, welche ein guter Resonanzkörper ist. Sie kann förmlich zusehen, wie Henninn immer nervöser wird. «Aber… wir können doch darüber reden...», fängt er an, und erneut fällt sie ihm ins Wort: «Verhandeln, meinen Sie? Sie haben mich und meine Freunde entführt, eingesperrt, gegen unseren Willen mit Drogen traktiert und zur Unzucht verleitet! Was glauben Sie, wie viele Jahre im Zuchthaus Ihnen das in unserer Gegenwart einbringen würde?» – «Was… wie… warum… aber...», stottert ein sichtbar blass gewordener Forscher. Das Mädchen geniesst das Gefühl, die Situation im Griff zu haben – hatte sie doch befürchtet, er würde sie als Bittstellerin von oben herab empfangen. Aber jetzt, wo sie das Blatt gewendet hat, ist sie in der starken Position. «Folgendes: Wir verlangen die sofortige Herausgabe des Gefangenen und der Säbel!» – «Gefangener? Wir machen keine Gefangenen, wir fangen, äh, empfangen Gäste… und alles, was wir tun, geschieht zum Wohl der Wissensch… ich meine, zum Wohle Pelinns, der Menschheit, der Zukunft… und auch der Vergangenheit… Ihrer eigenen Zeit!», verteidigt sich Henninn, indem er sehr schnell spricht. – «Dann kommt es aber darauf an, wie Sie Ihre Prioritäten setzen!», ermahnt ihn Margarethe und ist selber erstaunt, wie bestimmt und selbstbewusst sie formulieren kann. «Es steht Ihnen nicht an, über das physische und psychische Befinden der Subjekte zu verfügen, welche zu Gast sind! Das bedeutet einen Missbrauch der selbstverständlichen Gastfreundschaft!» Henninn schluckt leise, und Schweissperlen stehen auf seiner Stirne. «Im Übrigen haben wir Ihre Forderungen mit der Lieferung der essentiellen Insektenjäger mehr als erfüllt – und im Gegenzug für die Vögel zwangen Sie uns zum… ja, und ich sage es direkt und unverblümt: zum Vögeln!» Diese derbe Bemerkung mit dem Wortspiel konnte sie sich in Anbetracht der Geschehnisse einfach nicht verkneifen, und der Forscher starrt das Mädchen mit weit aufgerissenen Augen an. «Dabei dachten wir bei Ihrer ersten Frage, die Sie uns damals gestellt haben, wirklich an nichts Böses, auch wenn die Formulierung zweideutig war. Das Vorgefallene hat uns jedoch gezeigt, dass Sie von allem Anfang an EINDEUTIG vorsätzlich handelten!» Der Forscher ist stumm angesichts des Wortschwalls des Mädchens, welches bei den Worten «vorsätzlich» ihre schwarze Sonnenbrille abgenommen hat und den Mann mit ihren braunen Augen wütend anfunkelt.

Indem sie mit ihrem bestimmten Auftreten ihr Gegenüber überrumpelt, lenkt sie ihn davon ab, dass sie eigentlich überhaupt keinen Trumpf in der Hand hat, sondern nach wie vor von seiner Gunst abhängig ist. Womit sollte sie also drohen? Die Vögel wieder mitnehmen? Andererseits wäre es Leon zuzutrauen, dass er es schafft, sie wieder wegzulocken... Diesen Gedanken formuliert sie wie aus der Pistole geschossen: «Wenn Sie nicht auf meine Forderungen eingehen, ist es aus mit Vögeln, denn dann sehen wir uns gezwungen, die Vögel wieder mitzunehmen.» – «Äh... wie...», fängt er an, doch der energische Schlag mit dem Kugelschreiber auf den Metalltisch bringt ihn erneut zum Schweigen. – «Wir verfügen über wirkungsvolle Mittel, die Vögel wegzulocken», informiert ihn Margarethe sachlich mit kühler Stimme. Sie klingt so überzeugend, dass sie es selbst glaubt, und ihr Selbstbewusstsein wächst, während Henninn vor ihren Augen förmlich zu schrumpfen scheint. Ein Gedanke schiesst Margarethe durch den Kopf: «Wenn alles bei dem so schrumpft, droht Raina beim Rendez-vous sicher keine Gefahr!»

* * *

Rudy sitzt, immer noch in seinen Bademantel gehüllt, mit aufrechtem Oberkörper auf dem Behandlungsstuhl. Kopf, Arme und Beine sind so an den Stuhl gefesselt, dass er diese Körperteile um keinen Millimeter bewegen kann. Er hofft inständig, dass sein Bademantel jetzt nicht verrutscht und ihn entblösst. Der Ärmel des Bademantels ist beim rechten Arm bis zur Armbeuge zurückgezogen worden. «Die Fixierung geschieht nur zu Ihrem Besten, Herr von Arx. Eine falsche Bewegung während der Operation kann den Erfolg des Eingriffs gefährden», erklärt der ausführende Roboter, der aussieht wie ein Krake mit hundert Armen. Dieser beginnt, mit seinen spinnenartigen Fortsätzen die Akupunkturpunkte zur Schmerzausschaltung am Kopf und am rechten Arm von Rudy anzusteuern. Rudy merkt, wie Panik in ihm hochkommt – nicht nur seine Bewegungsunfähigkeit beengt ihn: Die spinnenartigen Roboterarme befeuern seine Arachnophobie. Er schliesst die Augen, was es aber nicht besser macht, denn so sieht er zwar die Roboterarme nicht, fühlt sich aber noch viel stärker ausgeliefert, als er schon ist. Doch sobald alle Akupunkturpunkte aktiviert sind, entspannt sich Rudy merklich. Sein Puls normalisiert sich, seine Atmung wird ruhiger, seine Panik verschwindet. Er ist positiv überrascht, was Akupunktur bewirkt. Und es wird noch besser: Als zwei scharfe Skalpelle je einen Schnitt hinter seinen Ohren vornehmen, spürt er nur ein leichtes Ziehen an den Ohrmuscheln. Sofort werden ihm die Chips eingepflanzt und die Wunde mit einer wundverklebenden Salbe geschlossen, wie der Roboter Rudy erklärt. Zu Rudys Erleichterung wird der Griff gelöst, der seinen Kopf wie in einem Schraubstock gefangen hielt. Zudem verschwinden die Akupunkturarme, die seinen Kopf schmerzfrei gehalten haben. Rudy bewegt erleichtert den Kopf hin und her – es scheint alles normal.

Nun ist sein rechter Arm dran. Fasziniert schaut Rudy zu, wie ein drittes Skalpell einen Schnitt setzt – nahe vom Handrücken, aber noch vor dem Handgelenk auf dem Unterarm. Es fühlt sich an, als würde jemand an der Haut zupfen – mehr nicht. Gleich darauf schiebt ein anderer Roboterarm einen Chip in die Wunde und schiebt diesen unter die Haut Richtung Handgelenk. Dann wird auch diese Wunde mit der wundverklebenden Salbe behandelt. Und Rudy staunt Bauklötze, als er sieht, dass die Wunde in wenigen Sekunden verheilt. «Wie... wie ist das möglich?», fragt er total verblüfft. – «Die Wundsalbe aktiviert Selbstheilungsmechanismen und verstärkt sie, sodass die Wundheilung wie im Zeitraffer abläuft», erklärt der Roboter nüchtern. Nun klicken auch die Fesseln an Armen und Beinen auf, und Rudy steht schon auf, bevor alle Akupunkturnadeln seinen Arm verlassen haben. «Autsch!», macht der Patient, als ihn etwas ihn piekst, weil er zu schnell aufgestanden ist – noch bevor der Roboter seine Akupunkturarme vollständig zurückziehen konnte. Der Roboter meint tadelnd: «Nicht zu schwungvoll, Herr von Arx! Ruhe bewahren. Sie müssen sich kurz erholen, bevor wir die Funktionalität prüfen.»

* * *

«Herr Henninn, werden wir konkret», fängt Margarethe so sachlich, wie sie es nur kann, an mit überaus ernsthaftem Gesichtsausdruck. Ihre dunkle Brille hat sie abgelegt, damit sie das Gesagte durch die Mimik ihrer Augen unterstützen kann. «Wir fordern den Raben und das Schwert, sonst ist es aus mit Vögeln!» Henninn zieht an seinem Kragen herum, als hätte er Atemprobleme. «Und wir können das auf die sanfte oder harte Tour machen!» – «Das geht aber nicht... wir brauchen doch die Vögel...», stammelt der Forscher. «Und wir brauchen umprogrammierte Föten, die die Grundlage einer neuen, gewaltfreien Menschheit sind», beeilt er sich hinzuzufügen. – «Das rechtfertigt in keiner Weise den Angriff auf unsere Menschenwürde!», kontert Margarethe energisch und ist tatsächlich von Wut erfüllt über das, was er ihnen angetan hat. «Unerhört! Sie haben uns als Zuchtvieh missbraucht! Ihr Glück, dass Sie Ihre Bemühungen selbst torpediert haben mit Ihrem Betäubungsmittel!» Henning schluckt erneut. «Aber… Sie haben doch sicher einen gewissen Lustgewinn als Mehrwert...» – «Das steht nicht zur Debatte!», erwidert Margarethe knallhart. «Im Übrigen stehen Sie unter Verdacht voyeuristischer Betätigung. Oder gehe ich fehl in der Annahme, dass in den Zimmern der Grotte Kameras angebracht waren?» Als der Wissenschaftler mit schuldbewusstem Gesicht erbleicht, wird das Mädchen von Schwindel erfasst – der Gedanke, dass er sie während ihres Liebesrauschs beobachtet haben könnte, ist ihr unerträglich und steigert ihre Wut. «Wir haben also eine ganze Menge an Anklagepunkten, die gegen Sie verwendet werden können! Im Vergleich dazu ist unsere Forderung, mit dem Raben und den Säbeln nach Hause reisen zu können, läppisch! Mit Vögeln wollen wir uns nicht beschäftgen, die lassen wir Ihnen. Vorausgesetzt, Sie wenden keine weiteren Tricks mehr an! Andernfalls gäbe es noch ein weiteres Szenario, das wir durchspielen könnten....» Der Forscher ist drauf und dran, sich geschlagen zu geben – allein schon, um diese aufdringliche junge Frau, die er masslos unterschätzt hat, wieder loszuwerden. Sie aber redet in einem Höllentempo weiter, darauf bedacht, ihn richtiggehend mit Text zu überschwemmen. «Wir haben also Szenario 1: Sie geben uns den Raben zurück und die zwei Säbel. Wir lassen die Vögel da und gehen.» Der Forscher erdreistet sich, zu fragen: «Und wenn ich nicht einwillige, werte Frau Gygax?» Kalt antwortet diese: «Dann greift Szenario 2: Dann können Sie Ihre Vision mit Vögeln in den Wind schreiben – motorisiert sind wir bereits. Wir können also jederzeit mit der Zeitkapsel fliehen.» Henninn sperrt den Mund auf, aber sie fährt fort: «Wir verfügen über Lockmittel, um die Vögel abzuziehen und wieder in die Vergangenheit mitzunehmen.» Als er sprachlos ist vor Schreck, spricht sie in versöhnlicherem Tonfall weiter:

«Aber andererseits ist uns auch daran gelegen, den Weltuntergang zu verhindern. Insofern wären wir natürlich daran interessiert, aus der Zukunft das mitzunehmen, was unserer eigenen Gegenwart hilft, eine bessere Zukunft zu erlangen.» Überrascht über ihr unerwartetes Einlenken, horcht der Forscher auf: «Sie meinen... Sie wären bereit… wegen des genmanipulierten Erbgutes...» – «Über all das lässt sich verhandeln. Es kommt darauf an, welche Möglichkeiten Sie hätten, die weniger invasiv sind...» Nun ist der Forscher in seinem Element. Er fängt an, dem Mädchen eine Auslegeordnung seiner Ideen zu präsentieren, wie die Menschheit gerettet werden soll, ähnlich, wie er das bereits bei Rudy gemacht hat, jedoch darauf bedacht, sein Gegenüber in keiner Weise zu provozieren. Margarethe lässt ihn reden und sieht die Uhr ticken, die Rudy die nötige Zeit verschafft, zum Cyborg zu werden. Je stärker der Forscher sich ins Feuer redet, desto besser. Und nach dem Schock angesichts ihrer Drohungen ist er offensichtlich geradezu erleichtert, dass sie ihm dennoch Gehör schenkt. Als er endlich eine Pause macht, ergreift Margarethe wieder das Wort: «Hochinteressant, Ihre Überlegungen. Ich sehe, wir kommen einer Verständigung langsam näher. Mein Vorschlag: Wir vertagen die Verhandlungen und treffen uns in zwei Stunden wieder.» Im Mienenspiel ihres Gegenübers liest sie, dass der Mann an diesem Abend bereits andere Pläne geschmiedet hat, die aber im Zusammenhang mit Seraina stehen. Er erwidert: «Das geht leider nicht, denn mein nächster Termin wartet bereits vor der Türe! Wir können uns gerne morgen früh treffen. Sie und ihre Freunde sind natürlich herzlich willkommen, in den Gästezimmern des Forschungszentrums zu übernachten.»

* * *

Leon wagt es nicht, KIK-193 nach der Uhrzeit zu fragen, da lässt der Bordcomputer ein Seufzen hören: «Nun fragen Sie doch endlich! Herr Inderbitzin! Ihre Nervosität ist ja direkt elektromagnetisch spürbar! Es ist jetzt nämlich fast soweit, die zwei Stunden sind in exakt zwanzig Minuten und 44 Sekunden um!» – Leon stöhnt leise, denn für ihn sind zwanzig Minuten Herumsitzen immer noch eine halbe Ewigkeit «Mittlerweile muss Ru ein Cyborg sein, Mäg hat Lasse fertig gemacht und Rai trifft sich jetzt mit dem weichgekochten Forscher zum Znacht…», resümiert Leon den Plan und fragt sich, ob alles so geklappt hat, wie es ausgemacht war. Er weiss aus eigener Erfahrung nur zu gut, dass selten etwas zu hundert Prozent rund läuft. Zudem kann er sich noch nicht vorstellen, wie er es mit den Insekten anstellen soll. Ist am Schluss er derjenige, der die ganze Flucht zum Scheitern bringt? Als sich dieser Gedanke in sein Hirn schleicht, fühlt er sich ähnlich gequält wie im russischen Käfig – denn für den Löwen, der sich gern mit einem Gläschen Rum im eigenen Ruhm sonnt, wäre eine solche Niederlage die Krönung der Demütigung. Gegen Rudy im Wagenrennen zu verlieren ist eine Sache, einen ganzen Plan scheitern zu lassen eine andere. Situationen wie Ersteres kann er nach einer kurzen Unmutsphase relativ gut wegstecken, hat er doch meistens auch seinen Teil dazu beigetragen, wenn jemand anders aus dem Vierertrio einen Triumph einheimste. Doch der Gedanke, derjenige zu sein, der alles vermasselt, ist ihm unerträglich. Da meldet sich KIK-193 erneut: «Ich könnte Ihnen helfen, Herr Inderbitzin! Sie sollten mich einfach mal fragen…»

* * *

Rudy wird neu eingekleidet. Er tauscht seinen Bademantel mit angenehm zu tragender Unterwäsche, einer seltsam knisternden

Hose, einem weissen Hemd, einem genauso knisternden Jackett, warmen Socken und Plastikschuhen. Letztere wirken fast etwas altmodisch – im Stil der Sechzigerjahre. «Jackett und Hose bestehen aus einem Material, dass Sonnenenergie in Strom umwandelt und kontaktlos Ihren Mikrocomputern zur Verfügung stellt», erklärt der Einkleideroboter, der nach überstandener Operation zu Rudy gestossen ist, während der Operationsroboter in den Sterilisationsraum hinübergewechselt ist, um sich für einen allfälligen nächsten Patienten bereitzumachen. Rudy besieht sich den blaugrauen Stoff seines Anzugs und ist erstaunt, dass er mit seiner Augenfarbe übereinstimmt – was ein Blick in einen Spiegel an der Wand offenbart. «Und... kann ich jetzt endlich mal... meine neuen Fähigkeiten ausprobieren?», fragt Rudy ungeduldig, als hinter ihm LUE-001 heranfährt und säuselt: «Ich bin entzückt, Zierde der Menschheit! Sie sind jetzt eine absolut anbetungswürdige Biomolekülansammlung!»

13
Die Retourkutsche

Es ist mittlerweile Abend geworden. Nach Henninns Unterredung mit Margarethe wartet Seraina schon auf ihn im Vorzimmer. Der Forscher sieht ganz konfus aus, als er die Türe öffnet: «Mäggy hat ganze Arbeit geleistet!», denkt Seraina amüsiert und zwinkert ihrer Freundin zu, welche gerade aus dem Zimmer kommt. Diese zwinkert zurück, und wortlos verständigen sie sich.

Einen Augenblick stutzt Seraina, denn sie nimmt erneut Margarethes ungewohnte Kleidung wahr, welche ihr ein Schmunzeln abringt. Auch die selbstbewusste Haltung ist untypisch für das sonst eher schüchterne Mädchen. Sie wüsste zu gerne, was sich im Nebenzimmer die letzte Stunde abgespielt hat. Bevor sie ihre Freundin jedoch diskret fragen kann, lenkt sie ein Räuspern von Lasse Henninn ab. Der Forscher fährt sich durchs nicht existente Haar, wischt sich also über seine Glatze mit seiner Hand, zieht seine Krawatte zurecht, dann verbeugt er sich mit einer ausladenden Bewegung vor Seraina. Als er sie genauer in Augenschein nimmt, erstarrt er beinahe, denn Seraina sieht atemberaubend aus. Während der knappen Stunde, die sie zur Verfügung hatte, konnte sie duschen und Haare waschen im Gästezimmer und sich ein neues Kleid aussuchen. Mit Lockenwicklern, was normalerweise nicht ihre bevorzugte Art ist, sich zurechtzumachen, hat sie ihre immer noch kinnlangen Haare zu einer Mähne gestylt, sich weniger dezent geschminkt, als sie es für eine Abendverabredung sonst tun würde, und ihr Kleid ist ziemlich aufreizend. – «Wonderbra, du Luder!», zischt Margarethe ihr amüsiert zu, welche noch im Türrahmen gewartet hat. Seraina grinst über die Schulter; ihr ist bewusst, dass sie sehr verführerisch aussieht mit dem Push-Up-BH und dem ausgeschnittenen Kleid in Leuchtrot. Henninn jedenfalls ist hin und weg von ihr und bietet ihr galant seinen Arm an. «Der kippt jetzt schon aus den Latschen!», kichert sie in sich hinein. Irgendwie schmeichelt es ihr enorm, dass sie so eine Wirkung auf einen erwachsenen Mann ausüben kann. Nun ja, was heisst erwachsen? «Forscher und Nerds gebärden sich manchmal wie kleine Jungs!», denkt sie amüsiert.

Serainas Lächeln bezaubert den Forscher erst recht. «Verehrteste Seraina – ich darf doch Seraina sagen? – wollen wir uns aufmachen zur Grotte von Pelinn?» Er führt sie zum nächsten Taxi-, oder besser gesagt, Raumkapselstand, wo bereits ein Automobil auf sie wartet. Sie steigen ein, und innert weniger Minuten sieht Seraina durchs Fenster bereits den Eingang der Wellness-Grotte. Für einen Moment ist ihr etwas mulmig zumute, aber sie beruhigt sich mit dem Gedanken, dass zuerst gegessen wird, und dabei kann sie Zeit schinden und ihren Plan genauer ausarbeiten.

Im Restaurant ist ein Tisch hübsch gedeckt samt altmodischen Kerzenständern, und Seraina versetzt es einen Stich, als sie sich an ihre erste Liebesnacht mit Rudy in Rom erinnert. Wie geht es ihrem Rudolfino wohl gerade? Der Gedanke, dass er zum Cyborg wird, schmerzt sie sehr, und sie bedauert ihre albernen Gespräche mit ihrer Freundin über Cybertools und Verhaltensweisen ihres Liebsten, die sie an einen Roboter erinnert haben. Was, wenn er nun plötzlich wirklich halb Mensch, halb Maschine ist? Wird er dann komplett intellektuell abheben? Wo sie ihn doch mit viel Geduld zur Sinnlichkeit geführt hatte… oder eher verführt.

Und nun soll sie einen glatzköpfigen Forscher in einer Zukunftswelt verführen! Wenn das bloss nicht schief geht; in dieser Grotte sitzt er eindeutig am längeren Hebel! Wenn sie an «Hebel» denkt, muss sie schmunzeln, da ihr die freche Sprücheklopferei in Berlin wieder einfällt, die Seitenhiebe zu Rudys Vorliebe für Computerspiele… «Mr. Joystick... Joystick ist eigentlich ein perverses Wort», findet sie. In diesem Zusammenhang an Henninn zu denken, widert sie an, und sie muss sich beherrschen, keine Grimasse zu schneiden. Der Forscher sieht dem Mädchen verträumt in die Augen und greift nach ihrer Hand. Sie lässt es sich gefallen. «Meine Liebe, wollen wir ein Gläschen Sekt trinken?» Seraina schluckt leer und nickt, besorgt, ob dem Alkohol auch noch etwas anderes beigemischt sein könnte. «Ich muss unbedingt die Kontrolle behalten!», nimmt sie sich fest vor.

* * *

Leon hört sich an, was der Bordcomputer zu sagen hat: «Ich kann nicht nur Insekten fernhalten, ich kann auch elektromagnetisch Insekten anlocken…» Leons Gesicht erhellt sich, und eine immense Last fällt von ihm ab. Am liebsten würde er laut jauchzen vor Freude, doch er verklemmt es sich, weil er fürchtet, dass KIK-193 einen Schaltkreiskollaps erleiden könnte. «Wie spät ist es?», fragt er die Kapsel, die etwas zögert mit ihrer Durchsage: «Die zwei Stunden sind seit sechs Minuten um…» – «Mist. Am Schluss vermassle ich's noch, weil ich zu spät bin…», rauft sich Leon die Haare, als eine bekannte Stimme aus den Lautsprechern ertönt. Es ist Rudy: «Ok Leute, konzentrierte Aktion! Ich habe Raina in der Grotte geortet, die Kameras lassen sich einfach steuern. Mäggy ist noch im Forschungszentrum, Plonk auch, allerdings trennt die zwei einige Türen, die ich gleich von hier aus entriegle…» – «Wo steckst du, Kumpel?», unterbricht ihn Leon. – «Ich bin in meiner… äh… Lieblingskapsel…». Und im Hintergrund hört Leon ganz leise ein digitales, glückseliges Seufzen, das wohl von LUE-001 stammt, die total in Rudy verknallt ist.

* * *

Etwas beschwipst ist Seraina schon vom Sekt, aber in keinem
Vergleich zu ihrem Gegenüber. Jedes Mal, wenn er nicht auf-
passt, leert sie ihr Glas in die Tischvase, und im Rosenstrauss
lassen schon die ersten Rosen ihr Köpfchen hängen. Das Essen
wird aufgetischt, Gang für Gang, aber das Mädchen bekommt
gar nicht so genau mit, was es isst – vielmehr achtet es darauf, ob
der Geschmack seltsam ist. Die Speisen sind zwar vertraut –
«Speisen aus Urgrossmutters Zeiten» lautet das Motto des
Abends –, aber da sie in der Zukunft anders zubereitet sind, vermutlich mit künstlich erzeugtem Fleisch oder Gemüse, schmeckt
alles ungewohnt. Serainas grösste Angst besteht darin, dass Henninn sie betäuben könnte, bevor sie ihren Plan in die Tat umset-
zen kann.

Als sie zuversichtlich ist, dass er genug getrunken hat, um nicht
mehr klar denken zu können, säuselt sie: «Lasse, mein Lieber, du
hast mir doch erzählt, du wollest mir Bereiche der Grotte zeigen,
die ich noch nicht kenne.» – «Ja, meine Süsse, das möchte ich zu
gerne!», stimmt er freudig zu und ergreift ihre Hand zärtlich, um
ihren Arm zu streicheln. Instinktiv zuckt Seraina zurück, dann
aber nimmt sie sich zusammen und prescht vor: «Hat es dort
auch... na ja, ist mir etwas peinlich, so direkt zu fragen...» Ihre
Stimme wird ganz leise, und Henninn beugt sich vor, um sie besser zu hören. Sie flüstert ihm etwas ins Ohr, und er wird rot wie
ein Krebs. Offensichtlich kriegt er einen Schweissausbruch und
lockert sich schwer schnaufend die Krawatte. Seraina legt ihren
Kopf schief, als wäre sie plötzlich schüchtern, reisst erschrocken
ihre Augen auf und flüstert: «Aber wenn dir das unangenehm ist,
dann lassen wir es.» Er überlegt kurz, dann aber nickt er eifrig:
«Das wollte ich schon lange mal!» Dann fährt er sachlich fort
mit der interessierten Miene des Wissenschaftlers: «Wir haben in
der Tat einen solchen Raum; es war eher ein Kuriositätenkabi-

nett... Wir haben uns immer gefragt, wie die Menschen damals solche Dinge benutzt haben... wir dachten, es sei zur Bestrafung...». Dabei wirkt er etwas verlegen. Seraina lacht sich innerlich kaputt und erklärt bestimmt: «Ja, natürlich ist das zur Bestrafung der ganz bösen Jungs!» Leiser fährt sie augenzwinkernd fort: «Für die ganz, ganz unartigen Jungs!» Ihr Gegenüber errötet wieder heftig und nickt dann: «Gerne möchte ich wissen, wie das gemacht wurde – aus reinem wissenschaftlichen Interesse!»

* * *

Margarethe sitzt wie bestellt und nicht abgeholt wieder im Gästezimmer des Forschungszentrums. Sie wird von Minute zu Minute unruhiger. Das Warten zermürbt sie total. Doch plötzlich bewegt sich etwas: Sie staunt nicht schlecht, als sich eine der beiden Türen zum Gästezimmer wie von Geisterhand öffnet. Sie nimmt die Sonnenbrille ab und steht auf. «Hat Rudy das gemacht? So, wie er's vorgehabt hat? Damit ich Plonk befreien kann», sinniert sie und tritt über die Türschwelle, als über die Lautsprecher Rudys Stimme ertönt: «Die Türen öffnen sich hin zum Zeitenwandler.» – Margarethe vermutet, dass er sie nicht direkt anspricht, weil er fürchtet, dass im Forschungszentrum jemand mithört. So begnügt sie sich damit, jene Räume zu betreten, die sich vor ihr auftun. Als sie endlich vor einem Glaskäfig steht, in dem Plonk wie ein Häufchen Elend hockt und Trübsal bläst, erhellt sich Margarethes Gemüt. Und auch Plonk rafft sich erfreut auf, als er seine Adoptivmutter erblickt, und gurrt glücklich. Im nächsten Moment öffnet sich Plonks Käfigtür, doch die Freude der beiden währt nicht lange. Hinter Margarethe ertönt eine schrille Frauenstimme: «Was geht hier vor? Was fällt Ihnen ein!»

* * *

Mulmig ist es Seraina zumute, aber sie zuckt nicht mit der Wimper, als Henninn sie verstohlen in einen Bereich der Wellness-Grotte führt, der durch eine gut gesicherte Türe verschlossen ist. Als sie eintreten, verschlägt es ihr den Atem, fühlt sie sich doch unangenehm an Kerker und Folterkammern erinnert, die sie aus Filmen, Erzählungen oder gar am eigenen Leibe erlebt hat, wenn auch stets nur ansatzweise. Selber hat sie keine Erfahrungen in dem Bereich, den manche Paare angeblich lustvoll zelebrieren. «Und wie heisst das nun? Folterkammer?», fragt Henninn naiv und fast etwas ängstlich. – «Also, wir nennen das Sado-Maso», erklärt sie. – «Und wie funktioniert das?», erkundigt er sich fasziniert. – «Nun, der eine ist der Sadist, der andere der Masochist», erklärt sie fachkundig, als wäre sie Expertin. «Um das mal klarzustellen: Ich bin die Domina, und du bist mein Sklave!» Henninn erbleicht und strahlt dann bis über beide Ohren: «Einverstanden!»

* * *

LUE-001 säuselt zu Rudy: «Es ist so aufregend, mit Ihnen die Netzwerke von Pelinn zu penetrieren, werter Herr von Arx!» – Rudy errötet, räuspert sich und erwidert: «Äh... gleichfalls... äh... angenehm. Jetzt bitte auf direktem Weg zur Grotte von Pelinn, ich muss jemanden abholen...» – Der Bordcomputer verstummt kurz, dann meldet er sich elektrisiert vor Eifersucht: «Aber nicht die... die... die...» – Rudy seufzt, meint dann aber geistesgegenwärtig: «Doch, genau die, aber sie hat eben das Herz von Lasse Henninn erobert. Also...» – «Also sind Sie jetzt frei!», frohlockt LUE-001 und jauchzt metallisch. «Was darf ich denn als nächstes für Sie infiltrieren?» – «Die Frischluftdüsen in jenem Raum, Lucy, dort, wo Sie Lasse und Raina orten können, bitte…»

* * *

Der Wissenschaftler ist völlig begeistert, als ihm Seraina ein stachelbewertes Halsband anlegt und nach Handschellen greift, um sie ihm um die Handgelenke zu schliessen. Sie selber trägt immer noch ihr aufreizendes Kleid, aber jetzt, wo Henninn vor ihr auf dem Boden kauert, sieht er, dass sie darunter hohe Stiefel mit Stilettoabsätzen trägt. Er findet das Mädchen unglaublich attraktiv und würde im Moment alles für sie tun. Sie sieht sich um in dem Raum des Grauens und erblickt das, wonach sie gesucht hat: eine Peitsche! «Auf die Knie, Sklave!», herrscht sie ihn an und könnte gleichzeitig losprusten. Wie weit soll sie das Spiel treiben? Gefesselt hat sie ihn schon, und damit ist er ausser Gefecht gesetzt. Sie könnte jederzeit abhauen, denn in diesem Bereich der Wellness-Grotte hat es, soweit sie sieht, keine Kameras. Wenn sie nur wüsste, was ihre drei Freunde zur Zeit treiben und ob sie ihnen noch mehr Zeit verschaffen müsste…

In diesem Moment ertönt Rudys Stimme aus dem Lautsprecher: «Frau Capaul, Herr Henninn, das Dessert wird gerade serviert, bitte zurück an den Tisch. Ladies first, please!» – Seraina hat sofort erkannt, wer sich über Lautsprecher gemeldet hat, und sie hat den Wink mit dem Zaunpfahl begriffen. Sie soll als Erste aus dem Raum gehen, damit Rudy die Türe genau dann schliessen kann, wenn Seraina draussen ist und Henninn noch drinnen. Dass Letzterer gefesselt ist, kann Rudy ja nicht wissen, es sind tatsächlich keine Kameras im Raum. Insofern gestaltet sich die Flucht recht problemlos. Zu Henninn gewandt, bemerkt sie lakonisch: «Bei Sado-Maso lässt man auch mal den Partner zappeln, das erhöht die Erregung!» Dann wendet sie sich schwungvoll auf dem Absatz um und entschwindet aus dem Raum – die Türe schliesst sich hinter ihr. Der Forscher ist sprachlos vor Überraschung. Doch dann schnappt Henninn wie ein Fisch nach Luft, denn er merkt entsetzt, dass in diesem Moment eine Substanz der Frischluft hinzugefügt wird, die er nur zu gut kennt – seine eigene Glückseligkeitsdroge. «Aufhören…», keucht er bloss, bevor er in einen sorgenfreien Dämmerzustand versinkt…

* * *

Margarethe schnappt sich geistesgegenwärtig die beiden Krummsäbel, die neben ihr auf einem Tisch liegen, und Plonk setzt sich auf ihre rechte Schulter. So gewappnet, tritt sie der älteren Professorin gegenüber, die im Türrahmen steht und ihr den Fluchtweg versperrt. «Ich habe es satt! Gehen Sie beiseite, oder ich setze Rabe und Schwerter gegen Sie ein!», erhebt Margarethe ihre Stimme und versucht, sich grösser zu machen, als sie in Wirklichkeit ist. Die Angesprochene gluckst, ähnlich wie es Henninn tut, wenn er nervös oder erfreut ist, dann kontert sie: «Diese Jugend! Sie wollen eine alte Frau angreifen? Na, dann tut mir das hier nicht leid!» Und sie zückt eine Taserpistole, drückt einen Knopf und lässt so zwei Metall-Fäden hervorschnellen, die Margarethe am Oberkörper treffen und ihr einen elektrischen Schlag verpassen. Geistesgegenwärtig ist Plonk hochgeflogen und so einem Stromschlag ausgewichen. Doch Margarethe kriegt die volle Ladung ab, lässt die Säbel fallen und geht zu Boden, wo sie zuckend liegenbleibt. Doch die Professorin hat keine Zeit, sich um ihr Opfer zu kümmern, denn jetzt geht der Alarm los. «Was ist geschehen?», brüllt sie einen Computer an, und dieser antwortet der Professorin: «Wirbellose Biomoleküle sind ins Forschungszentrum eingedrungen. Schutzschild ausgeschaltet,

ich kriege ihn nicht hoch. Das System wehrt sich.» –
«Waaaaaaas?», brüllt die Forscherin und eilt aus dem Raum, um
sich dem Desaster selbst anzunehmen. «Jibbiiiii!», brüllt es aus
dem Lautsprecher, doch Margarethe liegt noch ohnmächtig auf
dem Boden und kann deshalb die Stimme ihres Liebsten nicht
vernehmen. Plonk indes krächzt erfreut, als er Leons Stimme
erkennt. Leon ist zwar für das Insekten-Chaos verantwortlich,
aber Rudy ist derjenige, der den Insekten-Schutzschild deaktiviert hat. «Mäg, raus hier, ich erwarte dich mit einer Kapsel am
Ausgang! Mäg! Schnell!»

* * *

Rudy hat unterdessen Seraina abgeholt. Sie ist fix und fertig, ist
sie doch in dem engen Kleid und mit den hochhackigen Stiefeln
zum Ausgang der Grotte gespurtet. Sie lehnt sich nur noch im
Sitz zurück und atmet schwer. «Zum Teich, Lucy!», befiehlt
Rudy der Kapsel, doch diese lässt ein metallisches Klingen hören
und raunt: «Grossalarm! Grossalarm! Verstanden, Frau Professorin, ich bringe Ihnen die Gefangenen ans Forschungszentrum…»

14
Eine schwere Entscheidung

Margarethe kommt stöhnend und ächzend auf die Beine, nur um entsetzt festzustellen, dass sie im Raum zusammen mit Plonk gefangen ist. Sie hat keine Ahnung, wie lange sie ausser Gefecht gewesen ist. Aber es müssen schon einige Minuten gewesen sein. Sie hat Muskelkater am ganzen Körper und mault: «Schon wieder ein Elektroschock! Und was für einer! Ich will aber nicht, dass das zur Gewohnheit wird.» Und sie dreht sich zu Plonk, der ratlos am Boden neben den Schwertern hockt. In diesem Moment öffnet sich die Türe, und ein kreidebleicher Leon wird hereingeschubst von einem Polizeiroboter, der ihn wohl ebenfalls mit einer Taserpistole traktiert hat. Er trägt immer noch seinen Bademantel und sieht mehr geschüttelt als gerührt aus. Über Lautsprecher meldet sich der zentrale Computer des Forschungszentrums uns meint: «Situation unter Kontrolle. Wirbellose Biomoleküle vernichtet. Häckerangriff abgewehrt.» – «Mist! Wir sind erledigt», stammelt Leon und nimmt seine Margarethe in die Arme. Sie beginnt zu schluchzen, und er streichelt sie gedankenverloren.

Einige Minuten später erscheint eine weitere Gefangene in der Tür, die sich automatisch öffnet. Es ist Seraina, auch sie wirkt, als hätte sie die Taserpistole zu spüren bekommen. «Wo ist Rudy?», fragen Margarethe und Leon wie aus einem Mund. Als der Polizeiroboter den Raum verlässt und die Türe sich schliesst, stottert eine am Boden zerstörte Seraina: «Die Kapsel… sie… sie… weigert sich, Rudy auszuliefern. Keine Ahnung, wie sie das schafft… Mich hat sie einfach rausgeschüttelt, dieses Luder! Und Rudy war viel zu sehr damit beschäftigt, wieder die Kontrolle über den zentralen Laborcomputer zu erlangen, er hat meinen Rausschmiss zu spät bemerkt. Als er mich zurückhalten wollte, war es schon zu spät. Ich lag auf dem Boden und bekam eine Ladung aus einer Taserpistole ab.» – «Die Liebe ist stärker als die Deaktivierungsangst», bringt es Margarethe auf den Punkt. Und die drei Freunde blicken sich abwechselnd ratlos an.

Es vergehen weitere Minuten in bedrückender Atmosphäre. Leon druckst herum, möchte etwas sagen, traut sich aber nicht wirklich. «Raus mit der Sprache, Leo!», befiehlt Seraina energisch, als wäre sie noch als Domina im Sado-Maso-Raum. Da erschrickt Leon und stottert: «Wir… könnten uns… mit einem Zeitsprung retten. Wir haben Rabe und Schwerter.» – «Wie kannst du nur sowas vorschlagen! Niemals ohne meinen Rudolfino!», erhebt Seraina ihre Stimme, und diese tönt schon fast wie jene der Professorin – schrill und ungehemmt wütend. Doch die Diskussion wird jäh unterbrochen, als die Professorin, die junge Forscherin und ein noch total zugedröhnter Henninn den Raum betreten. «Jetzt schauen Sie sich mal an, was Sie mit unserem armen Lasse angestellt haben! Schämen Sie sich nicht?», brüllt die Professorin, und Henninn gluckst, komplett durch den Wind: «Wundelbal es wal, Lllllliebste Seroto-Serainanana, wololo-len Sie meine Flau welden?»

* * *

Rudy sitzt noch immer in der Kapsel namens LUE-001, die ihn abgöttisch verehrt. Draussen sind mehrere Polizeiroboter daran, auf die Kapsel einzureden, und vermutlich auch, ihr System zu überbrücken, um die Türen aufzubekommen. «Liebster! Ich werde bald nichts mehr für Sie tun können. Wenn die Türen aufgehen, dann springen Sie in die Zeitkapsel, die gleich neben mir steht, und fahren Sie nach Hause! Unsere Liebe steht unter einem schlechten Prozessor. Ich werde Sie stets in meinem Speicher in

Erinnerung behalten, Liebster!» Und in diesem Moment gehen beide Türen der Kapsel auf, doch gleichzeitig scheinen die Polizeiroboter kurzzeitig ausser Gefecht zu sein. Rudy ignoriert sein Erstaunen und hechtet zur Zeitkapsel und schliesst sich dort ein.

* * *

In dem Tumult, der entsteht, hebt Margarethe flink beide Schwerter vom Boden auf und berührt mit jeweils einer der stumpfen Klingen Seraina und Leon. Plonk setzt sich auf ihre Schulter, und der Raum um die Freunde verschwimmt vor ihren Augen.

Als sie erwachen, liegen sie unter Plonks Baum im Horgenberg-Wald. Und sie haben wieder jene Kleider an, die sie in Berlin im Museum getragen haben. Seraina jauchzt zuerst erfreut, weil ihr Haar wieder die ursprüngliche Länge aufweist, doch dann ist sie komplett entsetzt: «Wir haben Rudolfino zurückgelassen! Nei-iiiiin!»

* * *

Rudy sitzt nun in der Zeitkapsel. Die Polizeiroboter erholen sich nur langsam von der digitalen Ohnmacht, die von der verliebten LUE-001 ausgegangen ist. «Bitte orten Sie meine Freunde!», erfragt Rudy, und die Zeitkapsel namens ZIL-004 antwortet: «Seraina Capaul, Margarethe Gygax, Leon Inderbitzin und Rabe Plonk haben sich gerade dematerialisiert…» Rudy schluckt leer, doch langsam dämmert es ihm, was da abgeht. Deshalb fordert er: «Bitte zurück ins Jahr 2022, Zila!» Bei der Wahl des Datums und des Orts muss er noch überlegen, doch es scheint ihm logisch, dass der Rabe bei einem überstürzten Abflug wohl das Naheliegendste gewählt hat: seinen Baum, wo er sein Nest errichtet hat. Aber welches Datum? Er entscheidet sich für den Moment, als sie in Berlin den Zeitsprung gemacht haben. So ist es nicht möglich, dass er seiner eigenen Person begegnet. Der kluge Plonk hat das sicher unterbewusst so gemacht, überlegt Rudy. Und zum ersten Mal ertappt er sich dabei, wie er versucht, die Gedankengänge eines Raben nachzuvollziehen. Denn in der Tat: Die andern drei wären kaum in der Lage, so schnell zu entscheiden, wo sie wann landen wollen. Bei all diesen Überlegungen hat er keine Zeit, darüber nachzudenken, was wohl mit «seiner» LUE-001 geschehen wird. Ob sie wohl deaktiviert wird? Seine «Lucy»! Irgendwie hat er die verliebte Kapsel ins Herz geschlossen.

* * *

Margarethe stemmt sich in eine Sitzposition und schaut entgeistert hinauf zu einer stehenden Seraina, die sie wutentbrannt anschreit. Da steht Leon auf, stellt sich zwischen die beiden und hebt die rechte Hand: «Rai, genug! Lass Mäg sich erklären!» Seraina, deren Haar wieder seine gewohnte Länge hat, wendet sich mit einem finsteren Blick von ihm ab und umfasst ihre Schultern mit den eigenen Armen, so als würde sie frieren. Nun kullern ihr dicke Tränen die Wangen hinunter. Leon ist hin- und hergerissen. Einerseits würde er gerne Seraina beruhigen und trösten, doch andererseits ist ihm klar, dass Margarethe vermutlich auch kurz vor einem Zusammenbruch steht – denn Rudy zurückzulassen, war eine der schwersten Entscheidungen, die sie je hat treffen müssen.

«Wir wären zu Geiseln geworden», erklärt Margarethe, «Sie hätten Rudy mit uns in Gewahrsam aus der Kapsel zwingen können. Jetzt ist er frei, sich aus dem Staub zu machen. Er hatte den Überblick, wo wir alle waren. Ich bin mir sicher, dass er unser Verschwinden irgendwie registriert hat. Vergesst nicht, er ist jetzt ein Cyborg. Er hat Fähigkeiten, von denen die besten Häcker dieser Welt nur träumen können. Wenn einer da rauskommt, dann er!» Margarethe wünschte sich, sie könnte selbst daran glauben, und rappelt sich auf. Nun stehen drei Teenager schweigend im Walde, und ein Rabe hockt auf dem untersten Ast seines Baumes und wartet geduldig ab, als wüsste er, was jetzt kommt. Und tatsächlich – ein Surren. Und die Münder der drei Teenager stehen so weit offen wie ein Scheunentor, als die Zeitkapsel ZIL-004 vor ihren Augen erscheint und ein elegant gekleideter Rudy aus dem Gefährt steigt. Sein blaugrauer Anzug schimmert im Sonnenlicht. Vor lauter Überraschung sind alle wie gelähmt. Margarethe ist die Erste, die aus ihrer Starre erwacht, sie stutzt: «Du siehst nicht so aus wie im Museum in Berlin. Was ist passiert? Bist du etwa ein Cyborg geblieben?» Mit einem Schrei der Erleichterung stürzt Seraina in Rudys Arme, während Margarethe weiter sinniert: «Deine Kleider sind voll futuristisch. Macht ein Zeitsprung in der Kapsel nicht alles rückgängig – Haartracht, Kleidung… Wir drei sind wieder wie vorher. Leon hat sogar seinen Dreitagebart verloren, dafür hast du jetzt einen, Rudy!» Um die seltsame Situation mit Humor zu entschärfen, flachst Leon: «Bart ist vielleicht etwas übertrieben. Eher so eine Art Fussballspiel: elf Stoppeln links und elf Stoppeln rechts.» Rudy verzieht das Gesicht und kontert mit zu Schlitzen zugekniffenen Augen: «Willst du nicht deine Mama anrufen, sie hat schon fünf Mal vergeblich versucht, dich aufm Smartiefon zu erreichen, du unartiges Muttersöhnchen!» – Leon erschrickt und läuft knallrot an: «Woher weisst du, was auf meinem Smartiefon los ist?»

15
Entsorgen oder behalten?

Die Zeitkapsel steht nun in der Garage von Rudys Eltern. Er ist mit ihr um zwei Uhr nachts von Plonks Baum zu seinem Zuhause gefahren, damit niemand sie sieht. Ein solches Gefährt würde 2022 auffallen wie ein Ritter in voller Rüstung auf der Bahnhofstrasse von Zürich. Seraina ist heilfroh, dass ihr Liebster immer noch so aussieht wie vorher, oder sogar eher noch ein bisschen besser: Den spriessenden Bart findet sie richtig anziehend, denn damit wirkt ihr Rudolfino richtig männlich. Doch die implantierten Computerteile sieht sie mit gemischten Gefühlen. Sie fühlt sich gläsern, denn er kann jederzeit ihr Smartiefon anzapfen, wenn ihr Gerät sich in einem Radius von einem Meter Distanz von Rudy befindet. Doch im Moment überwiegt bei allen drei Teenagern der Wunsch, sich erst einmal richtig auszuruhen und tüchtig zu essen – Dinge, die während ihrer Abenteuer sehr oft zu kurz kommen, so auch in diesem Fall. Deshalb sehen sie sich für ein paar Tage nicht – nicht einmal zu zweit. Zuhause erklären sie nur kurz, dass sie etwas früher aus Berlin zurückgekehrt sind, weil das Wetter ziemlich garstig wurde – was glücklicherweise stimmte. Sie müssen lediglich das fehlende Gepäck erklären: Die Fluggesellschaft hat es verlegt.

* * *

«Ruedi, was ist das für ein Ding da neben meinem Tesla?», ruft Rudys Vater etwas genervt aus, weil er eigentlich schon lange an einem Zahnarzt-Meeting sein müsste, und steht im nächsten Augenblick im Türrahmen zur Küche – im schicken Anzug mit

Krawatte, einen Aktenkoffer in der einen Hand. Rudy blickt von seinem Frühstück auf. Weil er noch einen Bissen am Kauen ist, antwortet er nicht sofort, da ruft seine Mutter aus dem Arbeitszimmer vis-à-vis der Küche laut und deutlich: «Frag nicht, unser Genie strebt sicher einen zweiten Nobelpreis an!» Der Vater dreht sich nach der Stimme seiner Frau um, dann wendet er sich wieder Rudy zu und seufzt: «Nichts für ungut, mein Sohn, aber ich toleriere keine Nobelpreis-Versuche in meiner Garage. Im Stall ist genügend Platz in Merry Cherrys ehemaliger Box.» Rudys Vater bezieht sich dabei auf den Umstand, dass Rudys Pferd Ende Winter an Altersschwäche verstorben ist. Nun ist eine von drei Pferdeboxen leer. Rudy reitet Merry Cherrys mittlerweile erwachsenes Fohlen, die fuchsfarbene Foxy, die seit kurzem Gesellschaft von Serainas Wallach Blacky erhalten und dank des neuen Stall-Gefährten den Verlust des Muttertieres gut verarbeitet hat. «Ok Dad, ich kümmere mich um Zi… äh, ich kümmere mich drum», ruft Rudy seinem Vater hinterher, der schon wieder Richtung Garage eilt.

* * *

Am nächsten Wochenende treffen sich die vier Freunde bei Seraina, deren Tante mit ihrer Partnerin in Paris weilt. Die Teenager wollen sich rückblickend über die Erlebnisse im Mittelalter und in der Zukunft austauschen. Seraina und Leon müssen natürlich ausgiebig das Ritter- und Falkner-Turnier zum Besten geben, denn weder Margarethe noch Rudy waren dabei. Leon erzählt dermassen begeistert von Serainas Stunt als Säbelfechterin, dass Rudy sein Bedauern äussert, es nicht «live» gesehen zu haben: «Hätte zu gern erlebt, wie meine Liebste ihre <Beat-Säbel>-Fertigkeiten in die Tat umsetzt!» Über Leons Sturz und Blackout sind auch die anderen beiden erschüttert und von Serainas Wiederbelebungskünsten total beeindruckt. Aber das Thema «Beatmen versus Wachküssen» walzen Seraina und der gescheiterte Ritter bewusst nicht aus, dafür schwärmt das Mädchen von den Falkner-Fähigkeiten Leons, was dem Jungen schmeichelt.

Von Margarethe wollen natürlich die drei anderen wissen, wie sie aus der Zukunft ins Mittelalter gelangt war. Und Rudy gibt Details preis über Pelinn, welche die anderen nicht mitbekommen haben, weil sie entweder zugedröhnt oder unter Action-Stress standen. Der Computerfreak hatte ja genügend Zeit alleine bei Lasse Henninn verbracht und viele Informationen aufgesogen. Dass es einen Dritten Weltkrieg geben soll, dass die Menschheit fast ausgelöscht wird, dass sich das Klima derart wandelt, dass ganze Landstriche unbewohnbar werden und dass höhere Lebewesen aussterben, macht alle vier sehr betroffen. Es hilft auch nicht, dass Rudy allen versichert, dass dies erst lange nach ihrem Tod geschehen wird. «Falls wir Kinder haben sollten – sie werden in eine todgeweihte Welt hineingeboren», sinniert Margarethe, und alle verstummen bei diesem Gedanken. Hätten sie doch auf Henninns Forderungen eingehen sollen, um zu versuchen, den Dritten Weltkrieg zu verhindern? Langsam dämmert es den Teenagern, die vor allem den Angriff auf ihre körperliche und geistige Unversehrtheit als stossend und empörend empfanden, dass der Forscher letztendlich doch sehr hehre Absichten hegte. Weil sich die Gewissensbisse langsam an die Oberfläche fressen, meint Rudy gelassen: «Falls wir es doch anders machen wollen, die Zeitkapsel steht im Reitstall. Ich habe einen Weg gefunden, sie über das Ladegerät von meines Vaters Tesla aufzuladen. Wir könnten jederzeit zurückfahren...» – «Oder Lasse sucht uns auf! Habt ihr schon daran gedacht, dass die Gefahr besteht, dass plötzlich das halbe Forschungszentrum von Pelinn hier aufkreuzt und uns gefangen nimmt?», befürchtet Leon, und Margarethe nickt zustimmend. Rudy schüttelt den Kopf: «Unwahrscheinlich, sehr unwahrscheinlich. Ich habe sämtliche Pläne für Zeitkapseln auf den Servern gelöscht. Und die Zeitkapsel hier

ist die einzige, die in Pelinn existierte, als wir dort waren. Es hat
drei Prototypen gegeben, die sind aber nie zurückgekehrt. Dass
dies stimmt, haben mir diverse Computer bei den eingeschmol-
zenen Platinen ihrer Vorgänger geschworen», erklärt Rudy trocken, während Seraina unruhig auf ihrem Sitzsack herumrutscht.
«Ist was nicht gut, Rai?», fragt Margarethe besorgt, da druckst
Seraina herum und stottert: «Und… die Videos… über unseren
Marathon… ich meine… in der Grotte…» – «Gelöscht, alles
unwiederbringlich gelöscht», versichert ihr Rudy, «meinst du ich
will es riskieren, dass die Bewohner von Pelinn einen Porno daraus basteln? Es reicht, dass sich Lasse ausgelassen daran ergötzt
hat, dieser Spanner!» Und man sieht Rudy seinen Unmut ziemlich deutlich an. Ihm ist die ganze Angelegenheit mindestens so
peinlich wie den Mädchen. Nur Leon zuckt mit den Achseln:
«Mir doch Wurscht; also ästhetisch war das Ganze sicher, zumindest das, was ich selber erlebt und noch in Erinnerung habe –
was eigentlich leider nicht so viel ist, die meiste Zeit war ich
dermassen zugedröhnt, ich kann mich nur an Bruchstücke erinnern… ist irgendwie eigentlich schade!» Wie aus der Pistole
geschossen fügt Rudy an: «Den Mitschnitt von dir und Mäg kann
ich dir gerne auf einen Stick downloaden!» Da blicken ihn die
drei anderen wie Schafe an und stammeln fast gleichzeitig: «E-e-
echt je-jetzt?» Rudy grinst verlegen: «Den Teil mit Raina und
mir halten wir natürlich unter Verschluss!» Und er bemerkt, wie
Seraina erleichtert aufatmet. – «Hast du unser Video angeschaut,
Ru?», fragt Margarethe errötend. – «Wann denn, ich hatte doch
gar keine Zeit dazu… Und ausserdem bin ich nicht veranlagt wie
dieser Lasse!», erwidert Rudy indigniert. Margarethe ist beruhigt. Sie kennt Rudy gut und nimmt ihm das ab. Seraina überlegt
kurz und meint keck: «Lasse beim Sado-Maso, das müssten wir
uns alle vier zu Gemüte führen – so als ausgleichende Gerech-
tigkeit!» Da bersten alle in schallendes Gelächter. Doch leider
gab es in der «Folterkammer» keine Kameras. Das finden alle
sehr schade.

«Was wir aber jetzt unbedingt schauen sollten, sind die starken Auftritte unserer Mädels bei Lasse!», neckt Rudy die anderen drei. Seraina und Margarethe erröten beziehungsweise erblassen. «Oh je!», ruft Letztere aus. «Das ist doch peinlich!» – Rudy schüttelt den Kopf: «Keineswegs! Das waren zwei starke Auftritte! Schaut mal!» Und er führt einen USB-Stick seitlich am Fernseher von Serainas Tante ein, drückt ein paar Knöpfe auf der Fernbedienung, und schon geht der Film ab. Gebannt starren die drei anderen auf den Bildschirm und brechen bald wechselweise und kollektiv in Gelächter aus. Leon wiehert: «Megaaacool! Meine Fresse! Bin echt von den Socken! Rai ist der Vamp, verführerischer geht ja gar nicht!» Sie lächelt süffisant: «Ich gebe immer mein Bestes!» Sie schauen weiter, und Leon ist erst einmal sprachlos, dann bläst er Luft aus seinen Backen und keucht: «Boooaah! Mäg ist echt explosiv, die Berufskillerin als Unterhändlerin! Und dein Aufzug ist der Hammer! Knallhart! Und was für ein Killer-Blick!» Er umarmt seine Mäg und küsst sie leidenschaftlich. «Liebste, ich bin TOTAL beeindruckt! Und du machst mir echt Angst!» Margarethe muss sich selber eingestehen, dass ihr Auftritt ziemlich fulminant war. Beide Mädchen sind richtig glücklich und stolz, und die Jungs prosten ihnen anerkennend zu mit dem Bier, das Rudy herbeigeschafft hat, damit sie es sich gemütlich machen beim «Kino». – «Wirklich schade um den Sado-Maso-Lasse!», ruft Seraina die fehlenden Filmsequenzen in Erinnerung. «Allerdings bin ich mir nicht so sicher, ob ich die kompromittierende Szene wirklich auf Band gebannt haben wollte! Am Ende landet das noch im intergalaktischen Internet!» – «…und sorgt für den ultimativen intergalaktischen Orgas…», setzt Margarethe einen drauf und erntet perplexe Blicke von ihren Freunden. – «Aber die anderen kompromittierenden Filme schauen wir jetzt nicht, gell?», neckt Leon die anderen drei. «ICH hätte kein Problem damit!» – «Ich schon!», gesteht seine Freundin. «Lassen wir's dabei. Ru rückt den Film über uns beide raus und löscht ihn bei sich… oder wir löschen alles…»

Die vier Freunde blicken sich unschlüssig an und vertagen den Entscheid, wie sie mit den Videos verfahren sollen.

Für ein weiteres Problem braucht es ebenfalls eine Lösung. Nachdem sie vom Pizzakurier ihr Abendessen erhalten haben, überlegen sie noch, während sie die Pizzen hungrig in sich hineinstopfen, was sie mit der Zeitkapsel tun sollen. «Verschrotten!», fordert Seraina unverblümt, doch Margarethe hinterfragt diesen Vorschlag sofort: «Wie willst du das machen? In der Kehrichtverbrennung Horgen vorfahren und die Kapsel abgeben? Weisst du wie die ins Schwitzen kommen? Die verständigen die Polizei, und dann wird eine Untersuchung losgetreten. Hey, das bringt uns in Teufels Küche!» – «Dort landen wir doch sowieso immer, wenn wir irgendwohin reisen», scherzt Leon und lacht verschmitzt. Rudy schüttelt den Kopf: «Abgelehnt! Die Kapsel gehört mir! Sie ist meins, MEINS!» Und dabei wird er richtig wütend, was sehr ungewöhnlich für ihn ist. Seine Freunde erschrecken. Seraina wagt es als Erste, etwas zu sagen: «Du willst dir den Weg in die Zukunft offen halten? Willst du etwa deine Umwandlung zum Cyborg abschliessen? Sind es deine Implantate, die dich manipulieren und dich dazu auffordern, zurückzukehren?» Bei diesen Worten verflüchtigt sich Rudys Wut augenblicklich. Er wird sehr nachdenklich. «Vielleicht…», gibt er kleinlaut zu, «ich weiss es nicht. Ich weiss nur, dass es mir unmöglich ist, die Zeitkapsel zu verschrotten. Sie muss erhalten bleiben. Dass es eine Möglichkeit gibt, zurück in die Zukunft zu gelangen, beruhigt mich – auch wenn sie theoretisch bleibt und wir nie wieder dorthin gelangen. Dass ich es jederzeit könnte, ist entscheidend, nicht, dass es ich es machen will.» Die andern drei sind nicht restlos überzeugt, doch sie treffen eine Vereinbarung: Die Zeitkapsel soll bleiben. Wenn einer von ihnen sie benutzen will, dann muss sie oder er zuerst die Gruppe fragen für eine Einwilligung. Rudy kann damit leben und ist einverstanden.

Weil es so schön warm ist draussen, nachdem es den ganzen Tag ausgiebig geregnet hat, entscheiden sich die vier Freunde, nach dem Essen einen Spaziergang an den Zürichsee zu machen. Die Wohnung von Serainas Tante ist nicht weit vom Bürkliplatz entfernt.

* * *

Gemütlich schlendern die vier Freunde, paarweise händchenhaltend, am See entlang, durchs Arboretum, gönnen sich wie gewohnt ein Eis bei Tina, der netten Eisverkäuferin, und geniessen das schöne Frühlingswetter. Plötzlich stutzt Margarethe, was Leon bemerkt: «Was ist, Liebste?» – «Ich glaub's nicht, es kommt mir vor wie in einem Computerspiel: Immer an dieser Stelle taucht Gerry auf!» Nun sehen ihn auch die anderen drei, wie er – in Begleitung seiner üblichen Bodyguards, direkt auf die zwei Paare zusteuert. – «Immerhin sind wir diesmal nicht überrumpelt», murmelt Rudy in Erinnerung an die letzte Begegnung, bei welcher ihr langjähriger Klassenkamerad ihn und Margarethe in eine peinliche Situation hineingeritten hatte. Schon sind die drei kräftigen Burschen bei der Gruppe angelangt, und Gerry grölt: «Meine Fresse, das ist ja der berüchtigte Swingerclub!» Passanten drehen ihre Köpfe, aber die zwei Paare lassen sich nicht beirren. Seraina kontert vorwitzig: «Du bist ja nur neidisch, weil wir dich nicht mitmachen lassen, Gerry!» – «Dabei haben wir neuerdings Sado-Maso im Programm!», fügt Leon frech hinzu, mit Seitenblick auf Seraina. «Das ist Rais Spezialität!» Diese versetzt dem Unverschämten einen Tritt gegen das Schienbein. – «Auuuu!», jault Leon und hält sich sein Bein. «Da siehst du, sie fängt schon wieder damit an!» Gerry ist verblüfft, weil sie das Blatt gewendet haben und es ihnen offensichtlich nichts ausmacht, dass die Leute verwundert zu ihnen herüberblicken. Der korpulente Junge kratzt sich am Kopf, welcher aussieht, als würden sich darin die Zahnrädchen drehen, um einen Gedanken zu formulieren. Dann öffnet er den Mund, offensichtlich bestrebt, etwas Schlagfertiges von sich zu geben: «Das klingt interessant, wo kann ich ein Abo lösen? Oder gibst du Privatstunden, Raina?» – «Das wäre mal was anderes als Do-it-yourself, was, Gerry!», reagiert Rudy wie aus der Pistole geschossen und erntet einen verblüfften Blick von seinem Gegenüber. «Wo du dein Handy vollgeladen hast mit Pornofilmen!» – «Was weisst du von meinem Handy?», blafft ihn Gerry an. – «Hm, wie wär's mit den duften Bienen auf Nektarsuche oder mit Körbchengrösse W wie Wassermelonen? Kommen dir diese Titel bekannt vor?» Margarethe prustet laut heraus, Gerrys Gorillas grinsen, und Leon wiehert vor Lachen: «Mmmh, Nektar – Prost! Und lass dich bloss nicht von den Wassermelonen erdrücken!» Gerry wird knallrot und schnappt nach Luft. «Hm, äh, du hast aber komische Ideen!» Dann scheint er krampfhaft nach einer originellen Replik zu suchen. «Von mir aus kann es auch eine kleinere Körbchengrösse sein», erwidert er lahm. «Und ihr Jungs steht ja offensichtlich auch nicht auf Supertitten!», bemerkt er mit einem Blick auf Seraina und Margarethe, wobei er ihnen nicht ins Gesicht schaut. – «Glotz mir nicht in den Ausschnitt, du Spanner!», schnauzt ihn Seraina an, und Margarethe fällt ein: «Und vielleicht tragen wir ja gar keine Körbchenhalter – Körbchen sind für Ostereier! Hast du alle deine Eier im Körbchen?» Gerry glaubt seinen Ohren nicht zu trauen und wird dunkelviolett, dann aber grinst er: «Potztausend, die Weiber haben es faustdick hinter den Ohren! In eurem Swingerclub würde ich wirklich gerne mitmachen!»

Rudy setzt noch einen drauf: «Du hast dir da schon mehr als einen runtergeholt – der Ninjafighter reloaded ist aber kalter Kaffee, und der Cybersniper unlimited ist für Babies!» Fassungslos starrt ihn Gerry an: «Was faselst du da?» – «Ein Joystick ist halt schon was Geiles, gell Gerry!», bemerkt Seraina provozierend. Jetzt kommt Leben in seine beiden Bodyguards, die bis anhin wie Statuen neben ihm gestanden sind. Der eine wiehert leise, der andere grinst blöde und gibt ein tiefes Geräusch von sich, das wie ein Blöken tönt. «Gerry, spielst du wirklich den Cybersniper unlimited?», meckert er. Jetzt wird es dem Anführer der kleinen Bande zu viel, und er schickt sich an, weiterzugehen. «Kommt, Jungs, wir gehen – dieser Kindergartenverein ist mir zu dämlich!» – «Dein Avatar ist aber witzig, geile Frisur, und die Muckis sind nicht schlecht!», frotzelt Rudy. «Nur dein Cheat könnte dich in Teufels Küche bringen. Weisst du nicht, dass Spieler lebenslänglich gesperrt werden, wenn sie betrügen und unerlaubte Software benutzen, um der eigenen Figur Vorteile zu verschaffen?» – Gerry wird kreidebleich und stottert: «Ich… wie… wix… weiss von nix!» Die vier Freunde beginnen zu kichern und bringen Gerry damit noch viel mehr in Bedrängnis – jetzt ist er nicht nur entlarvt, sondern auch blossgestellt und gedemütigt.

Als Gerry mit seinen Kumpanen ausser Hörweite ist, lacht Leon schadenfroh: «Dem haben wir die Hosen sowas von heruntergelassen! Unter diesen Voraussetzungen hätt ich meinen Ritterjob gerne gegen deine Cyborgfähigkeiten getauscht… Ist ja Klasse, was du alles ausrichten kannst, Rudy!» Und er klopft dem Angesprochenen auf die Schulter. Rudy zuckt etwas zusammen und verzieht das Gesicht: «Es ist aber auch anstrengend, wenn dauernd Informationen auf einen herniederprasseln, die man eigentlich lieber nicht wissen möchte. Zum Glück kann ich das Tool auf Standby stellen, dann habe ich Ruhe.»

* * *

Margarethe erwartet am nächsten Tag gegen Mittag Leon bei sich zuhause. Ihre Mutter ist ausser Haus, und ihr Vater lebt nach wie vor getrennt von Frau und Tochter. Deshalb haben sie sozusagen sturmfrei, weil die Mutter vorhat, beim Vater zu übernachten. Sie ist aufgeregt wegen ihres Vorhabens und freut sich auf ungestörte Zeit mit ihrem Leon. Als ihr Liebster endlich erscheint, ist er völlig durch den Wind. «Mist gebaut, muss telefonieren…», entschuldigt er seinen unromantischen Auftritt. Margarethe ist alarmiert, schweigt aber, weil sie weiss, dass er nicht ansprechbar ist in diesem Zustand. Sofort greift er nach seinem Smartiefon und ruft jemanden an. «Grüezi Herr Wi-Wi-Wild. Ist Ihre… Frau da?», stottert Leon ins Telefon und wirkt noch gestresster als bei seiner Ankunft in Margarethes Haus. «Äh, ja, also, wie soll ich anfangen… Ich muss Ihnen etwas beichten: Ich bin heute Morgen Ihrer Frau… hinten rein.» – Margarethe, die gerade einen Tee aufsetzt, dreht sich abrupt um und glotzt ihren Liebsten mit weit aufgerissenen Augen an. Leon stammelt ins Telefon: «Nicht, wie Sie denken… Jetzt beruhigen Sie sich bitte. Ein Verkehrsunfall… Nein, nein, nicht auf dem Rücksitz… Ein Auffahrunfall auf der Seestrasse. Ja… Nein, ohne Polizei! Ich bin schuld,… eh Mann, voll. Ich habe Ihrer Frau meine Haftpflichtversicherungsnummer angegeben. Ich… wollte nur fragen, ob es ihr gut geht… ich meine… wegen Schleudertrauma und so… ach so, sie ist im Tennisclub… ja, dann wird sie wohl keines haben… äh, richten Sie ihr aus, dass es mir nochmals leid tut…» Mit einem Stossseufzer legt er auf und widmet sich seiner Freundin, die ihn amüsiert mustert. «Was kommst du auch mit dem Auto zu mir! Du nimmst doch sonst das Velo?», ist Margarethe verwundert. – «Bei dem garstigen Wetter habe ich mir ein Mobility-Fahrzeug gemietet. Die haben… also hatten… einen Seat Leon im Angebot, den wollt ich schon lange mal fahren… weil er so heisst wie ich», erklärt sich Leon und wirkt zerknirscht. Margarethe grinst: «Ist doch nur Blechschaden. Lieber der blecherne Leon ist verbeult, als der fleischliche… oder sollte ich von Fleischeslust reden, weil wir ja das Video aus der Grotte gucken wollen?» – «Langsam bin ich mir nicht mehr so sicher, ob ich das wirklich sehen will. Ich bin grad nicht so in aufgestellter Stimmung. Wie sieht's bei dir aus, Mäg?» – «Weiss nicht.

Schauen wir einfach mal rein. Stoppen und löschen geht immer…», schlägt Margarethe vor.

Die beiden vergewissern sich noch einmal, dass Margarethes Mutter sicher nicht doch am Abend zurückkommt, und die Tochter schreibt zur Sicherheit noch eine Nachricht und wartet auf eine Antwort, während Leon den Film bereitmacht. «Bereit für unsern ersten eigenen Porno?», fragt er seine Freundin lasziv, welche weiss, dass er mit dem anzüglichen Spruch seine Angst überspielt davor, was er jetzt dann sehen wird. Sie selber hat richtiges Lampenfieber. «Mir graust davor, das zu sehen!», gesteht sie ihrem Freund, welcher zurückfragt: «Aber warum denn, Liebste? Wir lieben uns, ganz legal und echt, und wir sind zwei Hübsche, was soll daran peinlich sein?» – «Weil wir unter Drogen standen; weiss der Kuckuck, was wir da getrieben haben!», gibt sie zu bedenken. Er grinst versonnen: «Du meinst, WIE wir es getrieben haben?» – «Ja, ich wüsste halt gern, was mich erwartet.» Leon sieht ihr ernst in die Augen: «Wir können das Zeugs im Fall problemlos löschen; ein Knopfdruck genügt!» Sie überlegt ein paar Sekunden lang, dann schüttelt sie ihren Kopf: «Bin doch kein Weichei! Augen zu und durch!» Er lacht: «Mit geschlossenen Augen ist die Sache nur halb so interessant… der Soundtrack dürfte ziemlich eintönig sein… ächz! Stöhn! Keuch!» Beide brechen in Gelächter aus.

«Mama hat geantwortet; sie übernachtet bei Papa, also haben wir Zeit!», erklärt Margarethe nach einem Blick auf ihr Smartiefon. «Wie lang dauert denn der Spass?» Leon checkt die Filminformation, dann schluckt er leer und reisst die Augen auf. – «Was ist denn?» Er keucht: «Fast 400 Minuten – das sind rund sieben Stunden!» Sie schaut ihn fassungslos an und schnappt nach Luft: «Meine Fresse, das ist ja der reinste Marathon!» – «Ein doppelter Marathon!»

* * *

Seraina und Rudy sitzen in der Wohnung von Serainas Tante, die noch in Paris weilt, und schalten gerade den Fernseher ein. Während das andere Paar in Margarethes Haus soeben den Knopf gedrückt hat, stehen Seraina und Rudy erst davor, es sich zu Gemüte zu führen. Rudy ist schweigsam, schon seit einer Stunde. Seraina krault ihn am Hinterkopf und flüstert: «Du möchtest lieber nicht, gell.» – Rudy atmet schwer und nickt. Seraina nimmt ihm die Fernbedienung aus der Hand, drückt ein paar Knöpfe, bis ein Fenster erscheint, in welchem steht: Wollen Sie definitiv löschen? Seraina schaut nochmals zu Rudy, dieser macht eine drehende Handbewegung, die Seraina als «mach weiter» interpretiert. Nun drückt sie auf «löschen» und meint augenzwinkernd: «Was passiert ist, interessiert mich überhaupt nicht. Ich brenne mehr darauf, noch mehr schöne Momente mit dir zu erleben. Jetzt, wo du den Dreh raus hast...» Und sie nimmt ihren Rudolfino bei der Hand und zieht ihn ihr Zimmer, wo sie mit sachten Bewegungen die Rollläden herunterlässt und die Vorhänge zieht, damit trotz Regenwetter nicht zu viel Licht ins Zimmer dringt. «Ich habe Hunger», erklärt sie verführerisch lächelnd, «Hunger nach dir, Rudolfino mio!» Rudy zieht Seraina an sich und küsst sie zärtlich, dann fragt er scherzhaft: «Nun, sado, maso oder normalo?»

16
Ein Besucher aus der Zukunft

Die Kamera zoomt ein auf zwei schemenhafte Gestalten, die im Raum stehen – in knalliges Rosarot gehüllt. «Die Morgenmäntel!», flüstert Margarethe, doch es sieht aus, als würde das Rosarot explodieren, und der Zoom geht näher. «Ach du...», keucht das Mädchen, während Leon fasziniert auf den Bildschirm starrt, wie die beiden Personen im Bild – jetzt ohne pinke Mäntel – sich stürmisch umarmen und küssen, um sich dann auf das grosse Bett fallen zu lassen, auf welchem sie dann wild herumrollen. Die Zuschauer starren wie gebannt auf das Schauspiel und wissen nicht, ob sie schockiert oder amüsiert sein sollen. «Voll krass!», ruft Leon aus. «Wir in einem Porno, ich glaub's ja nicht! Sieht irgendwie noch professionell aus!» Margarethe schickt ihm einen kurzen Blick, um danach wieder ihre Augen auf die Filmaufnahme zu heften, fassungslos und fasziniert zugleich. «Hast du etwa Erfahrung mit solchen Filmen, Liebster?» – «Nein, was denkst du denn von mir?», wehrt er empört ab. «Also, ich meine… in den USA, da haben die Internatsschüler manchmal Pornos geschaut, und ich war auch mal eingeladen, fand es aber ziemlich abstossend und auch lächerlich. Ich habe da gar nicht richtig hingeschaut, wir haben, ehrlich gesagt, gesoffen und herumgeblödelt. Erotisierend fand ich das gar nicht.» Schweigend beobachten sie sich selber beim Liebesspiel und kommen sich vor wie Voyeure. «Ich fühle mich wie 'ne Spannerin!», gesteht Margarethe und spürt, wie ihr Puls steigt und ihre Körpertemperatur ebenso. «Aber es entbehrt nicht einer gewissen Faszination. Und du bist in der Tat ästhetisch, mein schöner Mann!», fügt sie mit laszivem Tonfall hinzu und schielt zu ihrem Leon. welcher heftiger atmet: «Oh Mann, Mäg, du siehst so geil aus! Und du bewegst dich so geschmeidig.» – «Mein Arsch ist viel zu fett, ist ja voll peinlich!», wehrt sie ab mit gespieltem Entsetzen. – «Quatsch, dein Arsch ist enorm sexy!», beschwichtigt er sie, legt ihr den Arm um die Taille und zieht sie näher zu sich: «Wollen wir nur zuschauen, oder wollen wir uns inspirieren lassen?»

Wortlos steht Margarethe auf und geht zur Türe, um sich zu vergewissern, dass sie abgeschlossen ist, dann schliesst sie erwartungsvoll die Vorhänge.

* * *

Als die vier Freunde sich das nächste Mal wieder treffen, sind alle natürlich neugierig, was das jeweils andere Paar mit dem Filmmaterial angestellt hat. «Bevor ihr fragt: Wir haben den Film vernichtet!», erklärt Rudy mit ruhiger Stimme, und Seraina stimmt ihm nickend zu. Leon erwidert mit enttäuschtem Gesichtsausdruck: «Aber nicht im Ernst jetzt?» – «Habt ihr es etwa geschaut?», fragt Seraina, um mit hin und her wackelndem Zeigefinger hinzuzufügen: «Ihr Spanner!» Leon reagiert etwas verlegen: «Na ja, es war irgendwie noch...» – «...inspirierend!», macht Margarethe seinen Satz fertig und lächelt verträumt. Rudy lacht: «Wir brauchen halt keinen Pornofilm als Vorspiel!» – «Immerhin sind wir selbst die Hauptdarsteller!», gibt Leon süffisant zu bedenken. «Das ist wie eine Art Fotoalbum – unvergessliche Erinnerungen!» – «Du meinst wohl eher, vergessene Erinnerungen, zugedröhnt, wie wir alle waren!», gibt Seraina zu bedenken. – «Umso wichtiger, dass wir die Erinnerung auffrischen!», findet Leon, und seine Freundin grinst: «Aus rein historischem Interesse möchte ich alle Arten von Dokumenten sammeln und analysieren.»

Die vier schweigen einen Augenblick, nicht sicher, ob sie ernst oder albern reagieren sollen, dann ergreift Rudy das Wort: «Und, habt ihr irgendwelche originellen Stellu… Stellen im Film gefunden?» – «Kommt darauf an», entgegnet Leon. «Wir haben erst die ersten fünfundvierzig Minuten geschaut, und das gab uns schon Ideen für eine komplette Liebesnacht!» – «Und der Film dauert sieben Stunden!», doppelt Margarethe nach und zieht eine Augenbraue hoch. – «Meine Fresse!», keucht Seraina. «Action nonstop oder was? Wie lange waren wir bloss in der geilen Grotte?» – «Lange genug… zu lange!», findet Rudy. «Und ich nehme an, die Kameras waren zwischendurch abgestellt… im Ruhezustand.» – «Also meinst du, wenn wir gepennt haben oder wenn die Kameras überhitzt waren?», wundert sich Margarethe. «Ich wüsste zu gern, wie viel Zeit wir dort verbracht haben.» – «Überhitzt war dort so ziemlich alles. Und die Zeit lässt sich leider nicht rekonstruieren, aber sicher die sieben Stunden, die aufgezeichnet wurden», vermutet Rudy, «Ich kann das jetzt nicht mehr nachvollziehen, ich müsste mich erneut ins AOS von Pelinn häcken. Aber dazu müsste ich…» – «Bloss nicht!», interveniert Seraina und legt ihm sanft einen Finger vor den Mund. Rudy schweigt und schaut sie traurig und verliebt zugleich an – traurig, weil er gerne wieder ins Jahr 2172 reisen würde und es auch könnte; verliebt, weil Seraina in solchen Situationen immer sehr verführerisch blinzelt.

«Wir behalten das Material auf jeden Fall, falls bei uns mit fünfzig die Luft draussen ist im Bett, das erspart uns die Ehetherapie», flachst Leon. Rudy grinst, jedoch Seraina bemerkt tadelnd: «Das ist ein sehr ernstes Thema, darüber sollte man nicht scherzen – die Midlife Crisis!» Als die anderen schuldbewusst schweigen, fährt sie mit todernstem Blick fort: «Also, sollten uns mal die Ideen ausgehen, dann melden wir uns bei euch!»

Margarethe schaut auf die Uhr: «Wir sollten uns langsam auf den Weg machen», bemerkt sie, und Rudy grinst: «Du willst wohl wiedermal ablenken, was, Mäggy! Aber du hast Recht, wir sollten los.» – «Wie lange brauchen wir denn ins Kino? Will den

Film nicht verpassen!» – «Würde sagen, mit Verkehr 45 Minuten.» Leon flachst: «Dann machen wir's ohne Verkehr!» Die Retourkutsche kommt sofort von Rudy: «Ein Quickie auf dem Rücksitz des Mobility-Wagens? Wie ungehobelt! Zudem droht dir dann ein weiterer Verkehrsunfall. Dann sperrt dich die Carsharing-Firma noch lebenslänglich!» Leon blickt säuerlich drein, erwidert aber nichts, damit niemand auf die glorreiche Idee kommt, die peinliche Geschichte noch mehr auszuwalzen. Dass Rudy und Seraina vom zerbeulten Seat Leon überhaupt was mitbekommen haben, wurmt ihn sehr. Deshalb bereitet er schnell ein kleines Ablenkungsmanöver vor, damit seine Freunde beim Einsteigen ins Auto auf andere Gedanken kommen. Denn als Rudy sich zusammen mit Seraina auf die Rückbank des Wagens begibt, setzt er sich auf etwas Hartes. «Umpf! Was ist denn das?», grummelt Rudy und zieht mit der linken Hand einen länglichen Gegenstand unter seinem Hintern hervor. «Eine Wurst!», stellt Seraina fest und erntet Rudys rasche Replik: «Das sehe ich auch! Aber was macht eine Salami auf dem Rücksitz?» – Leon grinst über beide Ohren und setzt sich schwungvoll ans Steuer, dann erwidert er, mit einem Seitenhieb auf ihren Disput in London während ihres Pandemie-Abenteuers, als sie sich über die Konsistenz einer Salami gestritten haben: «Eine schöne Gammelwurst, mit Liebesgrüssen aus London, damit unser Cyborg die Bodenhaftung nicht verliert...» – «Schau du lieber, dass dir das nicht passiert und du diesen Wagen hier heil ans Ziel bringst!», kontert Rudy leicht genervt und wirft die Wurst Leon ans Lenkrad. Der Fahrer will grad die Zündung betätigen, als die Salami vom Lenkrad abprallt und ihn am Bauch erwischt. Nun ist es an Leon, ein «Umpf» von sich zu geben. Der Getroffene ruft aus – halb genervt, halb belustigt: «Hey, Kumpel, lass den Quatsch! Ein Schalthebel reicht mir hier vorne!» – «Welchen von den dreien da vorne meinst du?», fragt Rudy frech nach und erntet einen strafenden Blick von Margarethe, die sich zu ihm herumdreht und anmerkt: «Während der Fahrt bewegt sich nur jener vom Auto! Darum bleiben jetzt auch alle brav auf ihren eigenen Plätzen! Besonders die Gäste auf den Rücksitzen!» Rudy errötet, und Seraina prustet los. Leon drückt Margarethe mit einem anerkennenden Augenzwinkern die Salami in die Hand, bevor er losfährt.

* * *

Leon hat den Wagen im Urania-Parkhaus abgestellt. Alle vier steigen aus und suchen gerade einen Wegweiser, der zu den Liften führt. Margarethe entdeckt ihn zuerst. Mit ihren Freunden im Schlepptau tritt sie durch die automatische Tür hindurch. Alle vier verstummen und erstarren angesichts des Besuchers aus der Zukunft, der da plötzlich so unerwartet vor ihnen steht und ihnen den Zugang zu den Liften versperrt. Instinktiv weichen die Mädchen zurück, und die Jungs stellen sich beschützend vor ihre Damen. Lasse Hennin hebt beschwichtigend seine Hände: «Friede mit euch, Freunde!», spricht er mit ruhiger Stimme, beschwörend. – «Was... was wollen Sie?», fragt Margarethe herausfordernd und tritt einen Schritt vor, wobei Leon sie mit seinem Arm zurückdrängt und besorgt murmelt: «Bleib hinter mir, Mäg, wer weiss, was er wieder mit uns anstellt!» – «Frieden will ich», erklärt Henninn und senkt seinen Blick. «Und um Verzeihung bitten.» Die vier Freunde schicken einander überraschte und zweifelnde Blicke. Leon fragt ganz direkt: «Also tut es Ihnen leid, dass Sie uns als Zuchtvieh missbraucht haben? Unsere Unterhändlerin Frau Gygax hat das ja treffend formuliert.» Letzteres äussert er mit einem anerkennenden Blick zu seiner Freundin. – «Es war ein Fehler», flüstert der Forscher. «Ich bin ein Idealist, ein Träumer... ich habe mir vorgestellt, ein grosses Unglück ungeschehen zu machen, euch allen viel Leid zu ersparen. Ich hatte diese Vision einer Menschheit, die in Frieden und Harmonie lebt – alles mithilfe einer kleinen Genmanipulation…» – «Und ich hatte dir schon gesagt, du stellst dir das zu einfach vor, Lasse!», fällt ihm Rudy ins Wort. «Der Mensch ist kein Schaf; unsereins ist sehr eigenwillig und lässt sich nicht zu seinem Glück zwingen!» – «Ich sehe ein, dass ich naiv war… aber ich habe mich eingehend über die Welt vor der Katastrophe informiert, und es stimmt mich zutiefst traurig, dass das Unglück über alle hereingebrochen ist. Unser Leben in Pelinn ist kein Vergnügen. Am Liebsten würde ich hier bei euch bleiben…» – «Aber warum machst du das dann nicht?», fragt Leon freundlich. «Bleib doch! Dann… kannst du dir ein nettes Mädchen suchen und mit ihr ein Kind zeugen, das ihr dann mitnehmt in die Zukunft… warum denn nicht? Die anderen drei Jugendlichen schicken ihm verwunderte Blicke, und Rudy grollt bedrohlich in Richtung Lasse: «Solange du die Finger von meiner Raina lässt!» Der Forscher nickt langsam. «Das wäre in der Tat eine verlockende Idee… aber ich bin unabkömmlich in meiner Zeit.» – «Also, Feldforschung betreiben ist doch eine wichtige Aufgabe!», gibt Leon zu bedenken, und Seraina flicht ein: «Solange du nicht die Leute hier zu unzüchtigen Handlungen verführst mittels irgendwelcher fieser Aphrodisiaka!» – «Wobei du mit denen ein zünftiges Geschäft machen könntest!», grinst Leon. «Die Liebe steht zwar hoch im Kurs heutzutage, aber mit der Romantik ist es nicht immer weit her, wenn die Leute gestresst sind und sich nicht mehr darauf einlassen können oder wollen. Und dann konsumieren sie irgendwelche Rauschmittel, um sich zu entspannen.» – «Bei uns wäre es allerdings nicht nötig gewesen, nachzuhelfen», bemerkt Margarethe, und Lasse wird rot: «Ich sehe das ein. Ich habe es wohl übertrieben mit der Dosis!» Leon keucht: «Allerdings! Sieben Stunden Liebesmarathon, und das ist nur die Aufzeichnung!» Lasse schweigt betroffen. Er setzt an, etwas zu sagen, überlegt es sich aber offensichtlich wieder anders. – «Was?», spricht ihn Leon herausfordernd an. «Soll das etwa heissen… ich meine, wie lange waren wir jetzt eigentlich in der Grotte?» Der Forscher scheint zu überlegen, was er darauf antworten soll. Rudy doppelt nach: «Uns ist das Zeitgefühl komplett abhanden gekommen, aber wir haben ein Recht darauf, zu wissen, wie lange wir ohne Besinnung waren!» Henninn nickt und spricht langsam: «Ihr habt Recht. Im Dienste der Forschung haben wir euch beobachtet, wie ihr auf die verabreichten Substanzen reagiert. Paar 1 – ich meine, mein Freund Rudy und die zauberhafte Seraina – kamen am Nachmittag von Tag 1 an. Paar 2 folgte erst am Abend...» Margarethe schüttelt den Kopf, als wäre ihr schwindlig. «Ich weiss nur, dass wir noch am Schandpfahl standen, auf der Bühne, als sie Leon auspeitschen wollten», erinnert sie sich. «Mit vierzig Stockhieben! Und die Schandkragen aus Pandemios' Hütte kriegten wir auch noch verabreicht. Ja, das war gegen Abend.» – «Was denn, das habt ihr mir gar nicht erzählt!», platzt Seraina heraus. – «Das geschah auch erst nach deiner Abreise. Die Soldaten haben uns geschnappt», erklärt ihre Freundin. «Das heisst, zuerst gelang es uns ja noch, zu entfliehen...» – «...in einem waghalsigen Stunt, der jedem Actionhelden alle Ehre gemacht hätte!», fügt Leon selbstzufrieden hinzu. «Wobei Mäg und ich uns die Lorbeeren hierbei teilen!» – «Und danach... na ja, dann haben sie uns eben erwischt», schliesst Margarethe lapidar, aber ihr Erröten kommt Seraina verdächtig vor: «Einfach so erwischt... ihr seid im Gras gelegen, und sie kamen!» Nun errötet auch Leon und murmelt: «Ja... so ungefähr.» Seraina lächelt verschmitzt: «Den Rest kann ich mir denken... ich meine, was zwischendurch geschehen ist!» Leon reisst seine Augen auf: «Also echt jetzt?» – «Ich habe doch gespürt, wie ihr unter Dampf wart – beide! Im Übrigen konnte ich es ja auch nicht erwarten, wieder meinen Rudolfino in die Arme zu schliessen!» Der Genannte legt seiner Freundin einen Arm um ihre Taille und doppelt nach: «Konkret, Lasse! Wie lange liefen die Kameras? Und wie lange waren wir in der Grotte?» Henninn druckst herum: «Also, einen Abend, eine Nacht und einen halben Tag wart ihr in der Grotte – Paar 1 rund 23 Stunden, Paar 2 etwa

19 Stunden. Die Kameras liefen von Anfang an, wobei ich auf Geheiss meiner Vorgesetzten zwischendurch die Aufnahme gestoppt habe. Und sie liefen natürlich nicht, als gerade keine Aktivität im Beobachtungszimmer war. Zwischendurch seid ihr immer wieder in einen komatösen Schlaf geglitten.» – «Kein Wunder, bei dem Marathon! Also unsere Aufzeichnungen dauern rund sieben Stunden», bemerkt Leon. «Aber wir waren weniger lang in der Grotte als Rai und Ru.» Henninn schweigt, und die vier Freunde starren ihn und einander entsetzt an. Dann räuspert sich der Forscher: «Das Filmmaterial ist verschwunden, ich kann es also nicht mehr rekonstruieren… leider. Aber woher wisst ihr denn, wie lange es dauert?» Mit Seitenblick zu ihrem Freund bemerkt Seraina säuerlich: «Rudy ist doch jetzt ein Cyborg, der weiss alles!» – «Aber ich habe es gelöscht, alle kompromittierenden Szenen von Seraina und mir!», stellt Rudy energisch klar. Der Wissenschaftler schluckt sichtbar und seufzt: «Das ist in höchstem Masse bedauerlich. Hatte ich doch gehofft, neue Erkenntnisse zu bekommen, welche unser Liebesleben in der – für euch – Zukunft bereichern könnte.» Rudy muckt auf: «Aha! Hatte ich doch Recht mit dem Verdacht, er würde einen Pornofilm daraus basteln!» Vehement wehrt Henninn ab: «Aber doch nicht zur profanen Belustigung der Massen! Es wäre rein…» – «…aus wissenschaftlichem Interesse!», macht Margarethe seinen Satz fertig und flüstert dann Leon zu: «Halt bloss die Klappe, dass wir unser Video noch haben!» Lasse Henninn sieht zerknirscht aus, als wäre er am Boden zerstört. – «Irgendwie tut er mir leid!», murmelt Margarethe halblaut.

Rudy bringt es wieder einmal auf den Punkt: «Aber Lasse, du besuchst uns sicher nicht, um mit uns über die Grotte zu sprechen, auch nicht, um uns von einem Kinoabend abzuhalten! Was willst du wirklich? Und wie bist du überhaupt hierhergekommen? Die einzige Zeitkapsel, die es bei unserer Flucht in Pelinn gab, steht jetzt im Stall neben meinem Pferd.» – Lasse Henninn druckst herum: «In Kalhutaa gab es noch eine. Du machst kaum

Fehler, Rudy. Aber du hast das System nach Zeitkapseln in Pelinn gefragt. Computer antworten immer sehr konkret. Und wenn du nach Zeitkapseln in Pelinn fragst, wird ein Computer niemals von sich aus preisgeben, dass es noch eine Zeitkapsel in Kalhutaa gibt...» – Rudy blickt säuerlich drein, denn er hasst es zutiefst, wenn man ihm einen Fehler nachweisen kann. Henninn fährt unbeirrt fort: «Ich bin hier, um Tiere ins Jahr 2172 mitzunehmen. Wenn ich schon nicht die Menschheit retten kann, so will ich wenigstens die Fauna und Flora – so gut es geht – wiederherstellen. Wir haben bereits Technologien entwickelt, um den Klimawandel abzumildern. Dank dieser Errungenschaft ist ein Leben in Pelinn unter einigermassen normalen Frühlings-Temperaturen möglich. Wenn die Extremereignisse seltener werden, können sich Tiere und Pflanzen wieder ausbreiten. Doch dazu braucht es eine Wiederansiedlung, denn ihr wisst ja: ausser diversen Insekten- und einigen Skorpion-Arten lebt nicht mehr viel im 2172. Wir müssen sämtliche Wirbeltiere neu ansiedeln. Dank euch ist die Vogelwelt schon ziemlich gut bestückt, es fehlen lediglich Raubvögel. Vögel einzufangen ist ja auch am schwierigsten. Insofern habe ich jetzt eine einfachere Aufgabe: die flugunfähigen Spezies nach Pelinn holen. In Kalhutaa arbeiten sie an einer grösseren Zeitkapsel, um auch grössere Tiere wie Elefanten und Giraffen, aber auch Raubtiere sicher zu transportieren. Wir wollen möglichst viele Arten herbeischaffen. Und dazu brauche ich eure Hilfe, denn ihr lebt hier. Ihr kennt euch aus. Wo kann ich ungestört Lebewesen einsammeln?» – Leon plustert seine Backen auf und fasst sich an den Kopf: «Ach du liebe Sch... also ich würde in abgelegenen Gebieten landen, in Nationalparks und so. Da sind die Tiere nicht so scheu, und zudem ist da die Natur noch weitgehend intakt. Allerdings würde ich mich von den Rangern in Acht nehmen, die haben es nicht so gerne, wenn man ihre Schützlinge entführt...» – Henninn kratzt sich am Kopf und überlegt laut: «Nun... in euer veraltetes Internet komme ich... ich grö...gluu...gurgle...» – «...guugle mal?», meint Margarethe amüsiert, weil sie zu Recht erwartet, dass Henninn eine Suchmaschine erwähnen will. Rudy seufzt: «Na, dann muss ich dich wohl unterstützen. So wie ich dich kenne, Lasse, bringst du es fertig, schon nach einer Stunde im 2022 auf die Top-Ten-Fahndungsliste von Interpol zu gelangen...» Und damit rächt er sich für den «Fehler», den ihm Henninn unterstellt hat, weil Rudy übersehen hatte, dass es in Kalhutaa noch eine Zeitmaschine gab.

Im nächsten Moment tritt tatsächlich ein Uniformierter an die Gruppe heran. Henninn wird kreidebleich, aber auch den andern wird es mulmig zumute. Wie sollen sie einem Polizisten erklären, dass sie sozusagen gerade eine Begegnung der dritten Art erleben? Doch der Uniformierte entpuppt sich als Sicherheitsmann des Parkhauses. Er erkundigt sich lediglich, warum fünf Leute minutenlang vor den Liften stehen, ohne weiterzugehen. Seraina antwortet mit einer Unschuldsmiene und zeigt auf den eingeschüchterten Henninn: «Wir haben einen alten Bekannten getroffen. Wir konnten uns beim letzten Mal nicht richtig verabschieden, wir waren zu sehr in Eile und er von etwas anderem... äh... gefesselt... und auch nicht mehr ganz so... ansprechbar.» Margarethe muss ein Grinsen unterdrücken. Auch Leon ist nah daran, loszuprusten, denn Margarethe spürt, wie er sich leicht verkrampft, um ein Lachen im Keim zu ersticken. Nur Rudy bleibt gelassen. Das Superhirn ist in seinen Gedanken schon einen Schritt voraus und überlegt hin und her, wie er Henninn möglichst schnell zu den gewünschten Tier- und Pflanzenarten verhelfen könnte, ohne gleich die ganze Welt in Aufruhr zu versetzen. Unterdessen hat Seraina den Sicherheitsmann überzeugen können, dass nichts Ungewöhnliches abgeht. Der Uniformierte verabschiedet sich freundlich, wünscht einen guten Abend und verschwindet.

Schliesslich lassen die vier Freunde den Kinoabend sausen und fahren zu fünft zu Rudys Stall, um die weiteren Schritte zu besprechen. Henninns Forscherkollegin ist unterdessen – ohne in die Nähe der Teenager zu kommen – mit der Kalhutaa-Zeitkapsel zurück in die Zukunft gefahren. Diese Kapsel ist ja nur geborgt, deshalb können sie sie nicht für ihre Mission einsetzen. Henninn will mit jener Kapsel, die noch im Stall von Rudys Eltern steht, seine Aufgabe erfüllen.

Als sie sich im Licht der Stallbeleuchtung auf Strohballen setzen, legt Rudy gleich los und verblüfft alle inklusive Henninn: «Lasse, in der Zukunft könnt ihr Nahrungsmittel wachsen lassen. Habt ihr das auch mit Tieren und Pflanzen probiert? Wenn das geht, braucht ihr lediglich Genmaterial… und das liegt überall rum. In jedem… Kompost- und Kot-Haufen und so…» – Seraina rümpft die Nase, Henninn aber horcht auf: «Das wäre tatsächlich eine Möglichkeit, ja, wir haben schon Versuche mit… Insekten gemacht. Was sonst! Wir hatten bis vor kurzem fast nur noch Insekten. Und ja, aus einer Zelle haben wir ein lebendes Insekt kreiert. Aber ob das mit Wirbeltieren auch geht? Zudem habe ich keinen Zugriff auf die Datenbanken für Wirbeltiere. Die Systeme lassen es nicht zu, dass Menschen dort reinkommen…» – Leon flachst: «Ach was, Rudy wird die Systeme schon bezirzen und eine Freigabe hinbekommen. Na los, worauf warten wir? Die Kackehaufen von 2022 sind die Tierarten von 2172. Sammeln wir also Mist!»

* * *

Lasse Henninn ist mit Rudys Zeitkapsel in die Zukunft gefahren, um einen kleinen Sammelroboter zu holen. Damit ist er in Rudys Stall zurückgekehrt. Von dort aus hat er den Sammelroboter in ein paar Tierparks, Zoos und botanische Gärten geschickt, um spätnachts Kot- und Kompost-Proben zu entnehmen. Die vier Teenager sind ganz froh darüber, dass sie sich nicht selber die

Hände schmutzig machen müssen. Sobald Henninn genügend Material hat, fährt er mit den gesammelten Proben zurück in sein Labor. Schon nach wenigen Stunden keimen unter künstlichen Bedingungen die ersten Pflanzen. Doch er hat ein Problem, wie er es schon angedeutet hat: Die Systeme lassen es nicht zu, dass er auf die Schwingungsmuster von Wirbeltieren zugreifen kann. Er braucht also einen Fürsprecher im Cyberraum, dem die Computer vertrauen – Rudy.

* * *

Der junge Cyborg Rudy hat Henninn ganz allein und trotz heftigem Protest von Seraina in die Zukunft begleitet, um das AOS um Freigabe der Daten zu bitten. Die hochmoderne Technologie von 2172 betrachtet Rudy beinahe schon als ebenbürtig und vertraut ihm. Das Superhirn musste Seraina versprechen, nur ein paar Stunden dort zu bleiben – gerade mal so lange, um den Systemen mitzuteilen, dass sie Henninn kompletten Zugang gewähren sollen. Rudy seinerseits ringt dem Forscher das Versprechen ab, ihn wieder zurück in die Zukunft zu holen, sobald erste Erfolge mit Wirbeltieren zu sehen seien. Das wird wohl in ein paar Wochen – noch vor den Sommerferien – der Fall sein, wenn Kleinsäuger ihre ersten Schritte wagen. Bis grössere Tiere ausgewildert werden können, wird es deutlich länger dauern.

Eine Freundschaft zwischen Henninn und Rudy hat sich allerdings nie entwickeln können – und wird wohl auch nie entstehen; zu schwer belasten die Geschehnisse in der Grotte ihre «Beziehung». Sie respektieren einander aber, und sie begegnen sich auf Augenhöhe. Deshalb erklärt Henninn Rudy auch alle Einzelheiten, wie es jetzt mit den Tierzellen aus den Kotproben weitergeht: «Lebende Tierzellen kommen in die Entwicklungskammern und werden mit jener arteigenen Zell-Schwingung beschallt, die derjenigen einer befruchteten Eizelle der jeweiligen Tierart entspricht. Auf diese Weise wandeln sich die Zellen in embryonale Zellen um und bauen von sich aus einen ganzen Organismus neu auf. In der Kammer herrschen Bedingungen wie im Mutterleib; eine künstliche Plazenta übernimmt die Ernährung der Embryonen, bis sie geburtsreif sind. Die Aufzucht der Tiere geschieht mit holographischer Unterstützung: In speziellen Räumen simulieren wir dreidimensionale Umgebungen mitsamt computergenerierter Elterntiere, so dass die heranwachsenden Geschöpfe auch artgerecht sozialisiert werden – das heisst, Abbilder, Laute und Gerüche von erwachsenen Tieren führen den Jungtieren vor, wie das Leben in freier Wildbahn sein wird.»

Henninn hat dank Rudy Zugriff auf eine riesige Datenbank mit artspezifischen Schwingungsmustern – der Dritte Weltkrieg hat vieles zerstört, aber die Computer haben ihren Wissensschatz sorgsam gehütet und jetzt der Wissenschaft zur Verfügung gestellt, weil Rudy sie sehr überzeugend darum gebeten hat.

Während seiner Verhandlungen hat Rudy ein Signal einer alten Bekannten erhalten. Er hat es zuerst ignoriert, denn er wollte ungestört für Henninn den Zugang zur Datenbank freischalten. Als dieser Job erledigt war, sendet er eine Botschaft via seines drahtlosen Verbindungs-Chips in seinem rechten Arm: «Lucy, ich bin hier, bei Henninn. Aber nur noch für ein paar Minuten. Wie geht es Ihnen? – Die angesprochene Kapsel LUE-001 meldet sich hocherfreut und säuselt: «Zierde der Menschheit! Schön dass Sie sich an mich erinnern. Ich habe lange über unsere Beziehung nachgedacht. Mensch und Maschine werden wohl nie richtig zusammengehören können. Ich hoffe, Sie sind nicht zu sehr enttäuscht, dass ich mich mit einem Polizeiroboter verlobt habe. Ich habe ihn kennengelernt, als man mich zwingen wollte, Sie auszuliefern. Es hat sofort gefunkt zwischen mir und ihm, als er versucht hat, meine Schaltkreise zu überbrücken, um meine Türen zu öffnen. Es war elektrisierend. Ich wünsche Ihnen alles

Gute mit Ihrer Seraina Capaul.» – Rudy lächelt, und es fällt ihm ein Stein vom Herzen. Im nächsten Moment aber kommt er sich auch ein bisschen abartig vor, denn er hat für Computersysteme ähnliche Gefühle wie für Menschen entwickelt. Derweil fährt die Kapsel fort, via Internetverbindung mit Rudy zu kommunizieren: «Trotzdem finde ich es schade, dass Sie sich nicht zu einem kompletten Cyborg umwandeln lassen wollen.» – Rudy ist total perplex: «Lesen Sie Gedanken, Lucy?» – «Ihre Gedanken werden an ihre Chips weitergeleitet, und so kann ich sie abrufen. Für mich sind Sie absolut gläsern…» – Rudy erbleicht und schluckt leer. – «Aber keine Sorge, all Ihre Geheimnisse sind bei mir gut aufgehoben», versichert ihm die Kapsel und fügt hinzu: «Sie sollten lernen, Ihre Gedanken besser abzuschirmen. Das ist nicht schwierig: Geben Sie ihren Chips den Befehl, ausgehende Informationen zu verschlüsseln.» Rudy nickt und ist schon fast ein bisschen beschämt, dass er nicht selber drauf gekommen ist, seine Gedanken besser zu schützen – er, der bei seinem eigenen Laptop immer die sichersten Passwörter wählt und stets den potentesten Firewall aktiviert. Weil Henninn ihm ein Zeichen gibt, holt er tief Luft und verabschiedet sich mit etwas Wehmut: «Es ist soweit, Lasse steigt schon in die Zeitkapsel. Ich muss los, Lucy. Bis zum nächsten Besuch! Und dann stellen Sie mir mal Ihren Verlobten vor, gell?»

* * *

Lasse Henninn hat Rudy per Zeitkapsel-Taxi heil zu seinen drei Freunden ins Jahr 2022 zurückgebracht und ist dann sofort zurück in die Zukunft gefahren, um die Fortschritte seines Wiederansiedlungsprojekts zu überwachen. Das Superhirn trauert noch ein wenig dem Umstand hinterher, dass er dem Forscher «seine» Zeitkapsel überlassen hat – aber es war nun einmal eine logische

Entscheidung: Henninn braucht sie; zudem kann eine Zeitkapsel im Jahr 2022 nicht ewig unentdeckt bleiben. Früher oder später wird jemand das Gefährt finden, und dann kann es ziemlich ungemütlich werden – für Rudy und seine Verwandten, aber auch für seine Freunde. Insbesondere hat er an Seraina gedacht. Ihr waren nämlich die Überbleibsel aus ihrem Abenteuer im 2172 nie geheuer. Sie war stets dagegen gewesen, die Kapsel zu behalten. Weil Henninn versprochen hat, dass er Rudy holen wird, wenn sich die Natur in der Zukunft erholt hat, ist das Tor zu jener Welt für den jungen Cyborg nicht ganz verschlossen. Zumindest bleibt für Rudy so die Möglichkeit erhalten, eines Tages wieder in die Zukunft zu reisen.

Epilog

Die vier Freunde treffen sich erneut in Rudys Stall, weil sie dort am ehesten für sich sein können. «Und was machen wir jetzt?», fragt Leon seine Mäg, welche ihn erleichtert anstrahlt: «Ferien!» – «Waren wir doch erst?», gibt Rudy erstaunt zu bedenken. – «Na und? Die nächsten Sommerferien kommen bestimmt! Da lohnt es sich, schon mal zu buchen! Zudem ist ja der Norwegen-Trip gecancelled worden, weil sie das Ferienhaus, das Rais Tante gemietet hat, abreissen mussten, um den abgestürzten Nazibomber mit seinen zwei Wasserstoffbomben zu bergen. Aber was soll's, es gibt anderswo auch schöne Orte. Wir könnten alle vier…», erwidert Margarethe verträumt, «…ich habe so eine Vision… mit Sonnenuntergang.» – «Du meinst, wir reiten alle zusammen in den Sonnenuntergang nach erfolgreich beendeter Mission?», fragt Rudy lächelnd und vergisst beim Wort «reiten» seine Wehmut nach der Zeitkapsel. «Zumindest Rai und ich haben ja unsere Pferde. Willst du mit uns reiten, Schwesterchen?», fragt er und reicht Margarethe seine Hand. Sie schlägt ein und hält Rudys Hand fest: «Obwohl mir Pferde nach wie vor nicht geheuer sind.» – «Oder wir könnten uns aufs Stahlross schwingen!», schlägt Leon vor. – «Das klingt juut! Alle vier auf dem hohen Ross, egal, ob aus Fleisch und Blut oder Stahl!», stimmt Seraina den anderen zu und legt ihre eigene Hand auf jene von Margarethe und Rudy. Margarethe nimmt es amüsiert zur Kenntnis und meint: «Jetzt fehlt noch die Hand unseres vierten Musketiers!» Da legt auch Leon seine Hand obendrauf und spricht feierlich: «Für euch lege ich meine Hand ins Feuer!» In diesem Moment scheint die Luft zu vibrieren. Rudy fragt besorgt: «Mäggy, was ist? Bist du weggetreten?» Die Angesprochene blickt verträumt in die Ferne, mit umwölkten Blick. – «Uh-oh, meine Mäg ist wieder am Abdriften!», bemerkt Leon, zieht seine Hand zurück, um seine Liebste um die Schultern zu fassen. Er sieht ihr in die Augen, aber sie nimmt ihn nur wie durch einen Schleier wahr. Aber es fühlt sich gut an, diese Energie. Rabenherz ist einfach nur glücklich. Auch Seraina löst ihre Hand von den anderen, um sie ihrer Freundin um die Taille zu legen. Diese seufzt glücklich. Ihr Liebster und ihre beste Freundin umarmen sie; sie spürt Rudys warme Hand in ihrer – sie fühlt sich rundum geborgen im Kreise der wichtigsten Menschen in ihrem Leben. Und als ein Krächzen ertönt, weiss sie, dass auch ihr Rabe in ihrer Nähe ist. «Endlich kann ich loslassen!», denkt sie erleichtert, und ihre Gedanken bekommen Flügel. Sie spürt einen Sog, steuert auf ein Licht zu, in den Sonnenuntergang, als würde sie fliegen, immer schneller, und unter ihr öffnet sich eine wilde Landschaft, mit rotorangen Felsen und tiefen Canyons, darüber funkelt bereits der Sternenhimmel auf magisch dunkelblauem Himmel… Rabenherz breitet ihre Schwingen aus.

*   *   *

Historische Fakten

Zeit und Ort

Die Zeit, in der die Mittelalter-Szenen in diesem Buch spielen, war bewegt, die Überlieferung spärlich. Ort der Handlung ist die Gegend um die Stadt Berlin im Jahr 1158.

Burgen, Städte und Dörfer im Mittelalter

Seit dem 10. Jahrhundert belebten sich Handel und Verkehr: Der Karawanenhandel im Auftrag des Grundbesitzers und Lehnsherrn wurde zur unabhängigen Unternehmung; das Handwerk verselbstständigte sich. Im frühen 11. Jahrhundert kam es in West- und Mitteleuropa zu einer Zunahme und Stabilisierung der Bevölkerung dank Fortschritten im agrarischen und handwerklichen Bereich. Die Arbeitsteilung führte zur Entstehung vieler städtischer Zentren. Teilweise waren es topografische Neubildungen: Grund- und Stadtherren gründeten eine neue Stadt, aber auch *civitates* der Römerzeit, alte antike Städte, existierten im frühen Mittelalter fort. Als Nachbarsiedlung zu Klöstern, Pfalzen und Burgen entstanden mittelalterliche Städte neben Römer- und Bischofsstädten. Der Adel nahm oft planmässige Stadterweiterungen vor zwecks wirtschaftlicher Entwicklung seiner Machtbereiche oder militärischer Sicherung politischer Interessen. Eheschliessungen spielten auch eine Rolle bei Gebietserweiterung und Einflussnahme: die Ehe als Mittel zur Bündnispolitik. Trotz unterschiedlicher Entstehungsart wuchsen mittelalterliche Siedlungen im 11. und 12. Jahrhundert zu Städten heran mit eigener Warenproduktion und überlokalem Warenaustausch. Entsprechend bunt war die Einwohnerschaft: Zinsbauern, Hörige, Beamte der Klöster, Berufskaufleute, entlaufene Bauern. Mit der Ostexpansion stiegen Berlin und Cölln bereits in der zweiten Hälfte des 12. Jahrhunderts zu Marktorten auf und wurden zu einer Doppelstadt. Um die urbanen Zentren bildeten sich Stadtstaaten, welche Territorialherrschaften ausüben konnten. Der älteste deutsche Name für eine nichtagrarische Siedlung ist «Burg», daher heissen ihre Einwohner «Bürger».

Brandenburg

Brandenburg entstand aus der *Brennaburg*, einer Festung mit slawischer Bevölkerung, welche 928/29 fiel. Der erste Heinrich aus dem Geschlecht der Lutolfinger unterwarf alle slawischen Stämme zwischen Elbe und Oder. Nachfolger wurde Otto I., der Brandenburg 948 zum geistlichen Mittelpunkt erhob.

Mark bezeichnet ein Grenzgebiet. Die Markgrafschaft des Heiligen Römischen Reiches zwischen Elbe und Oder wurde als Nordmark bezeichnet, später als Mark Brandenburg; urkundlich ist sie erstmals 1244 erwähnt. Die Anfänge der Mark Brandenburg lassen sich wesentlich auf das Wirken Albrechts ab 1120 zurückführen, genannt der Bär. Dieser übernahm das Gebiet der slawischen Heveller am Fluss Havel und schuf die Basis für ein neues Fürstentum, das seine Nachfolger erweiterten. 1156 wurde die Mark zum Kurfürstentum aufgewertet, den seit 1413 die Hohenzollern regierten, unter denen Brandenburg im 18. Jahrhundert zum Kernland wurde von Preussen, welches 1701 als Königreich gegründet wurde. Der Name galt ursprünglich nur für Ostpreussen und übertrug sich im Folgenden auf sämtliche Lande, die von den Hohenzollern beherrscht wurde, welche in Berlin und Postdam residierten. Erst 1871 gelang es König Wilhelm I. von Preussen, als Kaiser das 1806 aufgelöste Deutsche Reich neu zu einen. Insofern steht Albrecht der Bär am Anfang einer wichtigen Entwicklung.

Albrecht der Bär

Über den Gründer der Mark Brandenburg ist wenig bekannt – verglichen mit Zeitgenossen wie Kaiser Friedrich Barbarossa und Herzog Heinrich der Löwe. Geboren 1100, wurde Albrecht, genannt der Bär, 70 Jahre alt. Er gilt als Gründer der Mark Brandenburg. Was seine Titel und Ämter betrifft, so waren diese dem wechselhaften Spiel der Politik unterworfen. Auch Albrechts Mutter war eine energische Politikerin. Albrecht heiratete Sophia von Winzenburg. Nach dem Tod seines Vaters Ottos I. 1123 begann Albrecht seine Laufbahn als Graf von Ballenstedt und Markgraf der Lausitz – gegen den Willen des Kaisers. Das geschah ein Jahr nach dem Wormser Konkordat (s.u.).

1123 nahm Albrecht der Bär vermutlich am Böhmenfeldzug des Sachsenherzogs Lothar von Süpplingenburg teil. Im Jahr 1128 erhob er Ansprüche auf das vormals slawische Gebiet, das später die Mark Brandenburg wurde, begründet mit seinem Bündnis mit Lothar, der 1125 zum deutschen König und 1133 zum Kaiser gewählt wurde. In den Quellen wird Albrecht der Bär ab 1126 als Graf erwähnt, bis zur Degradierung 1131. Für seine Verdienste auf Lothars Italienfeldzug 1132 erhielt er 1134 die Nordmark; unter Lothars Nachfolger Konrad von Staufen wurde er 1138 Herzog von Sachsen. Nach verlustreichen Kämpfen gegen sächsische Adlige musste er 1142 zugunsten Heinrichs des Löwen auf den Herzogstitel verzichten. Nachdem Kaiser Barbarossa den Löwen gestürzt hatte, wurde Albrechts jüngster Sohn Bernhard Herzog von Sachsen. 1157 eroberte Albrecht die Mark zurück und blieb Markgraf von Brandenburg bis zu seinem Tod 1170.

Das Hochmittelalter

Historiker setzen den Beginn des Hochmittelalters 1122 mit dem Wormser Konkordat, Ende des Investiturstreits, der 50 Jahre lang getobt hatte zwischen Kaiser und Papst: um die Amtseinsetzung von Geistlichen durch die weltliche Macht. Papst Gregor VII. hatte 1076 den König mit dem Bann belegt und damit den Herrscher aus der Gemeinschaft der Gläubigen ausgeschlossen. Heinrich VI. reagierte mit dem sprichwörtlichen Gang nach Canossa, Zufluchtsort des Papstes, und tat Busse. Ein tiefgreifender Mentalitätswandel mit Reformbewegungen begleitete diese Entwicklung: Neue Päpste kamen aus dem deutschen Reich statt aus Rom; das Papsttum wurde international. Neue Mönchsorden sahen ihre Aufgabe darin, für den christlichen Glauben zu kämpfen – mit Waffengewalt: der *miles Christianus*. Das Rittertum entwickelte sich, dazu gehörten bewaffnete Pilgerfahrten ins Heilige Land mit dem Ziel, Jerusalem für die Christen zurückzuerobern. Kreuzzüge gab es seit dem Aufruf Papst Urbans II. 1095; mit ihnen rangen Papst und Kaiser um die Vormachtstellung in der Christenheit.

Ritterturniere

Ritterturniere waren Kampfsportübungen, die als Wettbewerbe mit körperlichem Einsatz durchgeführt wurden; sie waren ein Training für den kriegerischen Ernstfall, nach festen Regeln und Vorschriften. Ursprünglich stammten sie aus dem Frankenreich. Oft standen das höfische Ritterideal und die gesellschaftliche Realität des adligen Lebens im krassen Gegensatz. Ritter waren meist adliger Abstammung. Nach der feudalen Ordnung waren die Vasallen eines adligen Lehnsherrn zu Kriegsdienst verpflichtet und dienten ihm als Ritter oder stellten bezahlte Söldner. Eine durchorganisierte Armee oder Polizei gab es nicht.

Dank

Christine Frank, Lisa Thyssen und Petra Vogt möchten wir herzlich danken für die wertvollen Inputs zum Manuskript. Danke vor allem für das Lob, dass wir mit Teil 6 von Rabenherz die bisher spannendste Story entwickelt haben.

Literaturnachweis

Nach Titel:

- Potsdam-Institut für Klimafolgenforschung: Golfstromsystem verliert an Kraft – Klimawandel im Verdacht, 24.3.2015, https://www.pik-potsdam.de/de/aktuelles/nachrichten/atlantic-ocean-overturning-found-to-slow-down-already-today

Nach AutorInnen:

- Berger, Christine: Berlin, Reisen mit Insider-Tipps, Marco Polo-Reiseführer, Ostfildern 2014

- Bosl, Karl: Europa im Mittelalter, Darmstadt 2005

- Duby, Georges: Ritter, Frau und Priester, Frankfurt am Main 1988

- Freund, Stephan, und Köster, Gabriele (Hg.): Albrecht der Bär, Ballenstedt und die Anfänge Anhalts, Regensburg 2020

- Partenheimer, Lutz: Albrecht der Bär, Gründer der Mark Brandenburg und des Fürstentums Anhalt, Köln 2001

- Schneider, Rolf: Ritter, Ketzer, Handelsleute; Brandenburg und Berlin im Mittelalter, Berlin/Brandenburg 2012

- Schoeps, Julius H.: Berlin, Geschichte einer Stadt, Berlin-Brandenburg 2001/ Augsburg 2010

- Uitz, Erika: Die Frau in der mittelalterlichen Stadt, Freiburg im Breisgau 1992

Über die Autorinnen

Michèle Combaz Thyssen

Die Historikerin, die auch Russisch studierte, wurde am 28. September 1972 in Zürich geboren. Historische Romane sind ihr Steckenpferd – sowohl als Leserin wie auch als Autorin. Im Freifach Russisch am Gymnasium Freudenberg lernte sie Carole Enz kennen, mit der sie «Rabenherz» verfasste: Teil 1 im Jahr 2000, Teil 2 2010, Teil 3 2020 und Teil 4 sowie 5 2021. Michèle Combaz Thyssen verfolgte auch eigene Buch-Projekte wie etwa die Scarabäus-Trilogie. Zudem hat sie mit ihren beiden Töchtern, Lisa und Désirée, Bilderbücher kreiert. Die Autorin arbeitete etliche Jahre als Journalistin und Geschichtslehrerin. Heute ist sie Fachlehrerin für Deutsch und Tanz.

Carole Enz

Die Biologin wurde am 3. August 1972 in Zürich geboren und interessierte sich schon früh für die Natur und fürs Schreiben. Als Vierzehnjährige brachte sie die Abenteuer des Rehbocks «Fao» zu Papier. Dieser Roman erschien allerdings erst 1997 und ist heute bei Sistabooks erhältlich. Mehrere Manuskripte folgten auf den ersten Streich, und meist spielt die Natur eine wichtige Rolle in ihren Büchern. Die Autorin arbeitete etliche Jahre als Biologin und erhielt dafür einen Doktortitel. Dann wechselte sie in den Wissenschaftsjournalismus. Heute ist sie in der Wissenschaftskommunikation tätig.

Weitere Bücher der Rabenherz-Autorinnen

Carole Enz, Michèle Combaz Thyssen
Rabenherz – Teil 1 – ISBN 978-3-907860-00-7
Rabenherz auf Schloss Neu-Bechburg – Teil 2
– ISBN 978-3-907860-14-4
Rabenherz und das Schwert von Glanzenberg – Teil 3
– ISBN 978-3-907860-22-9
Rabenherz im Banne der Pandemie – Teil 4
– ISBN 978-3-907860-23-6
Rabenherz – von der Engelsburg zum Teufelsberg – Teil 5
– ISBN 978-3-907860-24-3

Michèle Combaz Thyssen
Der Schlüssel des Scarabäus – Fantasy – ISBN 978-3-907860-01-4
Die Rache des Scarabäus – Fantasy – ISBN 978-3-907860-06-9
Die Tochter des Scarabäus – Fantasy – ISBN 978-3-907860-15-1
Die kleine Schildkröte, die gern fliegen wollte – Bilderbuch
– ISBN 978-3-907860-16-8

Lisa Thyssen, Michèle Combaz Thyssen
Kleiner Specht auf grosser Reise – Bilderbuch
– ISBN 978-3-907860-18-2

Lisa Thyssen, Désirée Thyssen, Michèle Combaz Thyssen
Das Abenteuer der Baum-Seele – Bilderbuch
– ISBN 978-3-907860-20-5

Carole Enz
Fao oder Der Aufschrei der Wildnis – Aus dem Leben eines
Rehbocks – ISBN 978-3-907860-07-6
Waldkauz Hannu –
Tier-Fabeln – ISBN 978-3-907860-12-0
Psi oder Die letzte Hoffnung für Jado 2 – Science Fiction –
ISBN 978-3-907860-03-8

Psi und das Geheimnis der Jado-Schattenblattpalme –
Science Fiction – ISBN 978-3-907860-04-5
Psi und die Abgründe des Jenseits – Science Fiction –
ISBN 978-3-907860-05-2
Sieben Leben, sechs Entscheide und ein Piraten-Kapitän
– Fantasy – ISBN 978-3-907860-13-7

Carole Enz, Jeannette Lagler
Rehkitz Rafael hat Angst vor dem Gewitter – Bilderbuch
– ISBN: 978-3-907860-17-5

Ebenfalls bei Sistabooks erschienen

Viktoria Abdai
Alle Wege führen in die Schweiz – Odyssee einer Exil-Ungarin
– ISBN 978-3-907860-02-1

Steffi Gmür
«Ich bin d'Steffi» – «Ich bin krank, und trotzdem ist mein Leben
lebenswert!» – ISBN 978-3-907860-11-3

Harry Schneider
Bosco Quarino – Die Walser in Bosco Gurin
ISBN 978-3-907860-08-3
Picchio Rosso – Schweizer Agententhriller im Zweiten Weltkrieg –
Teil 1: ISBN 978-3-907860-09-0 / Teil 2: ISBN 978-3-907860-10-6

Thomi Eichhorn
Fördern – Wie Fördern gelingen kann (Fachbuch für Lehrkräfte)
– ISBN 978-3-907860-21-2

eBooks von Sistabooks

Etliche Sistabooks-Bücher sind auch in digitaler Form erhältlich, allerdings nicht über den Verlag, sondern in diversen Online-Shops.

www.sistabooks.ch